DESCONECTADOS

MARCELO MARÇAL

DESCONECTADOS

<ns

São Paulo, 2024

Desconectados
Copyright © 2024 by Marcelo Marçal
Copyright © 2024 by Novo Século Editora Ltda.

Editor: Luiz Vasconcelos
Coordenação editorial: Silvia Segóvia
Preparação de texto: João Campos
Revisão: Andrea Bassoto
Projeto gráfico e diagramação: Dimitry Uziel
Capa: Dimitry Uziel

Texto de acordo com as normas do Novo Acordo Ortográfico da Língua Portuguesa (1990), em vigor desde 1º de janeiro de 2009.

Dados Internacionais de Catalogação na Publicação (CIP)
Angélica Ilacqua CRB-8/7057

Marçal, Marcelo
  Desconectados / Marcelo Marçal. -- Barueri, SP: Novo Século Editora, 2023.
  352 p.

ISBN 978-65-5561-704-7

1. Ficção brasileira 2. Ficção científica I. Título

23-6717   CDD B869

Índice para catálogo sistemático:
1. Ficção brasileira

GRUPO NOVO SÉCULO
Alameda Araguaia, 2190 – Bloco A – 11º andar – Conjunto 1111
CEP 06455-000 – Alphaville Industrial, Barueri – SP – Brasil
Tel.: (11) 3699-7107 | E-mail: atendimento@gruponovoseculo.com.br
www.gruponovoseculo.com.br

Para minha esposa, Adriana.

SUMÁRIO

PARTE UM
Mundo real ———————————————————— 9

PARTE DOIS
Mundo virtual ——————————————————— 157

PARTE TRÊS
Transição ————————————————————— 241

PARTE QUATRO
Novo mundo ———————————————————— 255

PARTE UM
Mundo real

CAPÍTULO 1

Pode parecer estranho, mas escrevo sem grandes expectativas de ser lida, porque sei como é difícil que isso venha a ocorrer. No entanto uma necessidade insuportável me impulsiona a contar minha história, acreditando que um dia ela possa desafiar a percepção da realidade de alguém que, por força do destino, depare-se com estas linhas.

Este relato não será uma autobiografia; não tenho a intenção de envolvê-lo nos minuciosos detalhes da minha adolescência nem desejo arrastá-lo pela trivialidade da vida de uma menina que cresceu em uma tranquila cidade interiorana com menos de vinte mil habitantes.

Por isso, essa narrativa se inicia bem mais adiante, no período em que eu já havia me estabelecido em Nova York. Para ser mais precisa, a história que pretendo contar começa na ocasião em que cruzei o caminho de Adam Goodwin.

Na véspera, uma ansiedade quase paralisante me privou do sono. Eu tinha apenas vinte e seis anos e apesar de já ser uma jornalista especializada em tecnologia para a maior revista digital dos Estados Unidos, eu ainda estava nos estágios iniciais da minha carreira e não compreendia a razão de ter sido convidada para acompanhar a rotina do homem que prometia revolucionar todos os conceitos de MetaVerso. Desde o anúncio de minha escolha fui alvo de ciúme e ressentimento por parte de alguns colegas de trabalho. Eles inventavam histórias e recorriam a insinuações machistas, numa tentativa de justificar meu progresso repentino. Pareciam incapazes de aceitar o fato de que uma profissional menos experiente fosse selecionada para uma matéria tão importante. Eu sabia que estava diante de uma oportunidade única, na qual eu não poderia falhar.

Aquela manhã de julho permanece vívida em minha memória, como se tivesse acontecido hoje. Embora possa parecer que tenho uma memória prodigiosa por recordar cada detalhe mesmo após tanto tempo, a verdade é que existem razões especiais por trás disso, que você entenderá ao longo da narrativa; isso é, se você não desistir dela ao se deparar com o primeiro fato inacreditável.

O calor escaldante de Nova York era implacável e somente quem vivia na cidade conhecia a intensidade desse clima. O asfalto exalava um vapor ondulante, distorcendo a paisagem urbana como se eu estivesse em meio a um deserto. Já fazia alguns anos desde que eu me mudara para o Queens, logo após conseguir meu primeiro emprego e deixar o alojamento da faculdade. Embora, em teoria, eu vivesse o momento certo para buscar novos horizontes, acabei me apegando ao bairro e permaneci ali por mais tempo do que o esperado. A verdade é que nunca me senti atraída pela agitação de Manhattan, com suas ruas repletas de turistas. Talvez minha alma de interiorana nunca tenha me abandonado, afinal.

Quando o táxi parou em frente ao meu prédio, senti uma onda de ar frio escapar ao abrir a porta. Entrei, ajeitei-me no banco e soltei um suspiro de alívio ao deixar o calor para fora.

— Bom dia, edifício do MetaOne.

Não havia um morador de Nova York que não conhecesse o imponente edifício, marco da tecnologia moderna, construído para receber a sede do MetaOne. O motorista se limitou a acenar com a cabeça e disparou em direção ao Lower Manhattan. Após algumas distrações, chegamos ao local. Depois de me apresentar na recepção, fui encaminhada para a sala de espera do escritório de Adam, na cobertura do prédio.

Um antigo relógio de parede contrastava com o ambiente moderno, o pêndulo se movendo inesperadamente de trás para frente ao invés de se mover para os lados, emitindo um tic-tac hipnótico. De onde estava, eu contemplava alguns poucos edifícios ainda mais altos.

Aproximei-me da janela, que ia do chão ao teto, observando meu reflexo no vidro. Afundei as mãos em meus cabelos para ajeitá-los. Os volumosos cachos castanhos, que desciam até as costas, tinham vida própria, assim como meus olhos, que mudavam de cor conforme meu humor e naquele dia ganhavam um tom esverdeado.

Olhei para baixo e observava distraída a cidade de cima, com seu movimento frenético, quando uma voz de tom grave, mas suave, surgiu atrás de meus ombros.

— Posso passar horas assim, somente olhando...

Virei meu corpo e me deparei com ele. Aparentava ter pouco mais de trinta anos e era ainda mais bonito do que nas fotos que eu tinha visto e mais alto do que eu imaginava. Seu rosto tinha o formato quadrado e a luz vinda da janela refletia em seus olhos, deixando-os de um tom âmbar-claro. Ele deu um largo sorriso e estendeu uma das mãos em cumprimento.

— Adam Goodwin.
— Amanda Buckland.

Cada vez que relembro esse momento noto algo diferente. É como se minha mente desse novas pinceladas em uma tela nunca acabada, mas nem de longe eu poderia imaginar que ali se iniciava uma sucessão de eventos que mudaria minha vida para sempre.

Adam me levou por um corredor onde, ao final, uma porta levava a uma sala de reunião que mantinha um padrão conservador, com uma estante de livros que tomava uma parede inteira e uma longa mesa ao centro. O escritório dele se separava desse ambiente por uma parede de vidro, deixando à mostra um sofá e duas poltronas ao lado de uma mesa de escritório em estilo vitoriano. Fomos até lá.

Ele apontou para o sofá e sentou-se na poltrona próximo a mim. Passei os olhos pelo ambiente, ainda sem acreditar que estivesse lá. Alguns objetos de decoração antigos repousavam sobre o tampo da mesa, ao lado de um porta-retrato, com uma foto de Adam abraçando um casal mais velho, que, imaginei, serem seus pais. Quando estudei a história dele, aquela parte, em especial, deu-me arrepios. Ele havia perdido os pais em um acidente de carro alguns anos antes e desde então não era a mesma pessoa. Tornara-se um homem recluso, viciado pelo trabalho, e transformou o desenvolvimento de um universo virtual perfeito em uma obsessão.

Quando eu terminei de inspecionar a sala, nossos olhares se cruzaram. Ele me estudava em silêncio, como se estivesse decifrando minha reação.

— Então, Srta. Buckland, o que você acha do MetaOne?

Eu havia me preparado para esse tipo de abordagem.

— Acho que minha opinião não é tão relevante, Sr. Goodwin, mas as opiniões de seus clientes sim e parece que o seu mundo virtual está atravessando um período difícil.

— Por que você acha isso? — Adam perguntou segurando o queixo com uma das mãos.

— Os números falam por si. As vendas do MetaOne caíram nos últimos anos e os novos investimentos têm sido desviados para empresas de inteligência artificial, que parece ser um campo bem mais promissor.

— Você teve a oportunidade de ingressar em meu programa?

Eu assenti.

— Eu gostaria de ouvir a sua opinião. Qual foi a impressão que você teve?

Era uma situação constrangedora. Assim que recebi o convite para acompanhar Adam, mergulhei no mundo virtual criado por ele, procurando entendê-lo melhor. Foi frustrante. Por mais que me esforçasse, eu não conseguia me identificar com aquele universo.

— Ele demanda muito esforço para uma experiência que é até interessante no início, mas que se torna superficial com o tempo.

— O que você quer dizer com muito esforço?

— Todos os equipamentos exigidos para ingressar no MetaOne: óculos para realidade virtual, fones de ouvido, microfones e *joysticks* para se mover dentro do mundo virtual. Isso sem contar com a resposta lenta aos comandos. A impressão que tive, em alguns momentos, era a de andar em câmera lenta dentro do programa.

Adam balançou a cabeça em silêncio, parecendo concordar.

— E se essas barreiras fossem vencidas? E se a sensação de estar no MetaOne fosse exatamente a mesma de estar aqui com você agora? O tato, o olfato, o paladar, a visão, a audição... tudo exatamente igual à vida real, sem precisar de nenhum desses artifícios?

Mantive Adam sob meu olhar por um momento para tentar descobrir se ele falava sério. Eu sabia que a razão de eu estar ali era o lançamento de algo inédito, que deveria chocar o mundo, bem ao estilo arrojado característico de Adam Goodwin. Mas o que ele oferecia ia muito além de qualquer expectativa.

— E isso é possível? — perguntei.

O rosto dele se iluminou, o que me deixou ainda mais atordoada. Será que era possível? O salto tecnológico parecia tão distante da realidade atual que pensar nessa possibilidade remetia a um filme de ficção científica. Não achei que ele falava sério. Adam se levantou e pediu que eu o acompanhasse.

— Venha comigo.

Saímos do escritório, ele me guiando por um novo corredor até um elevador privativo. Tão logo entramos nele, sua porta se fechou. Não havia nenhum painel com botões, indicando que ele ia para um único lugar. Descemos por algum tempo.

— Para onde estamos indo? — perguntei.

— Para o nosso centro de pesquisas. Ele fica no subsolo.

Assim que a porta se abriu, demos para um corredor com janelas voltadas para algumas salas onde pessoas trabalhavam vestidas com aventais, máscaras e gorros descartáveis, como se estivessem em um laboratório microbiológico. Mais adiante, uma sala com equipamentos a perder de vista com luzes que piscavam em suas frentes. Olhei espantada para a estrutura. Adam percebeu.

— São nossos servidores. Todo o universo virtual está hospedado aqui.

Não imaginei que pudesse existir algo parecido em plena Nova York. Ao final do corredor, viramos à direita.

— É logo ali — ele disse apontando para a frente.

Atravessamos uma das portas que levava a um recinto, onde três poltronas reclináveis brancas se encontravam no centro, de costas uma para outra. Acima delas havia um equipamento que parecia um foco de luz de uma sala de cirurgia. Em uma das paredes, alguns monitores acima de uma bancada de controles davam a entender que se tratava de uma central de comando.

Adam recostou seu corpo em uma das poltronas, deixando as pernas apoiadas no chão.

— Imagine um mundo em que não precisássemos mais de nenhum de nossos órgãos de sentido e que, em vez disso, estímulos digitais fossem conectados diretamente ao nosso sistema sensorial. Deficientes visuais enxergariam, deficientes auditivos ouviriam, paraplégicos se movimentariam sem restrições e, para nós, que não sofremos com nenhuma deficiência, poderíamos experimentar sensações em um ambiente virtual exatamente como na vida real.

Olhei ao redor e logo percebi que Adam me apresentava a uma das maiores invenções já criadas pelo homem. Assustava estar ali, diante de uma frágil barreira capaz de me transportar para uma experiência única, a mais próxima de um MetaVerso real que a humanidade conseguira chegar.

— Como foi possível alcançar esse patamar tecnológico?

— Com processadores biológicos e armazenamento em DNA. Há muito tempo estudamos essas tecnologias pensando em criar um MetaVerso que permitisse experiências de vida real e por isso não nos referimos mais a ele como um MetaVerso mas, sim, como um "VeritaVerso", que significa "universo de verdade". Neste momento estamos construindo dentro dele cidades experimentais, onde já é possível vivenciar isso tudo.

— O programa ainda se chamará MetaOne?

Adam negou com a cabeça.

— Decidimos mudar seu nome para RealOne.

Olhei ao meu redor e apontei para a mesa de controle.

— E aquele aparato todo é uma espécie de portal para esse novo mundo?

— Esse laboratório é um centro de coleta de informações. Aqui, todas as nossas sensações são mapeadas e traduzidas digitalmente. Para acessar esse novo mundo não precisamos disso tudo; na verdade, precisamos um pouco mais do que isso.

Adam mostrou uma pequena cápsula de aproximadamente um centímetro, com a espessura de uma carga de caneta.

— O que é isso? — questionei.

Ele estendeu o dispositivo para que eu segurasse em minhas mãos.

— Um tipo de *chip* que faz a conexão e a tradução das informações entre o meio digital e as áreas responsáveis pelos nossos sentidos. É inserido bem aqui. — Ele se virou e mostrou para mim um ponto em sua nuca, levantando os cabelos e apontando para uma discreta cicatriz.

— Essa cápsula é colocada dentro de nós? — perguntei, lembrando-me dos *chips* que eram implantados em animais para que não se perdessem de seus donos.

— Sim — respondeu Adam. — É um processo quase indolor e completamente seguro. O material é 100% biocompatível.

— Imagino que você não esteja me revelando tudo isso à toa.

Ele se limitou a balançar a cabeça devagar de um lado ao outro.

— Eu gostaria que você explorasse o RealOne para poder descrever a experiência que teve.

— E para isso eu terei que implantar esse *chip*?

— Sim, mas não vou te pedir que faça isso sem que antes esteja absolutamente segura. Elaboramos um relatório técnico, com acompanhamento médico de todos os usuários que foram submetidos ao implante desse *chip* e planejamos encaminhar esse material a sua revista. Temos interesse que ele seja analisado e mais adiante seja divulgado para acabar com quaisquer dúvidas que possam existir no futuro com relação a esse procedimento. Além disso, havendo interesse, o *chip* pode ser retirado já no dia seguinte ao do seu primeiro uso, sem qualquer risco.

A colocação de Adam me acalmou. Por um momento cheguei a pensar em desistir se ele insistisse com o implante daquele *chip* sem validar sua segurança. Além disso, saber que ele poderia ser retirado em seguida, ajudava. Eu não tinha a menor intenção de andar por aí com um dispositivo estranho implantado em meu corpo, ainda que houvesse garantias quanto ao fato de ele ser inofensivo.

— Que ótimo!! Podemos marcar, então, um outro dia para concluirmos esta nossa conversa. O que você acha? — eu propus.

— Eu aguardarei o seu contato — ele respondeu.

Adam caminhou comigo até o saguão do edifício e quando lá chegamos algo surpreendente aconteceu; o chão pareceu deslizar sob meus pés e, em um piscar de olhos, caí. De repente, minha cabeça se encheu de lembranças que não eram minhas. Eu mergulhei em um mar de emoções alheias, sentindo todo o peso de um sofrimento que não reconhecia. Por um breve momento me senti desconectada de mim mesma, como se outra presença guiasse meu corpo. A imagem de um lugar me dominou por completo e em meio aquela sensação me dirigi a Adam ainda atordoada e perguntei:

— O que aconteceu em Alexandria?

CAPÍTULO 2 —

Eu avisei que as coisas começariam a ficar estranhas. Aquele episódio durou alguns poucos minutos e a sensação desapareceu quase tão rápido como surgiu e deixou somente um gosto amargo em minha boca. Por mais que me esforçasse, não conseguia resgatar o oceano de lembranças que pouco antes me invadira.

Adam ficou bastante abalado. Ele insistiu em me oferecer ajuda médica, mas declinei ao me sentir completamente recuperada pouco tempo depois. Quando saí do edifício do MetaOne resolvi tirar o restante daquele dia de folga. Justifiquei a minha chefe que não estava bem, mas não contei mais nada a ela. Alguns dias depois, relatei o ocorrido a um amigo que estudava medicina. Ele achou o episódio muito estranho e acabou me indicando um colega médico para que eu o procurasse. Eu me sentia bem, e por achar que poderia comprometer minha carreira acabei não indo.

Cheguei a pensar que o trauma causado em Adam seria suficiente para ele cancelar todos os nossos compromissos, mas para minha surpresa, ele cumpriu com o nosso combinado de encaminhar todos os relatórios validando a segurança do implante do *chip* e ainda comunicou que aguardava o meu contato para seguirmos adiante.

Alguns dias depois, fui procurá-lo, decidida a ingressar no mundo virtual criado por ele. Surpreendi-me quando me avisaram que ele me aguardava em sua sala para conversarmos. Imaginei que ele havia pensado melhor e que não concordaria. Eu mesma não concordaria se estivesse no lugar dele; e se eu apresentasse alguma nova crise? Poderia colocar todo aquele projeto em risco... Uma funcionária me acompanhou até o escritório de Adam e me acomodou no sofá ao lado de sua poltrona. Ele ainda não havia chegado. Eu mal conseguia controlar minha ansiedade. Esfreguei as mãos geladas uma na outra, com o coração disparado no peito e a boca seca. Pouco depois, ele adentrou no local.

— Me desculpe por te fazer esperar, Amanda — ele disse, estendendo a mão em um cumprimento. — Posso te chamar de Amanda, não posso?

— Claro que sim — eu respondi. Ele se sentou próximo a mim, apoiou os braços em seus joelhos e ainda se demorou um pouco para falar, como se procurasse as palavras certas. Tive certeza de que ele daria alguma desculpa para me dispensar.

— Foi muito estranho o que aconteceu com você...

— Eu sei... — respondi constrangida.

— Por que você perguntou sobre Alexandria naquele dia?

— Sinceramente eu não sei... Não faço a menor ideia do que seja Alexandria, mas fui envolvida por uma sensação estranha que desapareceu logo depois.

— Você não se recorda de mais nada?

— Não. Já me forcei para tentar lembrar e... nada.

Os olhos de Adam estreitaram-se de leve e suas sobrancelhas franziram-se em uma linha tênue, enquanto uma sombra de desconforto cruzava seu rosto.

— Sr. Goodwin, vou entender perfeitamente se você não se sentir seguro com meu ingresso. Posso pedir para a revista providenciar outro jornalista para acompanhá-lo.

Ele me olhou surpreso.

— Não foi para isso que eu pedi que você viesse. Não tenho a intenção de desistir. Eu só queria entender o que ocorreu naquele dia...

Aquelas palavras foram um alívio. Mas Adam parecia preocupado. Parecia esconder algo de mim.

— O que é esse lugar, Alexandria?

— Alexandria foi a primeira cidade que construímos no RealOne. Estávamos testando o potencial do programa. Não tínhamos a intenção de que ela fosse aberta para todos, mas no final o projeto ficou tão interessante que acabamos incorporando ao resto.

— E o que aconteceu de tão especial lá?

— Isso que é estranho... Nada de anormal aconteceu lá. — Adam respondeu, dando de ombros.

Eu ainda não estava convencida. Minha intuição dizia que ele ainda escondia algo de mim. Após uma pausa, o homem inclinou o corpo, sinalizando que estávamos de saída.

— Bom, está preparada para ingressar?

— Agora?! — perguntei surpresa.

— Sim, agora. Vamos?

— Posso fazer um último pedido? — eu arrisquei.

Adam franziu a testa.

— Eu posso conhecer Alexandria? Com essa história toda fiquei curiosa.

Adam reagiu com naturalidade ao meu inusitado pedido, deixando crer que não havia nada a esconder.

— Não vejo problema em começarmos por ela se preferir...

CAPÍTULO 3

Adam me levou de volta ao laboratório, onde um funcionário aguardava para implantar o *chip* em minha nuca. O homem fez a assepsia do local, aproximou uma pistola e perguntou se eu estava pronta. Assenti. Ouvi um barulho de um disparo como se fosse uma pistola de ar. Não senti praticamente nada. Perguntei se ele havia concluído o implante e fiquei surpresa quando me confirmou que sim. Como Adam havia adiantado antes, era um procedimento muito simples, que poderia ser feito em qualquer lugar. Restava saber se os problemas se encerravam ali ou se estavam apenas começando. Adam apontou para uma das três poltronas brancas, sinalizando para que eu me deitasse nela.

— Não precisamos aguardar? — perguntei.

Ele sinalizou com um "não", enquanto fazia alguns preparativos. Meu coração batia tão forte que era possível ouvi-lo.

— Sempre fazemos o primeiro ingresso no RealOne em um cenário de adaptação. Escolhemos uma praia paradisíaca para isso. Nós pularemos essa etapa e ingressaremos em Alexandria, por isso preciso que você saiba que os nossos movimentos dentro do programa são diferentes, tudo parece mais rápido. Você vai se acostumar com facilidade.

Adam se aproximou e colocou em minha cabeça um meio-arco com dois sensores que desciam pelas têmporas, conectado por um longo fio ao dispositivo que flutuava sobre as poltronas.

— Esse sensor fará a leitura de seu *chip* — explicou ele. — A sensação será a de que você está em um sonho, mas incrivelmente realista. A primeira entrada sempre assusta, mas eu estarei do seu lado.

Se ele pretendia me tranquilizar não conseguiu. Para dizer a verdade, passou longe disso. Eu procurava controlar a respiração, buscando assumir o controle de meu corpo. Percebi com o canto dos olhos quando Adam se deitou em outra poltrona. Meu medo era tanto que pensei em desistir. Ainda dava tempo. Fechei os olhos e me projetei para um campo aberto e calmo, longe de tudo. Às vezes fazia esse tipo de exercício quando precisava me acalmar.

— Está pronta?

Assenti. Mas não, não estava. Eu estava em pânico. Segurei os braços da poltrona com toda a minha força. Um túnel de luz começou a surgir devagar em minha mente, como se eu estivesse olhando para ele, da mesma forma como em um sonho, como Adam havia adiantado. Era longo e oscilava em várias cores. Estendi um dos braços para tocá-lo e pude vê-lo diante do meu corpo, o que foi inesperado. Levei um susto enorme, mas não despertei.

Percebi que eu não tinha mais controle sobre o meu corpo. Olhei para trás. Havia um buraco escuro e sombrio. Meus ouvidos passaram a captar os ruídos do ambiente ao meu redor, como estática. *Siga em frente*, ouvi Adam me dizendo ao longe. Caminhei pelo túnel, que passou a se estender ao meu lado cada vez mais rápido, até virar uma única luz que, de repente, explodiu em um clarão, cegando-me.

Quando a imagem foi ressurgindo, eu me vi abaixo de uma cúpula, sobre um mosaico no chão, de onde altas colunas de mármore erguiam-se, sustentando tetos com padrões complexos, no que parecia ser um edifício da Grécia antiga.

Estantes de madeira escura, entalhadas com imagens de deuses e monstros, abrigavam milhares de livros. A luz suave das tochas, em nichos posicionados nas colunas, refletia nas superfícies polidas do chão de pedra, criando um jogo de sombras e luz que dançava ao redor. O ar carregava o aroma da sutileza do papel com um toque de madeira. Estávamos na biblioteca de Alexandria. Ao escutar Adam mencionar o lugar, eu não tinha a menor ideia de que ele se referia a ela. Estar em um espaço que evocava uma das maiores bibliotecas da Antiguidade era uma experiência indescritível.

— Isso é incrível! Como vocês conseguiram recriar a biblioteca?

— Reconstruímos o local com base em documentos e descrições de livros que resistiram ao tempo.

— E o acervo?

— Bom, é impossível reproduzir aquilo que se perdeu — explicou ele —, principalmente quando se trata da biblioteca de Alexandria, que possuía um acervo de papiros. Mas incluímos milhares e milhares de títulos que existem em nosso mundo, com a vantagem de tê-los todos no mesmo lugar. Nossa intenção é ter os mais importantes títulos já publicados na História.

Quando tentei dar o primeiro passo, caí ao chão. Adam foi me socorrer.

— Entendeu o motivo de escolhermos uma praia como cenário de adaptação? Antes de caminhar, projete seu movimento. Mexa todos os seus membros, deixe seu cérebro se acostumar com os comandos. É preciso reaprender algumas coisas nesse novo mundo.

Segui suas orientações. Estendi uma perna, depois a outra, movimentei meus braços, mexi meu tronco, como se estivesse me alongando. Era, de fato, diferente, mas não sabia dizer exatamente como.

— A resposta é imediata — esclareceu Adam, antes mesmo que eu perguntasse.

— Como assim?

— Nosso cérebro emite um comando que demora para ser executado. Leva um certo tempo para o comando sair de nossa mente e percorrer o trajeto até o destino. Aqui, esse atraso não existe; é tudo muito rápido.

Tão logo consegui dar o primeiro passo caminhei por uma das galerias, fascinada.

— Podemos recriar quase tudo — disse Adam. — As maravilhas que se perderam, cidades inteiras... É quase como viajar no tempo.

Eu concordei. Se não podíamos voltar no tempo para visitar aqueles lugares, recriá-los era uma maneira interessante de entender o nosso passado. Parei em frente a uma estante e passei a examinar algumas lombadas, passando de leve as pontas dos dedos sobre elas, sentindo sua textura. Era incrível.

— Eu sempre fui apaixonada por livros — eu disse. — Nunca em minha vida imaginei estar em um lugar assim. É tudo tão real...

— Acho que foi por isso que esse cenário acabou sendo incorporado ao programa. O resultado surpreendeu a todos nós. Por que você não escolhe um título?

Fiquei curiosa com a oferta dele.

— É difícil escolher assim — repliquei. — Nem sei como eles foram catalogados. Tem muitos livros aqui.

— Pense em algum, qualquer um. Shakespeare, Cervantes, Dante, ou algum contemporâneo, se preferir.

— Sei lá... Olhando essa biblioteca me lembrei do Umberto Eco e *O nome da rosa*. É curioso imaginar que ele também nasceu em Alexandria, mas na Itália.

Adam sinalizou para que eu o acompanhasse. Atravessou galerias até alcançar o que procurava. Estendeu a mão e retirou da estante o livro de Umberto Eco.

— Como você pode saber onde está cada livro sem consultar nada? — perguntei, atônita.

— Eu consultei — respondeu ele, sorrindo. — Você saberá como fazer isso também. Aqui está: *O nome da rosa*. Eu nunca li, mas sei do que se trata. Venha comigo até o local de leitura para nos sentarmos.

Depois de passar por cada galeria havia um espaço com iluminação natural destinado à leitura. Optamos por uma mesa redonda cercada por algumas cadeiras. Peguei o livro e comecei a abri-lo cuidadosamente. À medida que folheava suas páginas tive uma forte sensação de que alguém nos observava...

— Acho que tem mais alguém aqui — eu disse.

Adam olhou para os lados buscando por algum movimento e antes que pudesse falar, um forte estrondo se deu, ecoando pelas galerias.

— O que foi isso? — perguntei, com um tom alarmado. Adam levantou-se e sinalizou para que seguíssemos em direção ao barulho. Poucos corredores adiante, uma pilha de livros estava espalhada pelo chão, como se alguém tivesse derrubado uma prateleira inteira. Ele inspecionou o local em busca do responsável, enquanto eu me concentrava na estranha cena à minha frente. Momentos depois, ele retornou.

— Não encontrei ninguém.

— Mas alguém claramente fez isso, certo?

Adam concordou em silêncio. Ajoelhei-me diante dos livros espalhados e notei um padrão.

— São todos de física! — observei. — Por que alguém faria isso?

O homem hesitou por um momento, seu olhar vacilante denunciando um segredo. Ele sugeriu que voltássemos à mesa de leitura. O episódio ainda ecoava em minha mente. Tive a sensação de que algo importante havia ocorrido naquele local, um detalhe que Adam preferia ocultar. Ao nos sentarmos resolvi confrontá-lo.

— O que está acontecendo aqui? Parece que alguém está querendo me dizer alguma coisa... Primeiro o incidente no saguão do MetaOne, que ainda não consigo compreender, e agora isso? O que você está me escondendo?

O homem apertou os lábios pensativo. Parecia tenso. Ainda se demorou um pouco antes de prosseguir.

— É verdade... Ocorreu algo aqui que não consigo descrever. Você tem que ver com seus próprios olhos. Mas, para isso, preciso que você assuma um compromisso comigo.

— Compromisso?

— Sim. Você não poderá revelar a ninguém o que verá...

Deixei escapar uma risada como se ele estivesse brincando comigo. Depois percebi que falava sério.

— Eu sou uma jornalista! Não posso me comprometer com algo assim...

— Em muitas situações os jornalistas não estão autorizados a publicar tudo o que lhes é revelado. Isso faz parte do jogo. Por isso eu estou te dando uma escolha. Se desejar prosseguir terá que aceitar essa condição.

Eu sabia que estar ali era uma oportunidade única que não deveria ser desperdiçada, mas Adam não estava facilitando nada para mim.

— Mas se eu desejar prosseguir, terei liberdade para fazer uma matéria sobre o RealOne ou alguém me dirá o que posso ou não posso escrever e de que forma?

Adam se aproximou de mim.

— Você tem a minha palavra. Eu preciso que você tenha liberdade para escrever a matéria como desejar, eu conto com isso. Mas algumas coisas não poderão ser levadas a público e você entenderá a razão. — Adam estendeu sua mão, oferecendo um acordo. — Podemos seguir em frente?

Observei a mão dele parada no ar. Ele parecia frio, ou pelo menos queria que eu acreditasse nisso.

— Eu aceito a sua condição — concordei sem entender ao certo com o que estava me comprometendo. Ele sorriu protocolarmente enquanto balançávamos de leve nossas mãos, depois virou de novo o livro na minha direção.

— Você conhece bem esse livro, não conhece?

Estranhei a pergunta.

— Claro que sim!

— Escolha um personagem. Alguém importante.

— Algum personagem? Por quê?

— Escolha, qualquer um.

Não entendi o que Adam pretendia. Resolvi escolher o nome do personagem principal, Guilherme. Não tinha certeza sobre o seu sobrenome. Peguei o livro, abri rapidamente e consultei para me certificar.

— Guilherme de Baskerville — respondi. — Escolho esse personagem.

Adam balançou a cabeça, pegou o livro em suas mãos e, sem dizer nada, levantou-se e caminhou por uma galeria, sumindo do alcance da minha vista. Permaneci sentada, sem entender, e poucos minutos depois ele retornou por outro lugar, carregando o mesmo livro.

— De fato, é muito bom mesmo — disse, colocando o exemplar sobre a mesa.

— Como assim? — questionei. — Você disse que não tinha lido.

— Eu não terminei de ler. Li somente até a página cem para você não ficar me esperando. Mas vou finalizar ainda hoje.

Dei um sorriso como se fosse mais uma de suas surpresas. Ele havia se afastado somente por alguns minutos. Era impossível ter lido cem páginas nesse espaço de tempo.

— Você leu o livro? — perguntei, incrédula. — Vai me dizer que você consegue baixar no seu cérebro o conteúdo digital, como fazia o Neo, em *Matrix*.

Ele riu do meu comentário.

— Isso seria interessante mesmo, não seria? Pouparia muito esforço. Mas eu li mesmo, página por página, e ainda parei para algumas reflexões.

Ele só podia estar brincando comigo.

— Não tem graça, Adam. Você me faz parecer uma criança ingênua...

— Abra o livro — ele pediu, apontando para a capa.

Por um momento, eu o encarei. Por que ele estava me testando? Peguei o livro em minhas mãos, comecei a folheá-lo e o que vi parecia impossível. Corri as folhas rapidamente sem acreditar. Até a página cem, todas as citações ao nome de Guilherme estavam circuladas por uma caneta. Todas.

— Para provar que eu li de verdade, resolvi marcar o nome de Guilherme em todas as folhas — disse Adam. — Pode checar.

— Não é possível. Você não se ausentou por mais do que alguns minutos.

— É isso que eu queria te dizer. O tempo não existe. É meramente uma convenção criada pelo ser humano.

Não pude conter o riso. Já tinha visto alguns físicos afirmarem a mesma coisa, mas, para mim, toda essa história era um conceito tão abstrato quanto o paradoxo do gato de Schrödinger, no qual um gato preso dentro de uma caixa com um frasco de veneno está, ao mesmo tempo, vivo e morto, o que só é definido com a abertura dela. Antes que pudesse me recuperar, o livro que estava sobre a mesa desapareceu diante dos meus olhos. Levei um susto.

— Onde está o livro?

— Imaginei que não precisaríamos mais dele e o levei de volta à sua estante.

Agora ele havia me assustado de verdade.

— Mas você não saiu da minha frente!!

Ele apertou os lábios e balançou de leve a cabeça.

— Olhe para minha mão — disse ele, fazendo um movimento com um braço de um lado ao outro. — Você consegue observar bem meu movimento, não consegue?

— Sim. Mas o que isso quer dizer?

— Espere. Observe agora.

O movimento se tornou mais rápido, mas minha visão conseguia acompanhá-lo. Depois, ficou ainda mais rápido. Em um segundo, eu já conseguia enxergar o movimento por inteiro. O ritmo acelerou mais ainda. Parecia impossível acompanhar, mas minha visão foi se adaptando e o movimento pareceu desacelerar. Novamente, eu podia observá-lo por completo.

— Conseguiu acompanhar? — perguntou ele.

Assenti.

— Agora tente imitar meu movimento.

Seu braço voltou a se mover, e eu fiz o mesmo. À medida que ele acelerava, ficava difícil acompanhar, mas meu braço executava o comando sem problema. No final, parecia que eu me mexia muito rápido. Dei uma risada, como se fosse algum tipo de brincadeira do tipo "O mestre mandou". De repente, Adam parou.

— E então? Foi difícil?

— No começo. Depois, foi só acompanhar.

— E se eu te dissesse que você fez um movimento cem vezes mais rápido do que seria possível na vida real?

Permaneci estática, em silêncio.

— Se fizermos uma conversão temporal como a que conhecemos, eu demorei uma hora e meia para ler as cem páginas. Para você, passaram-se menos de quatro minutos. Um dia inteiro para mim no RealOne corresponde a apenas uma hora no mundo real — explicou Adam. — O tempo não importa, mas, sim, a velocidade. Pense desta forma: eu sei que é difícil acreditar, mas se eu estiver te dizendo a verdade, na minha "experiência temporal" eu demorei uma hora e meia para fazer a leitura, quando na sua "experiência temporal" se passaram apenas quatro minutos. Sendo assim, eu estou quase uma hora e meia no futuro, não estou? É complicado, eu sei — ele disse, sorrindo.

Acenei com a cabeça ainda atordoada. Ele prosseguiu.

— Como posso estar no futuro se estou com você aqui agora? Como isso é possível?

Após uma pausa dramática ele continuou.

— Cada pessoa tem seu próprio tempo, por isso não se pode estender esse conceito para o universo. Aqui no RealOne você encontrará infinitos tempos diferentes.

Por mais convincente que fosse, eu tive dificuldade em aceitar toda aquela história. Adam poderia ter feito um número de mágica, o que não deveria ser nada complexo se tratando de um mundo virtual que ele dominava, mas por qual motivo?

— Eu não sou uma especialista em distorções temporais, mas não posso crer que as coisas sejam tão simples assim. Estamos em um mundo virtual, onde tudo pode ser manipulado.

— E por que eu inventaria tudo isso? Quando compararmos o tempo deste mundo com o tempo no mundo real você saberá, de qualquer maneira, se eu estou mentindo ou não...

Adam tinha razão. Seria ridículo ele inventar toda aquela história e checar a veracidade dela era algo muito simples. Além disso, ele parecia dizer a verdade, uma jornalista aprende cedo a identificar esse tipo de sinal nas pessoas.

— Mas por que isso acontece no RealOne? — questionei.

— Por causa da limitação de nossos órgãos sensoriais. O cérebro tem uma capacidade de processamento equivalente a mais de quinhentos *processadores i7*[1]. Isso porque foram comparados no quesito de processamento de imagens. Mas se temos uma capacidade tão elevada, por que não somos mais eficientes? Nossos órgãos sensoriais retardam esse processo. O olho humano leva treze milissegundos para identificar uma imagem que o cérebro ainda vai demorar alguns segundos para processar por completo. E quando falamos de resposta motora, esse processo é ainda mais lento. E se eliminássemos essas barreiras? A realidade é que nosso cérebro é um carro de Fórmula 1, e estamos pilotando essa máquina com os braços e as pernas engessados. No RealOne, toda essa barreira não existe mais. As informações são entregues prontas e decodificadas para o cérebro, não havendo atraso. Isso nos permite alcançar, dentro do RealOne, velocidades inimagináveis na vida real, o que acaba por modificar o conceito de tempo.

— Eu não esperava por uma revelação como essa. Não sei se consigo entender esse processo todo. E o meu corpo não envelhece na vida real na mesma proporção do tempo aqui?

— Não. Seu corpo está sujeito a outra "experiência temporal" — respondeu ele.

— Se eu fosse viver exclusivamente no RealOne, quanto tempo isso corresponderia na vida real?

— Eu já pensei a mesma coisa e fiz essa conta. Considerando o tempo desde o nascimento até uma idade de oitenta anos, seria equivalente a viver 1.920 anos no RealOne.

---

1. Linha de processadores de computador de alta performance fabricados pela Intel.

CAPÍTULO 4

Neste exato instante, enquanto lê estas palavras, você deve estar se questionando se tudo isso não é fruto da minha imaginação. Asseguro-lhe que me senti da mesma forma e, para ser sincera, não aceitei muito bem aquela nova tecnologia. Sentia como se estivéssemos trapaceando o universo, escondendo as cartas na manga para usá-las quando ninguém estivesse olhando.

Adam me levou para o seu escritório. Quase não conversamos no caminho. Ele, então, sinalizou para que eu me sentasse no mesmo lugar em que me sentara momentos antes e foi buscar dois copos de água, oferecendo-me um; agradeci.

— Eu sei que você está confusa — disse ele.

— É muita informação... Acho que eu ainda não consegui processar direito...

— Todos que tomaram conhecimento da "experiência temporal" reagiram de maneira diferente. Eu demorei alguns dias para voltar à realidade.

— Eu imagino. É tudo fantástico, sem dúvida. O ser humano passou boa parte de seu tempo buscando a fórmula da riqueza e da imortalidade e você parece ter conseguido as duas de uma só vez.

— Eu não quero viver para sempre, nunca quis.

— O que você quer então? — perguntei, buscando seu olhar.

— Para dizer a verdade, nem eu sei... Mas isso não faz a menor diferença agora. Ninguém nunca saberá sobre a "experiência temporal".

Fui surpreendida pelas palavras de Adam. Mesmo que em uma primeira análise eu tivesse me assustado com aquela revelação, isso em nada alterava o fato de estarmos diante de uma descoberta com potencial para mudar toda a nossa história. Como imaginar que Adam pretendia manter tudo em segredo?

— Por que você pretende esconder uma descoberta como essa?

— Nós pensamos muito sobre isso. Sem dúvida é algo espetacular, mas você consegue imaginar o pânico que isso geraria? Imagine se uma tecnologia como essa for usada com propósitos políticos. Alguma potência se apropriar dela para usar em benefício próprio, como desenvolver armas de destruição em massa. Dois anos dentro desse mundo virtual dará uma vantagem de quarenta e oito anos a quem deter essa tecnologia. Consegue imaginar o que poderia ser feito nesse tempo? Consegue imaginar algo assim?

Adam poderia estar certo. Eu ainda não tinha tido tempo para pensar em todas as possibilidades relacionadas a ela.

— Mas se a intenção era manter essa descoberta em segredo, por que se dedicaram tanto a ela? Todo esse trabalho para ocultar do mundo?

— Na verdade, não foi bem uma descoberta... Foi um achado.

— Um achado? Como assim?

— Não fazíamos ideia de que isso fosse possível. Nós até imaginávamos que o fato de haver um ganho de velocidade de comunicação entre o *chip* e os centros receptores poderia levar a alguma alteração, mas nunca imaginamos que pudesse causar uma distorção temporal dessa maneira.

— E qual é o plano para manter essa revelação em segredo? Acredito que um usuário um pouco mais atento possa acabar descobrindo tudo.

— Nós pretendemos implementar algumas restrições no software para bloquear o acesso à "experiência temporal". Uma espécie de "travamento".

Olhei para Adam com estranhamento.

— Nós conseguimos retardar o tempo de comunicação entre os centros receptores dos nossos órgãos de sentido e o *chip* implantado em nosso corpo, simulando com precisão a fisiologia do corpo humano — ele explicou. — Isso impedirá o aumento da nossa velocidade dentro do RealOne.

— Quem mais sabe sobre a "experiência temporal"?

— Quase ninguém. Somente meu pessoal de maior confiança dentro do programa. Algumas poucas pessoas que estavam presentes no momento em que soubemos dela.

— Parece que alguém não está contente com sua decisão de manter segredo...

— Você está me dizendo isso por causa do que aconteceu na biblioteca de Alexandria, não é mesmo?

— Claro! Por que alguém jogaria ao chão uma estante de livros de Física se não era para chamar a minha atenção? Uma jornalista?

— Eu cheguei à mesma conclusão... — comentou Adam pensativo. — Só não consigo imaginar quem possa ser...

Ficamos em silêncio, ponderando a situação.

— E o que acontece agora? — perguntei. Ele hesitou por um momento, franzindo a testa e passando a mão pelo rosto, sem esconder seu desconforto.

— O que vou te pedir vai parecer estranho... A partir de amanhã, o laboratório que utilizamos para ingressar no mundo virtual ficará indisponível quase o tempo todo. Com a proximidade do dia de inauguração foi preciso acelerar as coletas de sensações que são feitas lá. Não conseguiremos mais acessar o RealOne por ele e não há outros locais disponíveis neste momento, aqui no edifício. Eu tenho um equipamento em minha casa nos Hamptons. Precisarei me mudar para lá por uns tempos para poder me conectar no programa sem problemas. Eu gostaria que você fosse comigo.

Adam estava constrangido por me fazer aquele pedido. Para dizer a verdade, eu também fiquei. Hamptons? Como poderia me mudar para a casa de um homem que eu mal conhecia? Ainda que fosse a trabalho, era uma situação inusitada. Acho que minha expressão de estranhamento me denunciou, porque antes mesmo que eu tentasse responder, ele se adiantou.

— A casa é grande e você terá toda a liberdade para fazer o que quiser. Além disso, estaremos mais próximos para ingressar no programa sem nos preocuparmos com horários.

— Eu não sei... Eu preciso trabalhar. Acredito que a revista que eu represento não concordaria com essa minha ausência.

— Isso você pode deixar por minha conta. Mandarei o meu pessoal entrar em contato com eles para convencê-los. Te garanto que irão aceitar.

Ainda assim aquela ideia não me agradava.

— Mas você não vai lançar uma espécie de console para ser usado na casa das pessoas? Não é dessa maneira que o programa será acessado? Por que não posso fazer o mesmo da minha casa?

— Eu até pensei nessa possibilidade, mas o nosso departamento jurídico não autorizou; pelo menos, não por enquanto. Eles alegam que poderia haver uma quebra do sigilo de lançamento que está guardado a sete chaves. Não estou sozinho nesse negócio, não posso fazer tudo o que eu gostaria. Por isso é importante que você vá comigo.

Adam havia me colocado em xeque. Eu tinha certeza de que quando a minha chefe fosse procurada pela equipe dele, ela concordaria sem pestanejar. Já conseguia enxergar seus olhos brilhando, aguardando uma matéria explosiva, e tudo isso se valendo de uma jornalista em início de carreira que, ainda que fizesse falta, não era imprescindível. Eu seria obrigada a aceitar.

— Bom, se a sua equipe conseguir convencer minha chefe... eu vou.

Adam sorriu.

— Arrume as suas malas, então!

CAPÍTULO 5

Fiquei acordada por quase toda aquela noite imaginando tanta coisa que nem saberia por onde começar. Eu ainda estava abalada com a tal "experiência temporal", mas, mesmo sabendo que Adam pretendia mantê-la em segredo, procurei enxergar algo bom nela. Fiz cálculos mentais: "Se uma hora é um dia e um dia tem vinte e quatro horas, então, um dia na vida real é igual a vinte e quatro dias no RealOne. Isso quer dizer que eu poderia fazer uma faculdade em pouco mais de... setenta dias?!". — Deixei a frase escapar pela minha boca depois de contar nos dedos. Em quanto tempo eu aprenderia uma nova língua? Quantos livros eu leria? E quantos escreveria? O avanço para a humanidade seria imenso! A cura para doenças, como o câncer, poderia ser descoberta em um ano, talvez? Se essa tecnologia existisse antes, minha mãe ainda poderia estar viva. Era outra perspectiva que eu não havia analisado. Não estávamos trapaceando o universo ou escondendo cartas na manga da camisa. Havíamos entendido as regras do jogo.

Quando acordei, a ressaca moral já havia ficado para trás. Eu estava disposta a conhecer melhor aquele novo mundo e analisar suas possibilidades. Enquanto tomava meu café, recebi uma mensagem de Adam:

"Sua chefe concordou. Meu motorista passará logo mais para te pegar."

Eu me encontrava sozinha à mesa da lanchonete que frequentava todas as manhãs, quando, de repente, dei um pulo na cadeira e soltei um gritinho de alegria. Nem liguei para a reação de alguns clientes que me lançaram olhares reprovadores, eu estava mais entusiasmada do que nunca. A perspectiva de explorar um novo universo ao lado de um homem incrível, para dizer o mínimo, e ainda contar com o apoio da minha chefe me deixou eufórica. E ainda tinha a certeza de que minha carreira jamais seria a mesma.

———

Brian, o motorista, apresentou-se pelo interfone de meu estúdio, pedindo que eu descesse. Havia uma limusine parada em frente à porta do prédio. Alguns vizinhos, desabituados com essa rotina, pararam para me assistir entrar no carro preto reluzente. Seguiríamos para o aeroporto de Teterboro e de lá pegaríamos um jato particular até o aeroporto de East Hampton, em uma viagem curta de menos de uma hora.

— Adam não vai conosco? — perguntei a Brian ao notar que estávamos sozinhos.

— Não, senhorita. Ele pediu para avisar que vai encontrá-la mais tarde.

O aeroporto ficava a pouco mais de quarenta minutos de onde eu morava. O carro se aproximou por um portão lateral, onde um segurança solicitou a identificação ao motorista e se afastou por um instante para verificar as informações. Sem demora, liberou a nossa entrada. Seguimos então até um hangar, onde um funcionário aguardava a minha chegada ao lado de um jatinho modelo Cessna Citation. Ele se apresentou e indicou o caminho para o embarque.

A bordo do avião estavam o piloto, o copiloto e uma comissária, minha única companhia durante o curto voo. Decolando, vi Nova York de cima pela primeira vez, uma visão bem diferente de quando cheguei de ônibus seis anos antes, vinda de Pendleton, Oregon, determinada a nunca mais voltar.

———

O avião pousou no aeroporto de East Hampton. Senti um frio na barriga. De repente, eu estava em um dos lugares mais requintados do planeta, em um mundo que nada tinha a ver com o meu. Lembrei das séries de televisão que se passavam nas mansões dos Hamptons, com seus corredores decorados com esculturas e obras de artes de outros séculos, ao preço de milhares de dólares cada. Sem contar que eu havia crescido em uma casa modesta no estado do Oregon. Se houvesse mais do que quatro talheres dispostos à minha frente, eu teria que consultar o Google por baixo da mesa. Deixei escapar uma risada, imaginando a cena.

Suzan, a simpática comissária, baixou a escada do avião. Um homem uniformizado parado ao lado de uma SUV preta aguardava minha chegada. Retirou minha mala do avião e abriu a porta traseira do carro para que eu entrasse. Meu coração passou a bater mais forte, receoso do que viria. O motorista se apresentou e informou que o trajeto demoraria pouco mais do que vinte minutos. Eu me preparei para ver as tão famosas mansões da região. Saímos do aeroporto e pegamos a Montauk Highway. Em determinado ponto dava para avistar alguns palacetes à direita, escondidos na mata, atrás de grandes jardins. Eu idealizava a casa de Adam como uma construção de arquitetura moderna, contrastando com os palacetes em estilo vitoriano que eu via até então e que lembravam as residências londrinas.

Para minha surpresa, o carro seguiu para o norte. Toda a região de glamour, ao sul da Montauk Highway, famosa por suas mansões espetaculares, ficava para trás.

— Para onde estamos indo? — perguntei ao motorista.

— Para Springs, senhorita.

Eu já tinha ouvido falar de Springs e, para ser sincera, fiquei aliviada por não seguir na direção às mansões. Quase vislumbrava uma mesa tradicional sem serviçais rondando o ambiente em seus uniformes impecáveis. Soube mais tarde que Springs ganhara fama durante o movimento expressionista abstrato. Pollock e Krasner haviam morado e trabalhado na região, bem como diversos outros artistas e escritores, atraídos pela natureza exótica do local e pelos preços das residências mais convidativos do que os praticados no sul. Era o lugar perfeito para alguém como Adam.

Chegamos a um ponto onde a estrada terminava. O carro apontou para uma entrada à esquerda, estacionando logo adiante. A casa era imponente, sem dúvida, mas, ainda assim, era uma casa, não um palacete.

Dois funcionários saíram para me receber. Ambos se apresentaram e retiraram minha mala do carro, indicando o caminho para dentro. Tão logo atravessei a porta deparei-me com um pequeno hall e depois dele um ambiente que me deixou fascinada. Ao invés de luxo havia bom gosto, e em vez de grandiosidade, conforto.

A sala diante de mim era em tons claros, com sofás cobertos por linho cru e cercada por janelas e portas de vidro com molduras brancas, que davam vista para uma piscina de borda infinita em um jardim de grama baixa com o oceano ao fundo. Uma sala de jantar para oito pessoas dividia o mesmo ambiente com uma sala de estar, e outra sala menor, com sofás de vime e uma lareira de tijolos à mostra, ficava em um dos cantos da casa, com suas janelas voltadas para a mata virgem. O piso de toda a residência era de madeira, o que dava ao ambiente um ar acolhedor. Era perfeita!

Joana, uma das funcionárias, guiou-me pela escada até o andar de cima, enquanto explicava que seu patrão já havia deixado orientações sobre qual seria o meu quarto e informado que deveria chegar um pouco mais tarde. Foi o meu primeiro contato com essa mulher, que viria a se tornar uma grande amiga. Na primeira vez em que a vi já simpatizei com ela e com seu jeito simples apesar de seu esforço por manter uma distância protocolar. O quarto escolhido por Adam para ser meu aposento mesclava itens modernos com clássicos. Seu piso também era de madeira, mas de um tom acinzentado. Uma estante de metal prateado ficava ao lado da cama e tinha prateleiras irregulares, com alturas diversas, preenchidas por livros e esculturas modernas. Ao lado dela, duas telas no estilo *Pop Art*[2]. A cama de casal parecia tão

---

2. Estilo artístico que utiliza imagens e símbolos populares da cultura de massa, como celebridades e produtos de consumo, tratados de maneira vibrante e exagerada, com cores fortes e contrastantes.

confortável que tive vontade de me jogar sobre ela, e foi o que fiz assim que Joana me deixou.

———

Tão logo me troquei, desci a escada espiando, tentando não parecer invasiva. A sala estava vazia. Ouvi um barulho vindo da cozinha e imaginei que Joana deveria estar por lá. Olhei de novo para aquela vista deslumbrante e atravessei a sala em direção ao jardim. Uma estreita faixa de mar avançava pela lateral da piscina, sendo possível sentar-se em sua beirada e deixar os pés mergulharem na água salgada. Uma trilha levava até a praia, que estava quase deserta naquele horário. Tirei meus sapatos e caminhei pela areia.

O sol baixava, deixando o cenário com um tom alaranjado. Voltei para o jardim e me deitei em uma das espreguiçadeiras para relaxar. Em pouco tempo, uma luz vermelha ganhou o horizonte no pôr de sol mais bonito que eu já tinha visto. Algo dentro da casa chamou minha atenção e quando me virei, vi Adam parado, observando-me. Eu me levantei e fui ao seu encontro, parando a um passo de distância. Ele estendeu a mão em um cumprimento.

— Como foi a sua viagem?

— Foi ótima. Eu não fazia ideia de como esse lugar é bonito — eu disse.

— Que bom que você veio — ele respondeu sorrindo. — Quer conhecer um lugar diferente?

Eu assenti. Aonde ele me levaria?

Adam me guiou por uma trilha na mata que dava em uma pequena clareira, onde algumas poltronas de madeira foram colocadas ao redor de um fogo de chão, de frente para o mar. Uma leve brisa soprava. Ele se abaixou e acendeu o fogo. Antes que terminasse, Joana trouxe uma champanheira, com uma garrafa enfiada no meio do gelo e duas taças. Adam agradeceu e, enquanto o fogo aumentava, abriu a garrafa e encheu duas taças, sentando-se em seguida ao meu lado.

— Um brinde às novas descobertas.

A claridade do fogo se misturava com os últimos raios de sol e brincava com o rosto de Adam, alternando uma máscara de sombra e luz. Vez ou outra, a lenha estalava, liberando pequenas fagulhas que subiam e se apagavam logo depois. Tomei um gole do meu champanhe. Eu parecia estar em um sonho.

— Se você pode ter momentos como esse, por que precisa de um mundo virtual?

Adam balançou a cabeça de leve.

— Amanhã você vai descobrir.

CAPÍTULO 6

Quando acordei ouvi um discreto barulho de louças e talheres batendo, como se alguém estivesse arrumando a mesa. *Deve ser Joana*, pensei. Logo me arrumei para não atrasar a rotina da casa. Não queria incomodar. Ao abrir a porta do quarto, um cheiro gostoso de café me alcançou. Desci a escada devagar e me deparei com Adam sentado em uma das poltronas da sala. Lia um tablet.

— Bom dia!

— Eu estava te aguardando para tomarmos café juntos — ele me respondeu.

— Não gostaria de alterar a rotina da casa. Não precisa se preocupar comigo.

Adam sorriu. Ele parecia mais leve. Caminhou até a mesa da sala e puxou uma cadeira para que eu me sentasse próximo a ele. Nesse momento, Joana adentrou o ambiente carregando uma bandeja. Adam resolveu nos apresentar melhor.

— Joana, eu sei que você já teve a oportunidade de conhecer a Srta. Buckland ontem. Ela é uma jornalista especializada em tecnologia e vai passar um tempo conosco.

— Nós tivemos a oportunidade de conversar brevemente. Seja bem-vinda Srta. Buckland — respondeu a mulher.

— Joana é de Porto Rico, Amanda. Ela prepara iguarias que você nunca mais vai esquecer.

Joana deu um sorriso encabulada.

— Vocês se conhecem há muito tempo? — perguntei.

— Há mais de vinte anos — ela respondeu.

Adam sinalizou com a cabeça por um tempo, parecendo pensativo.

— O que você precisar, basta falar com a Joana. Ela conhece tudo aqui melhor do que qualquer um — ele concluiu. Logo em seguida, Joana pediu licença e saiu.

O café da manhã parecia com o de um hotel cinco estrelas, com uma variedade de pães como croissants, brioches e bagels de sementes. Uma seleção de frios e queijos finos complementava a seleção de pães, juntamente a uma variedade de geleias, mel e manteiga. Sem contar os pratos quentes preparados na hora, *waffles* crocantes, panquecas fofas e opções saudáveis representadas por uma seleção de frutas e iogurtes. Eu fiquei perdida com tanta opção e acabei me servindo de um café puro, um brioche com queijo e uma fatia de melão. Entre um gole de café e outro, Adam fez uma pausa e passou a me observar.

— Agora você está preparada para uma experiência de verdade. Conhecer o verdadeiro potencial desse nosso mundo virtual. Temos muito o que fazer.

Eu estava ansiosa, de fato. Assim que terminamos a refeição, Adam me levou para conhecer os outros cômodos da casa. Havia um subsolo, do qual eu nem fazia ideia, com uma academia e, ao lado dela, uma sala que Adam transformou em um centro de acesso ao RealOne, à semelhança do que existia no edifício de Manhattan.

— Preparada para ingressar?

Eu não aguentava mais tanto mistério. Rapidamente me deitei na poltrona antes mesmo que ele me pedisse.

— Estou pronta — respondi olhando para ele, que reagiu deixando escapar uma risada achando graça; percebeu que eu estava diferente, mais animada. Quando colocou o meio-arco em minha cabeça, aproximou sua boca do meu ouvido e disse baixinho: "*Surprendre*"[3]. Não entendi, mas pela entonação parecia ser francês. Um arrepio percorreu meu corpo.

Não pode ser, não pode ser, repeti mentalmente a mim mesma, quando o túnel surgiu. Minha reação foi engraçada: fiquei tão empolgada com

---

3. Surpresa em francês.

as possibilidades que atravessei o túnel correndo em vez de caminhar por ele e acabei entrando no novo mundo antes de Adam. Estava de dia e eu podia sentir o sol em meu rosto. A imagem foi se formando à minha frente. *Não pode ser, não pode ser...* PARIS!

———

Era mesmo Paris. Estávamos na margem do Sena, com a torre Eiffel mais adiante à nossa esquerda, à frente. Adam surgiu em seguida. Não foi possível conter a minha emoção.

— Não posso acreditar que estamos em Paris!! Acho que assisti a todos os filmes que existem sobre este lugar — brinquei.

Ele sorriu em resposta.

— Sabia que você iria se surpreender.

Alguns barcos navegavam pelo Sena enquanto pessoas passeavam de bicicleta ou caminhavam ao nosso lado.

— Quem são todas essas pessoas?

— Muitos são funcionários que estão testando o programa. Outros são avatares tecnológicos.

— Avatares tecnológicos?

— Sim. São programas desenvolvidos para interagir e executar uma determinada função. Têm até os trejeitos do povo local.

— E como vou saber quem é avatar tecnológico e quem é usuário? — questionei.

— Eles são muito reais, é difícil perceber. Alguns de nós achávamos que não poderia haver diferenciação, mas a maioria não concordou. Quando olhamos para os avatares tecnológicos, uma pequena luz verde se acende sobre as suas cabeças indicando que são avatares. Se não fosse por eles, a cidade não funcionaria. Eles operam os transportes públicos, atendem nas lojas e restaurantes, policiam a cidade, atuam como guias turísticos, enfim, tudo para fazer com que uma cidade funcione.

— E se eu quiser trabalhar na cidade não posso?

— Claro que pode — respondeu Adam. — Os avatares tecnológicos existem para preencher vagas que não foram ocupadas e são fundamentais para a operacionalidade da cidade, mas o ideal é que, com o tempo, as pessoas assumam essas atividades e sejam remuneradas por isso.

Adam fez um gesto, convidando-me.

— Vem, quero te mostrar a cidade. Vamos atravessar a ponte até a Esplanade des Invalides e, depois, seguimos até a torre Eiffel.

Como qualquer turista apaixonada, Adam me levou para conhecer primeiro a torre Eiffel. Subimos até o seu último estágio, ele me apresentando cada novidade de seu mundo virtual. Eu não cansava de me surpreender com a realidade daquele lugar. Eles haviam pensado em todos os detalhes. Ao sairmos da torre, Adam me levou para almoçar, em uma das experiências mais surpreendentes que tive ao longo de minha vida.

— Vou te levar ao L'Alchimiste, um restaurante Michelin de três estrelas — disse Adam. — É considerado o melhor restaurante de Paris. No mundo real, ir ao L'Alchimiste sem uma reserva seria impossível.

Fiquei confusa. Uma coisa era ver uma obra de arte ou visitar um museu, mas algo tão peculiar como um restaurante premiado?

— Um restaurante é conhecido por seus pratos exclusivos. O trabalho de um *chef* de cozinha é único, é uma obra de arte que não pode ser copiada.

— Pode se o *chef* concordar — retrucou Adam. — E foi o caso do L'Alchimiste. Conseguimos convencê-los a montar uma unidade em Paris no RealOne, exatamente igual à que existe na vida real. Ele preparou os pratos, que foram digitalizados em sua aparência, e os sabores foram captados naquele laboratório em que estivemos. Pessoas provaram todo o menu que ele preparou e as sensações relacionadas a eles, como olfato e paladar, foram decodificadas e armazenadas. Ainda estamos aperfeiçoando essa tecnologia, mas já estive tanto no L'Alchimiste na vida real quanto aqui, no RealOne, e posso garantir que o daqui não deixa nada a desejar.

Almoçamos sem pressa no L'Alchimiste. Foi incrível. Poder apreciar os sabores dos pratos de um restaurante premiado dentro de um ambiente virtual... Como era possível?! Quando saímos de lá eu já havia me rendido completamente àquela nova tecnologia. O que poderia ser melhor do que em um piscar de olhos se transportar para qualquer lugar que se desejasse para vivenciar sensações como se estivéssemos na vida real?

À tarde começou a fazer frio e eu não estava preparada para isso. Adam notou e me ensinou como usar o menu virtual do programa.

— Acho que está na hora de você testar algo diferente. Pense na frase "Ok, Meta" — Adam sorriu. — É meio brega, eu sei, mas foi uma exigência contratual.

Entendi mais tarde por que ele se justificava. Quando pensei na frase, um menu de configuração com uma infinidade de itens surgiu diante dos meus olhos.

— Você pode escolher o que você quiser. Basta completar a frase em sua mente, tipo "Ok, Meta — roupas", "Ok, Meta — informação", "Ok, Meta — música", e assim por diante. Seus olhos agem como se fossem um seletor para você escolher o que quiser. Ao final, basta dar o comando "Ok, Meta — finalizar".

— Funciona como os assistentes virtuais da Apple e do Google, "SIRI" e "Ok, Google"?

— Isso mesmo.

Fiz como Adam orientou. Pensei na frase e em roupas, pois queria estar mais bem-ambientada, afinal, estava em Paris. *Chanel* me veio à mente, e o menu abriu à minha frente: vestidos, sapatos, camisas, bolsas. Queria um casaco. "Moda Inverno". Vários modelos saltaram diante de meus olhos. Era um sonho. Escolhi uma jaqueta. Quando percebi, estava usando o modelo, totalmente ajustado às minhas medidas.

— Ficou ótimo em você — ele elogiou a escolha. — Melhor agora, não é?

— Eu só queria ter algo assim em casa! — brinquei.

Quando atravessávamos a Ponts des Arts, paramos um pouco para apreciar a vista do Sena. Adam se recostou ao meu lado. Um zumbido passou a me incomodar, como se um inseto rondasse meus ouvidos. Na primeira vez, reagi instintivamente passando a mão para espantar algo, mas não adiantou. Depois de um tempo notei pequenos borrões passando diante de meus olhos. Achei que pudesse ser alguma espécie de *bug* do programa até que tive a impressão de ouvir alguém chamar pelo meu nome e me voltei para Adam.

— Você ouviu também?

Ele reagiu com estranhamento.

— Ouviu o quê?

— Alguém me chamou... Alguma coisa estranha está acontecendo. Estou ouvindo uns zumbidos e vendo uns borrões passarem diante de mim. Achei que fosse algum problema com o programa.

Adam ficou apreensivo.

— Alguém está usando a "experiência temporal". Esses borrões e zumbidos são de alguém que está passando ao seu lado com uma velocidade muito alta. O suficiente para você não conseguir ver.

— Será que pode ser a pessoa que jogou os livros na biblioteca de Alexandria?

— Sim, pode. Precisamos acessar a "experiência temporal". Venha comigo.

Saímos correndo da ponte, em direção ao Jardin de L'Infante. Quando chegamos lá, Adam procurou um local tranquilo, onde não houvesse mais ninguém.

— Lembra do que fizemos na biblioteca de Alexandria? Vamos ter que fazer a mesma coisa agora. Eu vou acessar a "experiência temporal" e vou passar pela sua frente exatamente como você presenciou agora há pouco. Você terá que se esforçar para acostumar os seus sentidos. Tente me ouvir e me ver. Você vai conseguir!

Mal terminou de falar, Adam desapareceu diante de meus olhos, como que por mágica, assustando-me. Como ele falou, passei a ouvir os mesmos zumbidos de antes e ver os mesmos tipos de borrões passarem diante de mim. Eu me concentrei ao máximo. Um borrão cruzou meu campo de visão e pareceu que ouvi algumas palavras, outro passou e avistei um vulto. Mais um e outro e, de repente, Adam surgiu por inteiro diante de mim. Lembrei-me dos livros de imagem em três dimensões, nos quais gastávamos muito tempo ajustando nossa visão para enxergar as figuras saltando das páginas, mas, uma vez que conseguíamos, não dava para esquecer.

— Você conseguiu! — ele comemorou. — Bem-vinda à "experiência temporal"! Vamos? Temos muito o que descobrir.

Atravessamos o jardim em direção ao Louvre. Quando pude avistar o pátio do museu tomei um susto. A cidade estava congelada no tempo. As pessoas estavam imóveis como bonecos, assim como os carros e tudo o mais.

— O que está acontecendo? O tempo parou?

— Não. Nós é que estamos muito acelerados. A cidade ainda está em movimento, mas é tão lento para a nossa percepção temporal que parece que está parada.

Era surreal. Parecia uma encenação de *flash mob*[4]. Mal tive tempo de me adaptar àquela estranha condição, avistamos um vulto correndo do outro lado do pátio. Usava um moletom azul-escuro com um gorro, que cobria a sua cabeça.

— Ali!! — apontei.

Adam se virou rapidamente e me puxou pela mão.

— Vamos atrás dele!

Perseguimos o sujeito, manobrando entre as pessoas imóveis. A figura misteriosa se dirigiu ao Sena, cruzou a Pont du Carrousel e tomou o caminho para Saint-Germain-des-Prés. Eu estava decidida a descobrir sua identidade. Ele avançou pela rua usando a via central para ganhar velocidade. Estava a uma quadra à nossa frente e, ocasionalmente, olhava para trás, como se nos avaliasse. Após algumas quadras em linha reta, ele fez uma curva abrupta à esquerda. Nossos passos ficaram mais rápidos na tentativa de não perdê-lo. Ao fazermos a mesma curva, ele estava lá, a cerca de cinquenta metros à nossa frente.

---

4. Grande grupo de pessoas que se juntam repentinamente em um local público para fazer alguma ação e rapidamente saírem do local.

Parou por um instante para verificar nossa posição antes de se enfiar em uma rua lateral, saindo do nosso campo de visão. Usamos todas as nossas forças para tentar alcançá-lo, mas, ao chegarmos ao local onde ele havia entrado, o silêncio reinava. O estranho havia desaparecido.

    Olhei ao redor. Uma angústia profunda foi crescendo em meu peito. O peso desse sentimento me puxou para o chão e ali me agachei, dominada pela intensidade daquilo que parecia ser uma combinação de medo, incerteza e desespero. Adam se agachou ao meu lado e segurou meu ombro com uma das mãos.

— O que foi, Amanda? O que aconteceu? — ele perguntou.

— Não estou me sentindo bem. Me leve embora, Adam, por favor!

CAPÍTULO 7

Saímos do programa usando o menu digital, como Adam havia me ensinado da primeira vez. Estava tão consternada com aquele novo episódio que mal falei com ele. Eu me recolhi ao meu quarto e passei algumas horas encolhida na cama. Quando desci já era noite. A sala estava silenciosa. Notei um vulto em uma das cadeiras de frente à piscina; era Adam. Fui até lá. Uma luz fraca vinda das luminárias no chão iluminava o lugar. Adam segurava uma taça de vinho.

— Está melhor? — ele me perguntou preocupado.

— Sim, estou — respondi sem muita convicção e me sentei em uma poltrona ao seu lado.

— Aceita um vinho?

Assenti.

— O que aconteceu, Amanda? — ele me perguntou enquanto enchia uma nova taça.

— É difícil descrever. É como se aquele lugar estivesse impregnado por um sofrimento sem fim... Nunca senti nada tão negativo.

— Eu não consigo entender de onde vêm essas sensações.

— Muito menos eu... Mas tive a impressão de que aquela pessoa nos levou lá por esse motivo.

— Eu andei pesquisando os funcionários que sabem sobre a "experiência temporal"...

— E o que você descobriu?

— Nenhum deles ingressou no programa naquele momento em que estávamos em Paris.

— Então alguém mais sabe sobre a "experiência temporal"!

Adam sinalizou positivamente.

— Um dos funcionários que estão testando o programa descobriu sobre ela. Só pode ser isso! — presumi.

— Eu sei... E não vai ser fácil identificar essa pessoa ou saber o que ela pretende.

— E pensar que eu estava tão ansiosa com essa oportunidade de explorar o RealOne...

— Você não pode se deixar abalar por esses acontecimentos!

Permaneci em silêncio pensando em toda aquela situação, enquanto olhava para a luz que refletia na piscina através da taça de vinho. Depois, virei de lado para ficar de frente a Adam.

— Eu venho ensaiando para te perguntar algo...

O homem reagiu com uma expressão séria.

— Por que você optou por mim para te acompanhar no RealOne? Eu sei que sou uma jornalista talentosa, mas havia outros profissionais com bem mais experiência do que eu.

Adam deu uma risada.

— Você está se subestimando...

Franzi o nariz.

— Sério?

— É verdade, Amanda... Sua matéria sobre MetaVerso chamou a minha atenção. Não só a minha, mas de muita gente. A maneira como você trouxe poesia a um assunto tão técnico foi algo especial. Essa é exatamente a minha visão. Para mim, esse novo universo não é só tecnologia, um aglomerado de *bits*. Há uma essência poética por trás dele. Eu imaginei uma matéria com esse tipo de abordagem para convencer as pessoas, não um manual técnico sobre o novo mundo.

— Não imaginei que você pensava dessa maneira.

— As pessoas têm outra imagem de mim.

O homem tinha razão. Eu mesma guardava outra impressão dele antes de conhecê-lo melhor.

— Eu também tenho uma pergunta a te fazer — disse Adam. — O que uma garota de Pendleton, no Oregon, foi fazer em Nova York?

— Parece que você se informou a meu respeito... — comentei com um leve sorriso.

Adam espalmou as mãos à frente do corpo, parecendo se divertir.

— Eu ganhei uma bolsa de estudo para uma faculdade de tecnologia em Nova York por meio de um concurso de redação. Me mudei logo em seguida.

— Você sempre gostou de tecnologia? — ele continuou. Eu deixei escapar uma risada.

— Confesso que tecnologia não era o meu forte. Meu pai tem origem nômade e cresci cercada pelas tradições ciganas. Isso sempre teve grande influência sobre mim. Até usava aquelas roupas típicas, sabe? Eu parecia uma forasteira andando pela minha própria cidade... — Deixei escapar uma risada enquanto algumas lembranças me vinham à mente. — Por causa desse nosso jeito sofríamos muito preconceito e acabei buscando refúgio nos livros. A leitura virou minha paixão e desde então meu maior sonho era me tornar uma escritora.

— E por que não seguiu esse caminho?

— Quando minha mãe adoeceu tive sérias divergências com meu pai. Ele era resistente à ideia de usar a medicina convencional para tratar o câncer dela e acabou por convencê-la. Foi uma traição que eu nunca perdoei, a ponto de provocar uma mudança radical em minha vida. Eu abandonei aquele mundo de tradições e superstições e me lancei no mundo da tecnologia. Acho que, no fundo, o que eu queria mesmo era atingi-lo de alguma forma, mas acabei me apaixonando. Apesar disso, nunca desisti de escrever. Acredito que me tornar uma jornalista na área de tecnologia foi a maneira que encontrei para juntar tudo isso.

Um silêncio incômodo se instalou entre nós. Tentava imaginar o que se passava na cabeça de Adam. Tratei de quebrar o clima.

— E você? O que te levou a criar o RealOne?

Os olhos dele se iluminaram. Ele soltou um sorriso enquanto parecia se recordar.

— Quando eu era pequeno costumava caminhar pelas ruas de Nova York ao lado de meu pai. Ele era um homem muito respeitado no mercado imobiliário, onde fez a sua fortuna. Costumava transformar prédios antigos em espaços incríveis. Cresci com essa ideia fixa de transformação e acho que acabei misturando minha paixão por filmes de ficção científica e videogames com as ideias visionárias dele e daí nasceu o conceito do MetaOne dentro de mim. Mais tarde, quando me formei na faculdade, vislumbrei levar aquele sonho adiante. Era uma aposta arriscada que precisava de um grande investimento e a garantia de retorno era incerta. Ensaiei por uma semana para apresentar o projeto ao meu pai, mas ele não só entendeu como se tornou meu sócio no empreendimento. Ele enxergou ali uma oportunidade para explorar novos "espaços". E quanto ao que aconteceu depois... Acho que você já sabe.

— Ele parece ter sido um grande homem... — comentei.

— O melhor — ele concluiu.

Lembrar de seu pai emocionou Adam. Seus olhos ficaram úmidos nesse momento. Ele sentou-se na beirada da espreguiçadeira e soltou um suspiro.

— Bom... Precisamos nos preparar para amanhã certo? Temos muito o que fazer ainda. Preciso te apresentar as novas cidades e precisamos descobrir quem é aquele sujeito misterioso e o que ele pretende.

— Você tem algum plano em mente?

— Para dizer a verdade não. Mas não precisamos nos preocupar com isso. Tenho a sensação de que, seja lá quem for, vai nos procurar de novo...

CAPÍTULO 8

Seguimos nosso plano de conhecer novas cidades para que eu pudesse incluí-las em minha matéria. Passávamos metade do tempo imersos na "experiência temporal" esperando encontrar com nosso visitante misterioso e o resto fora dela explorando os lugares. Depois de uma semana, Adam resolveu me fazer uma nova surpresa.

Após o clarão do ritual de entrada, meus olhos se adaptaram e me deparei com o mar mais azul que jamais havia visto em toda minha vida. Olhei em volta e o cenário contrastava com o branco das casas, com suas formas características, e alguns telhados em cúpula da cor do mar. Não precisou que Adam me dissesse nada, pois eu sabia que estava na Grécia, mais especificamente em Santorini. Como eu sabia disso?

Não havia muitas coisas para se fazer na minha cidade natal, então, quando adolescente, eu desafiava minha imaginação elaborando uma lista de meus principais desejos e visitar Santorini era um deles. Alguns desses desejos vinham de filmes ou das histórias extraídas dos livros que eu lia sem parar. No caso da ilha Grega, ele veio de um pôster fixado em uma vitrine de uma agência de viagens em frente da qual eu passava quase todos os dias voltando da escola. Os tons de azul e branco me conquistaram desde a primeira vez: "Visite Santorini", ele dizia. Nem sei quantas vezes parei em frente àquela imagem, fantasiando estar lá um dia, e lá estava eu, a admirar os tortuosos caminhos estreitos que contornavam as casas, como um labirinto a ser explorado. Voltei-me para Adam sem conseguir esconder minha surpresa.

— Você não faz ideia de como estar aqui é importante para mim. Visitar Santorini era um sonho de adolescência!

— Então vamos aproveitar ao máximo — ele respondeu, segurando-me pela mão e tomando a direção de uma viela.

Inúmeras lojas de todos os tamanhos e gostos dividiam espaço com restaurantes, bares, casas noturnas e outros pontos turísticos. Alguns deles, em *rooftops* que permitiam uma vista privilegiada do oceano. As vielas eram todas iguais e se perder em Santorini fazia parte do encanto da ilha. Aproveitamos a manhã para conhecer Fira. Andamos o dia todo para cima e para baixo até minhas pernas não aguentarem mais. Pouco antes do final da tarde fomos até o castelo de Oia para apreciar o pôr do sol, famoso por ser um dos mais esplendorosos do planeta. No caminho, Adam pegou uma champagne em dos restaurantes locais e duas taças para brindarmos àquele dia na ilha.

Recostamos em uma de suas muralhas. Em algumas das imagens que me lembravam de Santorini, multidões se espremiam nos melhores pontos da ilha para apreciar o pôr do sol, que naquele momento era só nosso, já que éramos os únicos naquele lugar. Os testes pré-inauguração com aquele cenário já haviam sido concluídos e tínhamos a ilha inteira ao nosso dispor. Adam abriu a garrafa e serviu nas duas taças, enquanto um tom avermelhado ganhava o horizonte e o sol, como uma enorme bola de fogo, escondia-se devagar no mar. A beleza era tanta que me peguei imaginando se ele não seria ainda mais encantador que no mundo real. Virei meu rosto para ele, que me observava quieto, guardando um sorriso ardiloso em seu rosto ainda iluminado pelos últimos raios de luz.

Adam, então, aproximou-se ainda mais de mim. Pude sentir nossos corpos quase se tocando, como se estivéssemos envolvidos por uma eletricidade que nos ligava um ao outro. Ele se inclinou, seus olhos encontrando os meus, e nossos lábios se tocaram.

O beijo foi tímido no início, uma simples e cautelosa pressão de lábios, como se estivéssemos testando as águas de um território inexplorado. Mas, aos poucos, ganhou profundidade e confiança, deixando uma sensação calorosa e sincera em seu rastro.

Adam me puxou para mais perto e eu pude sentir seu coração batendo forte, sua pulsação em harmonia com a minha. Nossos corpos se encaixaram com perfeição, e naquele instante tudo pareceu estar no lugar. O mundo ao nosso redor se desvaneceu e tudo o que restou foi a certeza de que aquele momento abria um universo de possibilidades.

— Acho que esse foi o primeiro beijo deste novo mundo! — Adam comentou com seu rosto próximo ao meu, esboçando um sorriso.

— Não poderia ter sido melhor representado — respondi, ainda embriagada pelo momento.

Quando deixamos aquele lugar, Adam resolveu me levar para conhecer a igreja dos três sinos, um dos cartões postais da ilha, antes de nos despedirmos dela. Atravessamos de novo as ruelas até nos depararmos com algo inesperado. Em um dos muros brancos ao lado do caminho havia uma enorme pichação.

NOSTRADAMUS

Eu não reconhecia aquele lugar. Não sabia se aquela palavra estava ali antes, mas a reação de Adam deixava clara sua surpresa. Ele ficou parado, olhando para o local, completamente atônito.

— O que foi, Adam? O que é isso?

— Eu não sei — ele respondeu, sem desgrudar os olhos do muro. — Acho que o nosso amigo misterioso está querendo nos dizer alguma coisa!

CAPÍTULO 9 —

Nunca fui uma adepta de profetas visionários ou videntes de final de ano, ainda assim, quando retornamos tratei de me debruçar sobre algumas das 942 quadras poéticas de Nostradamus que, supostamente, tinham relação com o futuro da humanidade. Logo na primeira quadra percebi que aquilo não nos levaria a lugar algum:

"65 Guerra cinza e semiaberta,
À noite, eles serão roubados e levados,
O despacho tomado passará pela fúria,
Seu templo aberto, dois assados na grelha."

Fechei a tela do computador e fui procurar Adam. Acabei por encontrá-lo caminhando sozinho na praia. Parecia pensativo.

— Pesquisei algumas das quadras de Nostradamus — comentei, ao me aproximar dele. — Não dá para entender nada. O que será que aquele sujeito está tentando nos dizer?

— Não acho que tenha algo a ver com as profecias... — ele respondeu.

— O que você acha, então?

Ele parou por um instante e me encarou.

— Eu não sei, mas esses acontecimentos estão me assustando. Eu conversei com Thomas, meu engenheiro de sistemas. Ele acha melhor adiarmos a inauguração.

— Você acha que pode confiar nele?

— Thomas não é só o melhor engenheiro de sistemas do RealOne, ele é quase um irmão para mim. Ninguém conhece o programa melhor do que ele.

Depois de uma pausa, ele continuou.

— E você, qual a sua opinião?

— Não sei se eu deveria opinar em algo tão importante assim.

— Você está tão envolvida quanto eu, Amanda.

Eu concordei.

— Quando vai ser a inauguração? — perguntei.

— Em três meses.

— Está meio em cima mesmo, mas acho que você ainda tem ainda algum tempo para decidir, não tem?

— Não é tão simples assim. Quanto mais tempo passar, mais difícil vai ser para voltar atrás. Muitas pessoas já foram convidadas.

— Não acho que isso seja um grande problema — repliquei. — Basta desconvidar, se for necessário.

— São milhares de pessoas, Amanda. Eu nem sei quem são. Outra pessoa se responsabilizou pela lista de convidados. Os kits com os equipamentos já foram até distribuídos para esse pessoal.

— Milhares? — perguntei, surpresa. — Não imaginei que seria uma inauguração para tanta gente. E se algo der errado?

Adam soltou uma risada.

— Acho que você vai levar um susto!

Fiquei sem entender. Ele, percebendo, continuou:

— Milhares são os convidados. Se contarmos também os usuários que estão sendo selecionados, estimamos uma festa com mais de dois milhões de pessoas.

— Milhões?! — Quase cai para trás. — Como isso vai ser possível? Ninguém inaugura um projeto como esse com milhões de pessoas.

— Se você pensar nos consoles de videogames, eles são vendidos aos milhões de uma só vez. O fato de ser um MetaVerso não transforma nosso projeto em algo tão diferente assim. Pense como se fosse um videogame ultrassofisticado. Pode existir algum *bug* ou pequenos problemas, que não vão comprometer em nada a experiência dessa festa de inauguração.

— Mas ninguém precisa de um *chip* implantado no corpo para jogar um videogame...

— Você tem razão, mas são mínimas as chances de termos problemas com esses *chips*. Eles foram testados em milhares de pessoas sem uma única intercorrência. Na pior das hipóteses, ele pode sofrer algum defeito e não funcionar.

— Eu sei Adam, mas... merdas acontecem! Lembra do Steve Jobs na inauguração do Ipad? Ele ficou até deprimido por causa daquele episódio.

— E o Ipad foi um dos maiores sucessos da Apple!

— Mas por que não fazer algo menor, com menos gente, e depois partir para algo desse tamanho?

— Você visitou algumas de nossas cidades e notou o número de funcionários que foram mobilizados para testá-las. Nós estamos nos preparando para esse momento há anos. O consórcio formado por nossas empresas transformou esse projeto no maior empreendimento tecnológico dos últimos tempos. Mobilizamos plantas industriais na China que já produziram milhões de equipamentos para serem utilizados. Tudo foi pensado para ser um evento único, jamais imaginado. Meu único receio são esses novos acontecimentos. Isso, sim, tem me tirado o sono.

— Eu queria poder ajudar... — lamentei.

— Você tem me ajudado muito mais do que imagina — ele respondeu, parando na minha frente na praia e aproximando seu rosto para um novo beijo.

Naquela noite, procuramos esquecer um pouco os problemas e aproveitamos para nos conhecermos ainda melhor. Após um jantar maravilhoso preparado por Joana, Adam abriu uma garrafa de vinho enquanto nos divertíamos com algumas histórias antigas. Nem vimos o tempo passar. Abrimos outra garrafa e outra... A noite estava só começando.

Não me recordo exatamente como e quando chegamos ao quarto de Adam. Nossos corpos se entrelaçaram e, depois disso, permaneceram inseparáveis. Peças de roupa foram sendo deixadas pelo caminho, desde a piscina até a sala, e nem sei onde mais. Adam foi derrubando uma por uma todas as convicções que eu tinha sobre relacionamentos. Naquele momento, eu não percebi, mas já estava apaixonada por ele. Nos relacionamentos anteriores, eu sempre mantinha o controle das minhas emoções, mas naquele instante tudo parecia diferente. Talvez eu tenha subestimado Adam, não sei ao certo... Só percebi a profundidade do meu envolvimento algum tempo depois.

Quando o sol nasceu, pude ver o mar e a praia de frente, com minha cabeça recostada no peito de Adam, ouvindo seu coração bater forte. Pensei em como seria minha vida a partir daquela noite.

— Precisamos dormir um pouco — disse ele, baixinho. — Ainda tenho muito para te mostrar.

Fiquei calada enquanto ele seguia fazendo mistério. Meus olhos pesaram de cansaço e eu caí no sono sem perceber.

CAPÍTULO 10

As semanas que se seguiram foram bem movimentadas. Adam me levou para conhecer diversas cidades, entre elas: Roma, Londres, Rio de Janeiro, Tóquio, Amsterdam e Istambul. Eu estava esgotada e me sentia como uma comissária de bordo, que acordava cada dia em um lugar diferente. Em uma das noites, voltei a fazer contas. Estava hospedada há pouco mais de vinte dias na casa de Adam e, contando com a "experiência temporal", havia passado com ele tempo equivalente a mais de quatro meses no RealOne.

Após o evento de Santorini, Adam e Thomas concordaram em acelerar a implementação dos "travamentos", que evitariam as distorções temporais e, desde esse ajuste, não tivemos mais encontros com o estranho personagem que nos rondava no ambiente virtual. Com a situação sob controle, Adam sentiu-se mais seguro para prosseguir com os planos de inauguração do RealOne sem adiamentos.

—

Enfim concluí a minha matéria sobre o mundo virtual. Procurei Adam logo após encaminhá-la por e-mail à minha chefe. Desejei que ele soubesse do conteúdo antes de sua publicação. Minha intenção era compartilhar com ele aquele momento tão importante. O momento em que o mundo saberia do RealOne e ele teria todo o seu trabalho revelado.

Na manhã seguinte, as mensagens chegavam sem parar em meu celular. Logo cedo, Ellen me ligou.

— Amanda, ficou fantástico. Você precisa voltar agora mesmo.

Eu sabia que aquele trabalho mudaria minha vida profissional e senti que tinha acertado em cheio.

— Agora? Mas...

— Assim que essa matéria for publicada vão te chamar para entrevistas em tudo que é lugar — disse ela. — Esse material é bombástico, menina!

Eu não queria ir embora. Cheguei a pensar em jogar tudo para o alto e aproveitar aquele momento com Adam. Senti-me bem deixando meu instinto aflorar. Era um exercício de liberdade que fazia algum tempo eu não praticava, só que a realidade era outra: precisava ajudar na divulgação daquele material, não somente por Adam, mas por mim e pela minha carreira.

No café da manhã, ele estava todo empolgado com a nossa próxima entrada. Não sabia como dizer a ele que eu precisava voltar. Dei um gole em meu chá sem tentar fazer alarde.

— O pessoal da revista adorou a matéria — comentei.

Adam devolveu a xícara dele ao pires dando um sorriso orgulhoso.

— Eu sabia.

Foi, então, que ele notou que eu não compartilhava da mesma empolgação.

— O que foi? — perguntou ele. — Por que você não está feliz?

— Eu estou! De verdade. É que pediram que eu voltasse. Disseram que eu preciso estar em Nova York quando a matéria for publicada.

— E quando vai ser isso?

Eu soltei um suspiro.

— Amanhã...

A princípio, Adam ficou sem ação. Depois tentou disfarçar.

— Mas era o que você queria, não era?

— Sim, era — respondi. — É que eu gostaria de poder ficar um pouco mais...

Adam me fitou em silêncio. Seu olhar pedia para que eu ficasse, e acho que, mesmo sem perceber, eu fazia o mesmo. Então ele pediu que eu aguardasse por um momento e se ausentou por um instante. Quando retornou, mais uma vez me surpreendeu.

— Eu queria poder esperar o momento ideal, mas desde que te conheci todos os momentos têm sido ideais — ele disse. Em seguida, retirou algo de seu bolso.

— Quer se casar comigo? — ele perguntou, abrindo uma pequena caixa, deixando à mostra um lindo anel de diamante.

Levei um susto. Eu não imaginava o que ele tinha em mente. Acho que minha reação me denunciou, porque no mesmo momento ele se adiantou:

— Não quero que você responda agora. Pense a respeito. Sei que você não estava esperando por algo assim. Você pode responder quando achar que está pronta. Não tenha pressa.

Fui absorvida pela intensidade do momento.

— Você é mesmo cheio de surpresas, Adam Goodwin! — eu respondi. — É claro que eu aceito!!

Adam aproximou-se para um beijo e nesse momento fomos interrompidos por Joana, que adentrou a sala e se deparou com aquela cena. Fez menção de sair, quando Adam a chamou de volta.

— Joana, eu e a Srta. Buckland estamos noivos.

Joana não pôde conter seu espanto e fez uma careta. Para ela, mal nos conhecíamos. Ela não sabia da "experiência temporal" e o fato de que, devido a ela, eu e Adam já convivíamos há alguns meses. Percebendo a situação, troquei um olhar com Adam e ambos reprimimos uma risada. Após essa reação inicial, a mulher celebrou nossa decisão e me envolveu em um abraço caloroso.

— Que boa notícia. Parabéns, Srta. Buckland!

E depois cumprimentou Adam.

— Cuide bem dela, Sr. Goodwin. A Srta. Buckland é uma ótima moça.

Adam sorriu e aproveitou para me abraçar e falar baixinho ao meu ouvido:

— Eu vou te esperar.

Mal consegui aproveitar o breve voo até Nova York. Estava tão envolta em meus pensamentos que, quando dei por mim, já estávamos pousando no aeroporto de Teterboro. A cidade que nunca dormia já não habitava mais meus sonhos. Tudo o que eu queria era voltar para a casa nos Hamptons.

CAPÍTULO 11

Ellen tinha razão. A matéria sobre Adam e o RealOne teve uma grande repercussão na mídia e muita gente queria conversar comigo sobre aquela experiência fantástica.

Adam encontrou uma maneira de continuarmos a nos ver e após convencer o departamento jurídico da empresa, mandou que instalassem o equipamento de acesso ao RealOne no meu estúdio no Queens. Um funcionário passou um certo tempo me ensinando a operar todo o equipamento, que fazia quase tudo sozinho. O meu acesso e o de Adam eram os únicos já liberados. As demais pessoas teriam que esperar pelo dia da festa de inauguração, que se aproximava.

Minha primeira grande entrevista foi no programa *The Tonight Show* com Jimmy Fallon, com uma audiência gigantesca. Ele passou parte do tempo fazendo brincadeiras, com seu jeito despojado, sobre as novas "possibilidades" dentro do mundo virtual, levando o público e a mim às gargalhadas. Adam foi chamado para várias entrevistas, mas definiu que iria concedê-las somente após a festa de inauguração. Ele me disse que mal tinha tempo para respirar com os preparativos, mas, mesmo assim, reservava alguns momentos, todos os dias, para nos encontrarmos no mundo virtual.

―

Uma campanha agressiva de marketing dominou a mídia. Isso sem contar o enorme sucesso da publicação da minha história e diversas participações que fiz em programas de televisão. Outdoors gigantescos iluminavam a Times Square e estampavam as laterais de ônibus e painéis no metrô. Na mídia social não se falava em outra coisa que não o novo mundo virtual que seria lançado. O termo "experiência de vida real" ganhou vida própria e o mundo queria saber se, de fato, era possível simular virtualmente todos os sentidos.

Isso só para citar os meios a que eu tinha acesso. Não conseguia nem imaginar o que ocorria mundo afora.

A resposta foi rápida, despertando a curiosidade de uma legião de indivíduos, que passavam horas em frente às telas de sites de pré-venda, os quais muitas vezes travavam por não suportarem uma procura tão grande. A fila de candidatos para ingressar no programa superou todas as expectativas. Milhões de pessoas aguardavam por uma oportunidade. Quando selecionados, os candidatos eram orientados a procurar as unidades do grupo distribuídas mundo afora, para implantar os *chips*, adquirir os equipamentos de acesso e receber algumas orientações, que também eram disponibilizadas on-line.

Milhares de convites também foram enviados a personalidades como cientistas, acadêmicos, escritores, artistas, empresários e influencers. A lista parecia não ter fim.

A festa aconteceria no dia 22 de outubro, às 20h, horário de Greenwich, que foi a referência escolhida em uma votação na internet; 15h em Nova York. Não agendei nada para aquele dia. Liguei para Adam na noite do dia anterior para lhe desejar boa sorte e combinamos que no dia seguinte nos encontraríamos. Eu já estava inteirada do tal menu de roupas e acessórios e queria fazer uma surpresa para ele. Certo dia, acessei o RealOne sozinha, somente para experimentar o look que usaria, e deixei tudo pronto. Agora era só aguardar algumas horas para ver a reação dele. Mal podia esperar.

CAPÍTULO 12

"Nós fazemos o nosso destino".
Essas foram as últimas palavras ditas por minha mãe antes de nos deixar. Penso nelas o tempo todo desde então, mas naquela manhã algo me levou a refletir: "Será?".

Às 9h, meu celular tocou. Era Paul Green, um vizinho e amigo de meu pai, de Pendleton, dizendo que ele havia sofrido um acidente. O carro que ele dirigia tinha saído da pista e capotado algumas vezes em uma pequena estrada local. Ele acabou sofrendo algumas fraturas, estava internado na UTI do hospital St. Anthony e passava por uma cirurgia naquele momento. Agradeci a Paul por ter me avisado.

A princípio, dei de ombros. A ausência do meu pai havia se tornado uma constante tão familiar que, devo admitir, a notícia me atingiu com uma gelidez surpreendente. O ressentimento que eu guardava por ele parecia ter tomado conta de todo o espaço onde outros sentimentos poderiam brotar. Naquele momento, para ser sincera, minhas prioridades eram outras e decidi que não iria visitá-lo.

Sentei-me no sofá do meu estúdio e vi o brilho de um porta-retratos refletindo a luz do cômodo. Nele, uma foto da minha mãe, alocada no centro da mesa. Seu olhar parecia me condenar, desaprovando minha atitude. Lembrei-me dela me chamando para uma conversa pouco antes de nos deixar. Com uma voz suave e olhos suplicantes, ela me fez prometer que eu cuidaria do meu pai e que não o deixaria para trás. Naquele momento, acredito que ela já tinha percebido o abismo crescente entre nós.

Ao resgatar aquela promessa, algo mudou dentro de mim. Minha mente foi invadida por lembranças dos tempos em que ainda éramos três e levávamos uma vida simples no interior. Foi quando decidi que eu deveria ajudá-lo.

Consegui comprar uma passagem pela Internet num voo que sairia em pouco tempo do La Guardia. Os próximos seriam todos na manhã do dia seguinte e, além disso, não havia voos diretos e a viagem duraria mais de doze horas. Meu maior receio era não conseguir chegar a tempo de vê-lo com vida.

Coloquei algumas coisas em uma pequena mala e fui. No caminho, tentei falar com Adam a todo custo, mas seu celular estava desligado. Ele deveria estar louco com a festa de lançamento do RealOne. Mandei recados, fiz tudo o que pude para dizer a ele o que tinha acontecido e que eu não conseguiria estar presente.

O avião fez duas escalas e em ambas tentei falar de novo com Adam. Pedi ajuda a Ellen, para que ela pesquisasse outros contatos, mas logo tive que embarcar de novo. Quando a festa de inauguração do RealOne começou, eu estava em um voo entre Chicago e Portland, sentindo um aperto no peito por ter perdido aquele momento tão especial e por não saber o que eu encontraria.

Voltar para Pendleton não estava em meus planos, mas tudo o que eu desejava naquele instante era encontrar meu pai com vida. Durante todo o tempo que passei dentro do táxi a caminho do hospital, percebi que a cidade ainda era a mesma, como se tivesse congelado no tempo.

Tudo estava exatamente igual ao que eu havia deixado para trás. Consegui identificar alguns rostos familiares caminhando pelas calçadas, frequentando os mesmos lugares de outrora, seguindo a rotina de suas vidas.

O hospital ficava bem próximo. Ao chegar, desci do carro e corri para a recepção com o coração disparado.

— Patrick Buckland — falei, sentindo a boca seca.

A recepcionista consultou a tela de seu computador, enquanto eu pedia a Deus por uma boa notícia.

— Ele está na UTI, leito nove.

— Eu sou a filha dele, Amanda Buckland — informei a ela, estendendo minha identidade. — Acabei de chegar de Nova York. Soube que ele sofreu um acidente de carro e precisou ser submetido a uma cirurgia. Eu queria vê-lo.

A recepcionista pediu que eu aguardasse na recepção enquanto consultaria alguém do setor. Sentei-me de frente a uma televisão que falava sobre a festa que estava ocorrendo no RealOne. Entrevistavam um repórter que acabara de retornar do mundo virtual e mal conseguia se expressar depois de uma experiência que ele descreveu como uma "viagem sensorial única".

— Não se fala de outra coisa — comentou uma senhora sentada próximo a mim. — Você é a filha do Patrick, não é?

— Sim — respondi, ainda sem reconhecê-la.

— Acho que você não se lembra de mim. Eu era muito amiga de sua mãe. Meu nome é Leonor Reese.

Uma lembrança de Leonor e de minha mãe quando eu ainda era criança escapou de meu subconsciente. Ela tinha uma filha da minha idade, Cindy. Convivi pouco com ela no meu tempo de escola.

— Sim, Leonor. Eu me lembro. Você tem uma filha chamada Cindy, não tem? Como ela está?

— Está bem. Trabalha no comércio do pai.

Ela fez uma pausa olhando para o monitor e depois continuou.

— Eu soube o que aconteceu com o seu pai. Lamento muito.

Agradeci. Eu me sentia um pouco envergonhada por não estar lá quando ele mais precisou de mim. Leonor pareceu perceber meu constrangimento.

— Eu te vi outro dia na televisão — disse ela. — Era você, não era?

Assenti.

— Você fez bem de largar tudo isso aqui para trás. Se tivesse tido coragem teria feito o mesmo.

Olhei surpresa para a mulher, que esboçou um sorriso e lançou um olhar como se apoiasse as minhas decisões. Parecia perceber meu sofrimento.

— Amanda Buckland — chamou a recepcionista. — O médico autorizou sua subida. Ele vai recebê-la — informou, entregando-me um crachá de autorização para entrada.

Peguei o elevador e mal saí no andar da UTI encontrei o médico responsável, que já foi tratando de me tranquilizar.

— Soube que você veio de Nova York para ver seu pai, não é? — perguntou ele. — O Sr. Buckland está bem, fique tranquila.

— Me disseram que ele estava em cirurgia. Imaginei o pior...

— Não se preocupe — disse o médico, fazendo um gesto para me tranquilizar. — Ele fraturou o fêmur e teve algumas escoriações. Passou por uma cirurgia e foi preciso implantar uma prótese. Por sorte não houve trauma abdominal e, pelo fato de ele estar usando o cinto de segurança, também não teve traumatismo craniano.

Aquelas palavras tiveram o efeito de uma cartela inteira de calmantes. Meu corpo relaxou e a adrenalina foi diminuindo, deixando para trás uma sensação de cansaço devido à jornada até ali.

— Obrigada por tudo, doutor! — estendi a mão em um cumprimento. Ele esboçou um sorriso e me cumprimentou de volta.

— O efeito da anestesia já está passando. Ele nem precisou ficar entubado. Em breve você poderá conversar com ele.

O médico me encaminhou até o quarto onde ele ainda dormia. Eu me aproximei e parei ao lado da cama, apenas observando. O tempo havia sido implacável; meu pai tinha envelhecido bem mais do que seis anos seriam capazes de fazer. Silenciosamente, sentei em uma poltrona ao lado da cama para não despertá-lo. Voltei a espiá-lo através da grade da cama. Alguns aparelhos levavam medicamentos até um cateter em seu pescoço. Um monitor sobre a sua cabeça mostrava seus sinais vitais. *Que ironia do destino!*, pensei. Justo meu pai, um homem que não acreditava na medicina moderna, devia sua vida a ela.

Ainda observei meu pai por mais algum tempo até ser vencida pelo cansaço. Acabei caindo no sono, ali mesmo, sentada.

—

— Amanda?
Escutei alguém me chamando ao longe. Acordei. Meu pai se esforçava para levantar o tronco e virar-se na minha direção. Eu me levantei e dei um abraço nele.

— Desculpe, filha. Eu não queria te causar esse transtorno todo.
A distância entre nós havia criado um abismo tal que foi estranho ouvi-lo se dirigir a mim como sua filha.

— Foi um acidente. O importante é que você está bem.
Puxei uma cadeira para ficar mais próxima a ele e segurei uma de suas mãos. Ficamos em silêncio por um momento.

— Você está com dor? Precisa de alguma coisa? — perguntei, tentando quebrar o gelo.

— Está tudo bem. Não se preocupe — ele respondeu, dando um tapinha carinhoso no dorso da minha mão. Outra pausa.

— Eu te vi na televisão. Você ficou famosa...

— Não foi nada demais — tentei minimizar a importância.

— A festa de inauguração daquele programa já aconteceu?

— Sim.

— E como foi? Você, com certeza, era uma das principais convidadas, não era?

— Eu não participei da festa... Mas não vamos falar disso agora — eu disse, evitando encará-lo, para que ele não percebesse que eu escondia algo. Às vezes, eu tinha a sensação de que meu pai me conhecia melhor do que eu mesma.

— Você deixou de ir à festa por minha causa, não foi?
Voltei a fitar seus olhos.
— Qual a importância disso agora? Haverá muitas outras festas.
— Eu lamento muito, Amanda.
Dessa vez, fui eu quem deu um tapinha no dorso de sua mão. Tratei de mudar de assunto.
— Me conta, o que você tem feito?
Ele soltou uma risada sentindo dor.
— Não posso nem rir... Não há muito o que se fazer em Pendleton, não é mesmo? Mas estou me virando. Arrumei um emprego de manutenção geral em um supermercado.
— Que bom! Você sempre levou jeito com isso.
Ele assentiu.
— Foi o que me sobrou. Mas não posso reclamar. Eles me tratam muito bem e, se não fosse por esse emprego, nem teria direito a esse atendimento.
Sem querer, voltei a lembrar da ironia do destino.
— Está morando no mesmo lugar? — perguntei.
No fundo, eu ansiava por descobrir se ele compartilhava sua vida com outra pessoa, se havia encontrado um novo amor. Por um instante, meu coração acelerou na antecipação de sua resposta. Apesar do meu desejo pela sua felicidade, a ideia de uma figura que pudesse substituir minha mãe em seu coração era um peso complicado de carregar.
— Sim.
Ele se demorou um pouco me analisando e de novo pareceu ler meus pensamentos. Às vezes isso me irritava.
— E sozinho... Você sabe que ninguém vai substituir a sua mãe.
Uma lágrima escapou dos meus olhos. Virei o rosto para não deixar que ele notasse e a sequei passando o dedo sobre ela.
— E você? Encontrou alguém? — ele perguntou.
Qual seria a reação dele se eu contasse? Resolvi arriscar.
— Sim. Eu fui pedida em casamento.
— Você o quê? — ele perguntou, afundando a cabeça no travesseiro para me enxergar melhor.

— Eu fui pedida em casamento — eu disse novamente, mostrando a ele o anel de noivado que recebera de Adam. Ele segurou minha mão de leve.

— Nossa, que lindo!! E quem é o felizardo? Alguém de seu trabalho?

— Não pai. Meu noivo é o Adam Goodwin, o criador do Meta-Verso que foi inaugurado.

Seu rosto endureceu e eu não soube interpretar por qual razão; se aquilo representava uma surpresa boa ou ruim.

— Pai?

— Fico feliz por você — ele comentou. A maneira fria como ele se dirigiu a mim esclareceu o mistério. Ele não havia aprovado.

— Você não parece ter aprovado.

— Não sou eu quem tem que aprovar. Se você está feliz, tudo bem, não é?

Meu pai sempre enxergou a riqueza com reservas. Ele acreditava que cada escolha tinha seu preço e que ninguém atingia a prosperidade sem antes ter vendido parte de sua alma. Alguns dos nossos desentendimentos reavivaram-se em minha memória. Já fazia muito tempo que não estávamos mais em sintonia.

— O que pode ter de ruim? Adam é um homem bom, inteligente, bem-sucedido. Que mal há nisso?

— Mal nenhum. Só fiquei surpreso porque não consigo imaginar você casada com um milionário, vivendo uma vida fútil. Sempre achei que você não dependeria de homem algum.

— Quem disse que eu vou levar uma vida fútil? E quem disse que eu vou depender de alguém?

— Que tipo de vida você acha que vai levar ao lado de um homem como ele?

— A vida que eu quiser!! — eu respondi, elevando a voz. — Desde a morte da mamãe eu jurei nunca mais me submeter a ninguém e não será agora que isso vai acontecer! Além disso, como você pode julgar alguém sem nem conhecer?

Falar de mamãe tinha um efeito mágico para acabar com qualquer conversa. Eu me levantei e voltei a sentar na poltrona ao lado da cama. Um silêncio incômodo tomou conta do lugar.

— Me desculpe — ele disse baixinho, algum tempo depois. — Eu sei que você sabe o que está fazendo e acredito que ele deva ser um bom rapaz. É que às vezes eu ainda acho que você é aquela menininha curiosa, que me acompanha em todo lugar.

Eu senti vontade de abraçá-lo, mas algo dentro de mim ainda era maior e me impedia.

— Tudo bem, pai.

Voltamos a conversar sobre as nossas rotinas e outros assuntos sem importância, até o momento em que recebi uma ligação da revista.

— Amanda? Você está acompanhando as notícias?

— Do que você está falando, Ellen? — perguntei, ansiosa. — Aconteceu alguma coisa?

— Meu Deus, menina! Liga a televisão agora! Aconteceu alguma coisa no RealOne e ninguém sabe o que foi.

Ellen estava com um tom de voz assustado. Eu já havia aprendido a identificar aquele tom em outras ocasiões. O ar começou a me faltar. Peguei o controle remoto e liguei a televisão do quarto. Um repórter falava sem parar em frente ao prédio onde estive, no Lower Manhattan, e uma legenda abaixo na tela destacava:

"ATENÇÃO! NÃO DESLIGUE OS APARELHOS DO REALONE DE QUEM AINDA ESTÁ CONECTADO"

— O que aconteceu? — perguntou meu pai, preocupado.
— Eu não sei.

Aumentei o volume. O repórter esclarecia:

"A situação é incerta. Após a festa de inauguração no mundo virtual RealOne, diversos usuários não retornaram. Circulam especulações sobre uma possível interferência de hackers. Há inúmeros relatos preocupantes de indivíduos que após

terem sido desconectados dos seus dispositivos, não recuperaram a consciência e permaneceram em coma. Um caso trágico de morte foi registrado durante uma tentativa de remoção do chip. As autoridades emitiram um alerta, orientando para que os usuários **não sejam desconectados de seus equipamentos** *até que seja feita uma análise mais detalhada do ocorrido."*

— Meu Deus! Adam!

Peguei meu celular e liguei para o meu noivo. Caixa postal. Liguei de novo e de novo, até que a gravação acusou limite de mensagens. Como eu poderia falar com ele?

Meu pai, percebendo meu desespero, segurou minha mão.

— Você precisa voltar, Amanda. Seu noivo precisa de você.

CAPÍTULO 13 —

Foram tantas escalas na volta que eu não sabia direito nem onde estava. Entre um aeroporto e outro, eu lia as notícias para saber se haviam descoberto algo. No último informativo, ainda em Chicago, estimavam em mais de um milhão o número de pessoas ainda conectadas. O mundo estava em polvorosa.

Meu destino final era a casa nos Hamptons, mas assim que pousei em Nova York recebi uma ligação de Joana. Ela parecia bastante ansiosa.

— Srta. Buckland, a casa foi tomada por policiais e outros profissionais, que estão avaliando o Sr. Goodwin neste exato momento. Vieram médicos, enfermeiros. Tem muita gente aqui.

— Eu já estou em Nova York, Joana. Daqui a pouco pegarei um voo para aí. Não vou demorar.

— Por favor, não venha, senhorita. Alguns parentes do Sr. Goodwin foram proibidos de visitá-lo. Eu disse que a senhorita está noiva dele, mas informaram que ninguém poderá vê-lo, nem parentes, nem amigos, absolutamente ninguém. Permitiram que eu ficasse, já que moro na casa, e me autorizaram a ajudar a cuidar dele.

Eu não estava pronta para aceitar que não havia mais nada a fazer. Por que eu não podia ver Adam? Senti um enorme desejo de encontrá-lo. Saí apressada do aeroporto rumo ao meu estúdio. Estava a poucos minutos de casa e decidi que tentaria acessar o RealOne. Confesso que não pensei nas consequências. Posicionei o arco em minha cabeça, ajeitei-me em um local confortável e ativei o comando em um único impulso. A luz do túnel surgiu em minha mente, porém, imediatamente, uma mensagem de erro surgiu. Era o mesmo aviso que muitos usuários haviam reportado. Tentei uma segunda vez, mas o resultado foi idêntico... O cansaço já havia tomado conta de mim e, naquele momento, não conseguia pensar em outra alternativa.

———

Os dias que se desdobraram foram repletos de confusão. Regressei ao meu trabalho na *ByteNews*, tentando retomar minha rotina. Em virtude do meu artigo inaugural sobre o RealOne, Ellen me designou como responsável por supervisionar todas as matérias relacionadas ao assunto. Dado que o mundo inteiro se encontrava obcecado por isso, a revista mobilizou grande parte de sua equipe para cobrir o evento.

A busca por respostas em relação ao suposto ataque hacker era incessante. A empresa RealOne alegou que mais de três milhões de pessoas se conectaram à festa de inauguração no mundo virtual. Desse contingente, um milhão e setecentas mil pessoas conseguiram desconectar-se sem problemas. O último usuário a sair com segurança foi um estudante canadense, que se desligou do programa às 2h55, horário de Nova York, ou seja, menos de doze horas após o início da festividade. Nenhum outro indivíduo conseguiu desconectar-se depois desse momento.

Com a minha equipe de repórteres incansavelmente empenhada na busca por informações, pude levantar outros dados relevantes. Vários cientistas mergulharam em pesquisas para desvendar a razão pela qual as pessoas permaneciam em coma, mesmo após terem sido desconectadas. Era algo inexplicável. Estudos de imagem desses casos revelaram que após desconectado, o cérebro iniciava um processo de sofrimento crônico, que poderia levar a sequelas irreversíveis.

O caso mais enigmático de todos, que estava sendo estudado em detalhes, envolvia um jovem na Inglaterra cujo pai era médico. Assim que o pai percebeu que as pessoas ficaram aprisionadas no programa, ele desconectou o equipamento da rede elétrica. Mesmo após a desativação, o filho permaneceu em coma. Como um cirurgião habilidoso, o pai realizou um pequeno procedimento na própria residência, removendo o *chip* implantado. No entanto o rapaz começou a convulsionar e faleceu minutos depois.

Os indícios eram claros. Havia um sistema de segurança no RealOne que impedia os usuários de serem desconectados e bloqueava a remoção do *chip*. Desde o dia do "sequestro digital", como ficou conhecido aquele episódio, a ordem que se espalhava pela Internet era manter as pessoas conectadas.

———

Poucos dias após o incidente, dois agentes que se identificaram como membros da CIA visitaram meu escritório. Joana havia me ligado no dia anterior, informando que eles a procuraram, então eu sabia que viriam atrás de mim em breve. Isso me deixou apreensiva. Um homem e uma mulher vestidos com trajes escuros sentaram-se à minha frente, exibindo uma postura intimidadora. Não faziam qualquer esforço para ocultar seu vínculo com o governo. Começaram a fazer algumas perguntas.

— Quando a senhorita conheceu o senhor Goodwin?

— Aproximadamente quatro meses antes do lançamento do RealOne.

— Soubemos que a senhorita ficou noiva dele pouco tempo depois de conhecê-lo, é verdade?

Joana deveria ter contado. Como eu poderia justificar um noivado em tão pouco tempo? Não tive como esconder o nervosismo. Meus pés mexiam por baixo da mesa e eu não conseguia parar quieta apesar de tentar disfarçar ao máximo.

— Sim, estamos noivos.

— Foi tudo muito rápido, não é mesmo? Tem certeza de que não se conheciam antes?

O tom de desconfiança me incomodou. Eu não podia deixar que duvidassem de mim.

— O que vocês estão sugerindo? Que eu não me recordo de quando conheci o meu noivo?

— Não, de forma alguma — respondeu a mulher, sorrindo com ironia. — Somente queríamos ter certeza, afinal, não é uma situação muito comum...

Mantive uma expressão fechada, deixando claro que eu não havia achado qualquer graça em seu comentário.

— Era só essa a dúvida de vocês? — perguntei, querendo abreviar o interrogatório.

— Na verdade não — replicou a mulher. O homem prosseguiu.

— O seu nome estava na lista de convidados, nem poderia ser diferente, o senhor Goodwin jamais deixaria de convidar a sua noiva para a festa de inauguração de seu programa — ele disse, com certo ar de cinismo. — Mas por qual razão a senhorita não ingressou naquela noite?

— Meu pai sofreu um acidente de carro algumas horas antes da festa de inauguração e precisei me deslocar até a minha cidade natal para acompanhar o seu estado de saúde.

— Qual o nome de seu pai? — perguntou a mulher, retirando uma caderneta de um bolso.

— Patrick Buckland. Ele mora em Pendleton, no Oregon, e estava internado no hospital St. Anthony. Vocês podem checar essas informações. Depois, quando retornei para Nova York, tentei ingressar no RealOne, mas não consegui, ele estava bloqueado para acessos.

A mulher anotou tudo o que eu dizia. Quando terminou, virou-se para o colega, sinalizou com a cabeça e se levantaram quase ao mesmo tempo.

— Obrigado, por enquanto, senhorita Buckland. Se houver mais alguma dúvida iremos procurá-la. — Foram embora sem se despedirem.

Saí daquele escritório aturdida. Como se os recentes eventos em minha vida não fossem suficientes, agora estava sob investigação da

CIA. Essa situação apenas intensificava minha apreensão, uma vez que a população exigia respostas e o governo, sem soluções claras, iniciou uma caçada aos funcionários e indivíduos associados ao RealOne que, por algum motivo, tinham permanecido no mundo real.

A repressão incentivada pelo senador republicano Taylor evocava tempos reminiscentes do Macarthismo dos anos cinquenta, com pessoas sendo interrogadas em programas televisivos assistidos por milhões. Rapidamente, a repressão ganhou o apelido de "Taylorismo". Alguns ironicamente faziam referência a ela como "Terrorismo". A história já nos havia ensinado que nada de bom poderia advir de momentos de fanatismo como aquele. Restava apenas torcer para que o bom senso prevalecesse.

CAPÍTULO 14

NAQUELA MANHÃ DE TERÇA-FEIRA, antes de sair de meu estúdio no Queens, meu celular tocou. Era um número estranho, mas atendi mesmo assim.

— Amanda Buckland? Meu nome é Nicholas Martinez, eu trabalho há algum tempo no RealOne e gostaria muito de encontrá-la.

O homem falava rápido e parecia ansioso. Há tempos eu tentava um contato com o pessoal da RealOne sem obter resposta, e agora um funcionário me procurava? Não podia perder essa oportunidade e tinha que ser o mais breve o possível, antes que ele mudasse de ideia.

— Claro, Nicholas — respondi. — Estou indo agora mesmo para o escritório da revista onde trabalho. Podemos nos...

Antes que terminasse minha frase, ele me interrompeu.

— Não, não. Nada de escritórios — ele replicou.

— Eu estou no Queens agora. Onde você está? — perguntei. — Se quiser, vou até você.

— Não estou longe do Queens. Tem algum lugar onde podemos nos encontrar?

Eu gostava de caminhar pelo Flushing Meadows Corona Park quando tinha tempo. De casa até lá era um pulo. Dei essa opção para Nicholas, que ele preferiu em vez de se arriscar em outro lugar. Disse que pegaria o metrô e me encontraria lá em uma hora. Combinei de nos encontrarmos próximo ao The Unisphere.

Como eu identificaria o tal Nicholas?, pensei ali, de pé, próximo ao globo. Torci para que ele me reconhecesse.

Alguns minutos depois, um homem veio em minha direção. Era magro e alto, tinha os cabelos curtos, como se tivessem sido cortados à máquina, e usava óculos pretos de armação quadrada.

— Nicholas? — arrisquei, assim que ele se aproximou.

— Olá, Amanda. — Cumprimentou-me, estendendo sua mão. — Vamos procurar um lugar para nos sentarmos?

Eu conhecia bem o parque, então apontei o caminho. Nicholas carregava uma mochila preta nas costas e olhava para os lados como se estivesse sendo seguido. Assim que nos sentamos, ele iniciou a conversa.

— Desculpe ter te contatado dessa forma.

— Quem te deu o número do meu celular? — perguntei. Eu estava curiosa para saber como ele havia conseguido.

Ele sorriu.

— Não foi difícil arrumar. — Depois de uma breve pausa, ele continuou. — Eu preciso me desculpar com você. Meu nome é Thomas Rivera e sou engenheiro de sistemas do RealOne. Não quis dizer meu verdadeiro nome pelo telefone.

Na hora lembrei de seu nome. Ele era o tal amigo a que Adam se referira. Não era possível existirem dois "Thomas" engenheiro de sistemas do RealOne. Seria uma coincidência e tanto.

— Você é Thomas, o amigo de Adam que sugeriu que ele adiasse a inauguração do RealOne, não é?

— Se ele tivesse me escutado nada disso teria ocorrido...

Eu concordei.

— Por que você me procurou?

— Adam mencionou você pra mim. Estou precisando de ajuda e pensei que você seria a pessoa certa pra isso. Tenho quase certeza de que meu nome vai aparecer na lista do senador Taylor em breve. É só questão de tempo.

— Você sabe de alguma coisa importante? — questionei. — Algo com que se preocupar?

— Eu descobri algumas rotinas no programa do RealOne que podem ser as responsáveis por esse bloqueio, mas estão todas fechadas em código. Isso é tudo o que sei — respondeu ele.

— Se isso é tudo o que você sabe, então você não terá nenhum problema em contar isso à comissão que investiga o bloqueio.

— Meu maior receio é que ninguém acredite em mim e que eu seja responsabilizado pelo "sequestro digital".

— Você acha que algum hacker pode ter feito isso?

Thomas deu de ombros.

— Não, acho que foi alguém de dentro.

Aquela informação era nova. O mundo todo trabalhava com a hipótese de algum hacker ter causado aquele bloqueio.

— Por que você acha isso? — perguntei.

— Eu revirei o programa de ponta a ponta. Essas rotinas codificadas que encontrei foram criadas por funcionários do RealOne — ele confidenciou. — Chequei as planilhas de trabalho e vi que essas mesmas pessoas tiveram acesso ao módulo em que elas foram implementadas. Tentei de tudo para acessá-las, mas não obtive sucesso.

— Alguns acreditam que o bloqueio tenha sido disparado por alguém que estava conectado ao RealOne.

Thomas balançou a cabeça em negativa.

— Não foi — retrucou ele. — Veio de fora, de rotinas pré-instaladas. Elas foram disparadas com um timer, e após as 8h no horário oficial, o bloqueio se iniciou.

— E algum hacker não poderia ter invadido o programa e instalado essas rotinas?

— Não. Os hackers têm uma forma própria de agir. Buscam as fragilidades do sistema e o acessam por elas, mas atuam em determinados setores com funções específicas — explicou Thomas. — É diferente de se trabalhar em equipe. Sabemos quem entrou, a que horas, o que fez... O trabalho em equipe funciona visando garantir a continuidade; de outra forma, seria impossível continuar o trabalho iniciado por outra pessoa. Aquelas rotinas têm assinatura e foram implantadas em locais estratégicos.

— Desculpe a ignorância, mas não daria para simplesmente apagar essas rotinas suspeitas? — perguntei.

Thomas deixou escapar uma risada como se eu tivesse falado uma asneira. Quando percebeu que eu o encarava com seriedade, se recompôs.

— É como desarmar uma bomba-relógio. Quando as rotinas entram em ação, elas se incorporam ao programa como se fossem um órgão vital. Não se pode viver sem um órgão vital. Se os códigos não forem descobertos, qualquer tentativa de alterar o programa pode levar ao colapso dele, e sabemos o que isso significa, não sabemos?

A morte de mais de um milhão de pessoas, pensei.

— Se você tivesse ajuda de outras pessoas não conseguiria quebrar esse código e resolver todo o problema?

Ele balançou a cabeça, pensativo.

— Antes de trabalhar no RealOne fui hacker. Um dos melhores — disse em voz baixa, olhando para a frente, evitando me encarar. Agora dava para entender melhor o receio dele. Não tinha como ele não ser responsabilizado. — Até hoje não encontrei nenhum tipo de segurança que eu não tenha quebrado e estou praticamente dormindo em frente àquele sistema tentando decifrar o código. Eu nunca vi nada igual. Me sinto como um cachorro aprendendo xadrez.

Thomas me lançou um olhar aflito.

— Você precisa me ajudar.

— Como? — perguntei.

— Eu preciso me esconder um tempo. Ir para algum lugar com acesso a computadores para tentar encontrar uma solução. Se eu permanecer em Nova York serei descoberto e preso em pouco tempo.

Adam confiava em Thomas e o tinha como seu melhor amigo, mas isso não fazia dele uma pessoa confiável. O que ele me pedia era sério e me envolvia de muitas maneiras. Se descobrissem que eu acobertava um suspeito eu também seria responsabilizada. Além disso, Adam havia dito que Thomas era a pessoa que mais conhecia o sistema do RealOne. Como ter certeza de que não era ele o responsável pela sua sabotagem?

— Não sei se posso te ajudar, Thomas. Eu estou encarregada de todas as matérias sobre o "sequestro digital"... Não consigo me afastar para cuidar de outros assuntos. Não neste momento.

Thomas assentiu e ficou calado por um momento.

— Adam me disse que vocês ficaram noivos.

Imaginei que Adam pudesse ter contado a Thomas, afinal, eles eram muito próximos.

— Sim, é verdade.

— Então você tem uma ligação tão forte com Adam como eu tenho. Você precisa me ajudar. Neste momento, eu sou a única pessoa que pode tirá-lo de lá.

Thomas tinha razão. Eu não tinha saída, precisava ajudá-lo. Além disso, como dizia o ditado: "Mantenha os amigos sempre perto de você e os inimigos mais perto ainda". Se Thomas fosse, de fato, o amigo de Adam que dizia ser, era bom tê-lo por perto, se não fosse... também.

— Tenho uma ideia para te tirar de Manhattan e te levar para um lugar onde você possa trabalhar com tranquilidade — falei. — Vá para casa e arrume uma mala. Nada que chame a atenção.

— O que você tem em mente? Para onde nós vamos? — ele perguntou, desconfiado.

— Oregon.

CAPÍTULO 15

APESAR DE TERMOS VOLTADO a nos relacionar havia pouco tempo, eu tinha certeza de que meu pai não se oporia a ajudar Thomas, mas precisava consultá-lo antes. Liguei para ele e expliquei a situação, procurando não detalhar muito pelo telefone. Ele não me perguntou nada. Quando terminei de falar disse que aguardaria a nossa chegada e que prepararia a casa para nos receber.

Decidi que a maneira mais segura de irmos para Oregon era de carro. Não correríamos o risco de expor Thomas em aeroportos ou estações de trem. A notícia ruim era que seriam três dias de viagem, parando para descansar.

Antes de sairmos, passei na revista e conversei com Ellen. Contei a ela meus planos; se eu podia confiar em alguém, era nela. Ellen considerou arriscado, mas seu faro jornalístico não deixaria que perdêssemos uma oportunidade como aquela. Para justificar meu afastamento, ela se comprometeu a informar a todos que meu pai tivera uma recaída e precisava de mim. Achou melhor alugar um carro no nome da revista para não levantar suspeitas.

De manhã, antes mesmo do sol nascer, Thomas e eu pegamos a Interestadual 80, sentido Cleveland, onde pararíamos para comer, descansar um pouco e depois retomaríamos a estrada para Chicago, onde passaríamos a noite. Para que a viagem rendesse mais, combinamos de revezar a direção.

Thomas parecia descontraído e falou bastante durante todo o trajeto. Ele vinha de uma família de classe média de Mountain View, uma das cidades do Vale do Silício, na Califórnia. Cursou engenharia de sistemas na UCLA e seu sonho era trabalhar com MetaVerso. Foi assim que acabou conhecendo Adam.

———

Chegamos a Chicago de noitinha. Arranjamos um motel de beira de estrada e alugamos dois quartos. Eu estava louca para tomar um banho e descansar. Thomas ainda queria comer alguma coisa em uma lanchonete que ficava do outro lado da estrada.

Um pouco mais tarde, ele bateu em minha porta. Eu terminava de me arrumar. Quando abri, ele entrou rapidamente, olhando para trás e falando apressado.

— O nome de um amigo que trabalha no RealOne saiu na lista de procurados.

— Calma. Senta um pouco, respira.

Ele se sentou em uma cadeira ao lado de uma pequena mesa.

— Acabei de ver — disse Thomas. — Não podemos ficar expostos na estrada por muito tempo. Podemos ser parados em uma fiscalização.

— Se estão chamando as pessoas mais importantes da empresa, por que você ainda não foi chamado?

Ele deu um sorriso capcioso.

— Eu mudei o *status* do meu login no sistema para conectado. Eles não têm como validar essa informação, porque todas as pessoas que poderiam ajudá-los a acessar o sistema entraram no RealOne, menos eu. Ainda não perceberam que eu não me conectei, mas quando perceberem vão vir atrás de mim com tudo.

— Se você quiser nós podemos sair agora a noite e não paramos mais até chegarmos a Pendleton — sugeri. — Enquanto um dirige, o outro descansa.

Thomas esfregou a nuca e já mais calmo refletiu melhor.

— Acho que não vai fazer muita diferença... Pegamos a estrada amanhã cedo, fazemos uma parada em Lincoln para o almoço e de lá dirigimos até Rawlins, em Wyoming, onde podemos passar a noite. Se não descansarmos um pouco pelo caminho não iremos aguentar. Vou tentar descobrir se existe alguma fiscalização no trajeto.

No dia seguinte, bem cedo, retomamos a estrada. Thomas ainda parecia preocupado com o fato de o funcionário da RealOne ter sido detido. Naquela manhã ele permaneceu em silêncio durante quase todo o trajeto. No momento da nossa parada, estacionou o carro em frente a uma lanchonete. O local era simples, talvez simples até demais. Havia algum tempo que não fazíamos uma refeição decente. Pegamos alguns pratos rápidos e nos sentamos a uma mesa na área externa.

Assim que terminamos a refeição, eu me distanciei um pouco da mesa e caminhei em direção ao estacionamento para ter um pouco de privacidade para ligar para Joana. Ela atendeu logo depois do segundo toque.

— Está tudo bem com Adam, Joana? — perguntei.

— Na mesma. Vieram uns médicos para avaliá-lo. Ouvi dizer que estão pensando em transferir as pessoas que estão conectadas para locais especiais para cuidarem delas. Se isso acontecer não poderei mais ficar com ele. Eles não podem fazer isso, não é, Srta. Amanda?

A informação de Joana me pegou desprevenida. Se Adam fosse transferido, eu tinha quase certeza de que iriam isolá-lo, sem deixar que parentes ou amigos o visitassem. Uma sensação de impotência tomou conta de mim. Eu queria estar lá para evitar que fizessem qualquer coisa com ele, mas precisei me controlar para não contaminar Joana, que já dava sinais de ansiedade.

— Não sei — respondi. — Mas pode ser que não levem isso adiante, Joana. São muitas pessoas. Nem sei se existe local para albergar toda essa gente.

— Eu espero que a senhorita tenha razão. Eu cuido dele como ninguém — protestou Joana. — Duvido que alguém cuidaria dele da mesma maneira.

— Eu tenho certeza de que não — lamentei.

— A senhorita pode não acreditar, mas tenho quase certeza de que ele tenta se comunicar comigo. Às vezes, ele mexe o corpo e os olhos fazem um movimento estranho, e são sempre os mesmos movimentos. Se ele estiver tentando se comunicar, como será se for transferido? Não sei se a senhorita acredita nisso, mas não seria possível, Srta. Amanda?

— Acho que não, Joana. Eu também queria acreditar que isso é possível. Acho que são reflexos, nada mais.

———

Assim que desliguei o celular voltei para mesa, onde Thomas descansava um pouco, deixando o sol bater em seu rosto.

— Adam está bem?

Fechei os olhos e suspirei.

— Aconteceu alguma coisa com ele? — perguntou Thomas, preocupado com a minha reação.

— Não, mas acho que vai acontecer. Há planos de transferir os usuários para centros de cuidados especiais a fim de acompanhá-los melhor. Se isso acontecer não saberei mais nada dele. Precisamos agir rápido antes que o tirem de lá.

— A imprensa está falando desses centros de cuidados especiais. Dizem que vão utilizar uma espécie de câmara de hibernação que estava sendo desenvolvida para viagens espaciais e que foi adaptada para dar suporte a essas pessoas. Não quis comentar nada para você não ficar preocupada, mas, pelo que soube, eles estarão melhor assistidos com esse tipo de tecnologia.

— Imagino que seja menos custoso, isso sim, afinal, eles estarão em um estado de hibernação, quase não darão trabalho nem precisarão dos profissionais que hoje os assistem. O que encontraram foi uma forma de economizar com menor risco.

— Mas você não acha que pode ser melhor para ele?

— O melhor para Adam seria estar ao lado de Joana. Se ele for transferido não sei como ela vai reagir... — depois disse baixinho como que para mim mesma — nem eu.

— Vai ser muito difícil para todos nós — lamentou Thomas.

— E, ainda, Joana meteu na cabeça que Adam tenta se comunicar com ela e a transferência dele não deixaria que isso ocorresse.

Thomas franziu a testa.

— Ele tenta se comunicar como?

— Disse que, às vezes, ele mexe o corpo e, segundo ela, fica repetindo alguns movimentos com os olhos.

Thomas reagiu com uma cara de espanto.

— Ela pode ter razão, Amanda.

Olhei para ele sem entender nada. Ele percebeu e continuou.

— Quando testávamos o programa percebemos que os olhos de quem estava conectado se movimentavam demais. Achamos que era um processo parecido com o que acontece no sono REM, mas tinha um outro padrão — explicou ele. — Quando cruzamos os movimentos dos olhos com a experiência vivida dentro do RealOne percebemos que eles acompanhavam o movimento que fazíamos dentro do programa, como se fosse um ato involuntário.

— Mas isso não quer dizer que Adam esteja querendo nos dizer alguma coisa, não é? — questionei. — Todos os usuários que estão conectados apresentarão esse mesmo padrão.

— Sim, mas o movimento não se repete, como disse Joana. Se ele está se repetindo, Adam pode estar tentando se comunicar. Ele sabia dessa característica nos usuários.

— E se isso for verdade, como saberemos que tipo de código ele está usando? — questionei.

Thomas fechou os olhos e colou as mãos entrelaçadas em frente à boca, fazendo com elas um movimento repetitivo para frente e para trás, como se pensasse.

— Certa vez, eu vi um filme baseado em fatos verídicos no qual o protagonista sofreu um acidente de carro e ficou tetraplégico. O único movimento que restou a ele foi o movimento dos olhos. Chamam de síndrome do encarceramento. Já ouviu falar?

Acenei em negativa. Thomas prosseguiu.

— Uma cuidadora percebeu que ele os movimentava muito e achou que ele desejava se comunicar, então ela teve a ideia de criar um quadro transparente, com letras desenhadas em torno dele. Ela olhava para o homem através do quadro, anotando para onde seus olhos desviavam, buscando as letras. Acabaram por criar um método de comunicação para pessoas com esse tipo de condição. Se Adam tiver acesso a um quadro como esse, o que não é nada difícil, poderá tentar se comunicar conosco por ele.

Será que Adam estava mesmo querendo se comunicar? Antes de sairmos daquele restaurante voltei a ligar para Joana e pedi a ela que, sem que ninguém percebesse, filmasse os momentos em que ela percebia o tal padrão. Pedi também que encaminhasse para mim esses vídeos.

CAPÍTULO 16 ▬

Enfim concluímos o último trecho da viagem, depois de pegar a Interestadual 84. Uma placa na estrada sinalizava a entrada de Pendleton logo à frente. Atravessamos o centro da cidade, que quase estava vazia. Eu precisava falar de meu pai para Thomas.

— Até bem pouco tempo meu relacionamento com o meu pai estava bastante estremecido. Nós ficamos mais de cinco anos sem nos falarmos.

Thomas dirigia e virou o rosto na minha direção com uma expressão de estranhamento.

— Por quê?

— Eu não quero falar sobre isso... Mas como iremos nos hospedar na casa dele, achei que você deveria saber. Nós voltamos a nos relacionar há bem pouco tempo, por causa de um acidente de carro que ele sofreu.

— Ele está bem?

— Sim, ele está se recuperando bem. Mas foi por causa desse acidente que eu voltei... E foi justo no dia da festa de inauguração!

— Não acredito! Eu não quis te perguntar nada, mas achei bem estranho mesmo você não ter ingressado para a festa. Seu nome estava na lista de convidados. Cheguei a imaginar que você e Adam tinham se desentendido.

— Não, nada disso. Era para ser. Mas espero que exista uma ótima razão para isso.

Thomas concordou com a cabeça sem questionar mais nada. Orientei o caminho até a casa de meu pai. Meu único receio era chamar a atenção dos moradores da cidade. Em Pendleton, a mera chegada de um estranho era um acontecimento, mas, pelo fato de eu ter sido catapultada de filha ingrata que abandonou o pai e a cidade para uma subcelebridade nacional, estar ali com um forasteiro era motivo para estampar a primeira página do jornal.

Thomas estacionou na garagem da casa, onde antes ficava a antiga Chevrolet Blazer vermelha destruída no recente acidente. O carro estava na família há tanto tempo que era difícil dissociá-lo de nossa história. Lembrei-me das caronas diárias até a escola e das viagens de férias na companhia de meus pais, quando lotávamos de tralhas o porta-malas e seguíamos para a região dos lagos.

Assim que percebeu nossa chegada, meu pai abriu a porta para nos receber. Ele se equilibrava em duas muletas. O médico dissera que, quanto mais cedo caminhasse, mais rápida seria a recuperação.

Quando entrei, dei um abraço nele e o apresentei a Thomas. A casa estava do mesmo jeito de que me lembrava. A porta de entrada dava para uma sala com móveis de tecido xadrez já desgastado pelo tempo, de frente a uma lareira de pedra com porta-retratos da família no mantel e uma fotografia da minha mãe ao centro. A única mudança era um pequeno quarto de despejo que meu pai havia adaptado para usar como dormitório para não ter que subir as escadas. Perguntei como ele estava se virando e ele disse que um amigo ia ajudá-lo vez ou outra.

— Amanda me falou sobre você — disse meu pai para Thomas.

— Eu queria agradecer a sua hospitalidade — respondeu ele.

— Vocês podem ficar com o andar de cima. Não estou podendo ir até lá. Só não consegui deixar nada em ordem.

— Não se preocupe com isso — falei. — Eu fico no meu quarto e o Thomas no quarto de hóspedes. Pode deixar que arrumamos tudo.

Eu saí com Thomas para buscar as coisas no carro e notei a movimentação de alguns vizinhos curiosos, que olhavam pelas janelas ou caminhavam lentamente em frente à casa, chamando a atenção. Cumprimentei alguns rostos familiares com um aceno de longe e um sorriso protocolar. Tratamos de entrar o mais rápido o possível para não sermos abordados.

— Você virou celebridade — comentou meu pai, espiando a movimentação da rua por uma fresta da cortina.

Balancei a cabeça e soltei um muxoxo enquanto carregava a mala escada acima. Existiam três quartos no andar de cima. O primeiro era o meu. O segundo era um quarto para outro filho que nunca veio e acabou se transformando em um quarto de hóspedes, que também nunca vieram. A última porta dava para o quarto dos meus pais. Fechei os olhos por um instante e me lembrei das manhãs de inverno quando eu corria por aquele corredor para me aquecer na cama deles.

Entrei em meu quarto e soltei minha mala no chão. Ele estava arrumado como se me aguardasse voltar da escola a qualquer momento. Sentei-me na cama por um instante e passei a mão sobre a colcha esticada, lembrando-me das noites em que meu pai ficava ao meu lado lendo até que eu dormisse. Adorava quando ele lia uma adaptação infantil de *Moby Dick* para mim. Aquela aventura me encantava de uma forma muito especial.

— Amanda? — Thomas me chamou, parado na porta.

— Desculpa, Thomas! Vou te ajudar com o seu quarto — disfarcei. Eu havia me distraído e nem me dei conta de que ele me esperava.

Fomos até o quarto de hóspedes. Uma cama simples de solteiro ocupava um dos cantos, com um pequeno armário ao lado da porta e uma mesinha abaixo da janela, que poderia servir de escrivaninha para Thomas trabalhar. Olhei de relance através dela, para o jardim atrás da casa. Ele estava cuidado, com a grama aparada, como nos seus melhores tempos. Quando pequena, era nela que eu me deitava à noite com meu pai para admirarmos o céu enquanto eu ouvia fascinada suas histórias.

— Está ótimo! — disse Thomas olhando ao redor. — É melhor do que o meu.

— Depois vou checar com meu pai como está a conexão com a internet. Sei que você vai precisar de uma velocidade boa.

— Verdade. Mas não se preocupe com isso. Se estiver ruim, eu dou um jeito.

Eu me lembrei das proezas dele e deixei escapar um riso.

— Não duvido.

―――

Desde que me ausentara, era a primeira vez em que era servido um jantar em família na mesa de novo, ou, pelo menos, para o que restara dela. Meu pai estava animado e arriscou preparar uma massa que eu adorava. Quando nos sentamos para comer tivemos a primeira oportunidade para conversarmos melhor.

— O jantar está ótimo — comentou Thomas.

Meu pai acenou com a cabeça entre uma garfada e outra e depois cruzou os braços.

— E então, quais são seus planos? — perguntou ele.

Thomas me lançou um olhar como que esperando que eu respondesse.

— Precisamos descobrir como o RealOne foi isolado e tentar reverter isso — respondi.

— Tem muita gente tentando resolver o mesmo problema — retrucou ele. — Não me parece algo simples.

— E não é — respondeu Thomas.

— Se houver algo que eu possa fazer para ajudar... — ofereceu meu pai.

Thomas agradeceu, assentindo.

— A esta altura toda a cidade já sabe que vocês estão aqui.

Eu soltei um suspiro, balançando a cabeça de um lado ao outro.

— Sei bem como isso funciona — falei.

— Então você sabe que ficar enclausurada aqui em casa vai deixar muita gente desconfiada.

Meu pai me conhecia bem. Sabia que eu não guardava boas recordações, nem da cidade, nem das pessoas. Por mim, eu não colocaria nem o nariz para fora de casa.

— Seu pai tem razão — disse Thomas. — Acho melhor socializarmos um pouco, e depois que deixarmos de ser novidade as pessoas vão nos deixar em paz.

— Mas e se você passar a ser procurado, Thomas? Sua foto vai sair na imprensa e todos saberão sua exata localização.

Mais uma vez, ele me deu aquele mesmo sorriso matreiro.

— Não vai ser tão fácil assim — respondeu, tirando um documento da carteira e apontando para ele. — Esse é o Thomas que eles irão procurar.

Na foto, ele tinha os cabelos compridos até quase os ombros e uma barba volumosa que cobria boa parte do rosto. Além disso, não usava óculos. Meu pai se aproximou de mim para olhar também.

— É outra pessoa — comentou ele.

— Está muito diferente mesmo — concordei. — Alguém mais te viu depois dessa mudança de visual?

— Ninguém — respondeu Thomas. — Fiz isso antes de te encontrar no parque.

— Sendo assim, acho que vocês podiam dar uma passada no pub *40 Taps* e acabar com essa curiosidade de todos de uma vez.

CAPÍTULO 17

Na manhã do dia seguinte demos início ao nosso trabalho. A primeira coisa que fizemos foi montar um escritório no quarto que Thomas ocupava. Sobre a mesa, ele abriu dois computadores e outros equipamentos que eu nunca tinha visto antes. Mesmo sem saber muito sobre sistemas, fiquei ao lado dele, cedendo meu conhecimento para tentar ajudar com alguma solução. Thomas digitava tão rápido que o ruído do teclado parecia ininterrupto.

Sabíamos que todos os funcionários responsáveis pela criação e implantação das rotinas desencadeadoras daquele bloqueio haviam se conectado e, como jornalista, interessava-me saber o que levou aquelas pessoas a se isolarem do mundo real. Não havia uma explicação lógica e piorou ainda mais quando Thomas descobriu que todos eles, sem exceção, haviam ingressado com as suas famílias, em um claro sinal de que não pretendiam retornar. Aquelas pessoas deveriam ter informações privilegiadas para agir daquela maneira.

Ao investigar o grupo de convidados, notamos que eles agiram de maneira idêntica aos funcionários. Diversos políticos, empresários bem-sucedidos, artistas, cientistas e profissionais de várias áreas também tinham levado suas famílias. Mas por quê? Que informações eles tinham para justificar uma mudança de vida tão radical?

Consideramos diversas hipóteses para explicar uma atitude como aquela, porém nenhuma delas parecia plausível. A constatação de que um grupo tão numeroso havia feito escolhas semelhantes apenas reforçava a ideia de que ainda estávamos distantes de encontrar uma resposta convincente.

Durante o jantar em família, meu pai questionou nosso progresso nas investigações. Relatamos a ele sobre um grupo de pessoas que, suspeitávamos, não pretendiam retornar já que tinham ingressado com suas famílias.

— Só porque levaram as famílias? — meu pai questionou.

— Não só por isso — eu respondi. — O problema é que quase todos os membros desse grupo levaram as suas famílias, existe um padrão. Não é uma coincidência. Eles não eram usuários comuns, eram convidados especiais.

Após refletir um pouco, meu pai levantou uma hipótese que me deixou inquieta.

— Se Adam convidou essas pessoas sabendo que não planejavam voltar, então ele também não tinha a intenção de retornar.

Fiquei surpresa com aquela possibilidade e percebi que meu pai estava certo. Thomas notou minha hesitação e antes que a ideia ganhasse espaço em minha mente, rapidamente tratou de dissipá-la.

— Adam não tem nada a ver com isso. Ele não tinha planos de permanecer no RealOne. Eu tenho certeza disso.

— É verdade — eu comentei, recordando-me de uma conversa que tive com Adam um pouco antes de concluir a matéria sobre o RealOne. — Ele me disse que outra pessoa ficou responsável por elaborar essa lista, mas não me disse quem era.

— E essa pessoa pode ser o verdadeiro mentor por trás do "sequestro digital". Precisamos descobrir sua identidade — Thomas finalizou.

Assim que subimos ao quarto de Thomas, debruçamo-nos sobre aquela lista. Thomas encontrou um e-mail com essa relação em um anexo, que havia sido redirecionado para alguns funcionários do alto escalão por Gregory Crofton, um dos maiores acionistas do RealOne, que, não por coincidência, também ingressou com a sua família.

Nesse e-mail foi possível identificar o primeiro remetente, ou seja, de onde teria partido a lista original de convidados.

— Esse endereço foi criado para não deixar rastros. Nem existe mais — disse Thomas, inconformado. — Não é possível saber de onde ele partiu.

— E não dá para você invadir a caixa de e-mail desse tal Gregory Crofton e verificar se ele contatou essa pessoa outras vezes?

— Não dá. Eu fui um dos responsáveis pelos procedimentos de segurança do RealOne. Supervisionei a criação de um sistema à prova de hackers. Nem mesmo eu conseguiria invadi-lo.

— Bom, ao menos temos um nome, Gregory Crofton, e a lista original.

— Tem mais uma outra coisa que eu descobri e você precisa saber... — Thomas olhou para mim fazendo mistério.

— O que foi, Thomas? Desembucha!

— Lembra que você e Adam continuaram a acessar o programa mesmo quando ele bloqueou todos os perfis até o dia da inauguração? — perguntou Thomas.

— Sim, lembro. E daí?

— Para poder acessar o programa sem nenhuma restrição, ele alterou seu perfil de acesso para *"CEO Access"*.

— E o que isso quer dizer? — questionei.

— Quer dizer que você tem acesso ilimitado ao RealOne. Nem eu consigo alterar o *status* de um perfil para *"CEO Access"*. Só ele tinha esse poder.

— Mas, na prática, com o programa bloqueado, qual é a vantagem de ter um acesso como esse agora?

— Existem dois locais de acesso prioritário para o RealOne, cujas regras não são as mesmas para os acessos periféricos — explicou ele. — Um deles fica no edifício do Lower Manhattan, naquela sala que você ingressou com Adam pela primeira vez; o outro, na casa dele, nos Hamptons. Talvez você consiga ingressar no RealOne por lá.

— E você também não conseguiria?

Thomas balançou a cabeça.

— Meu nível de acesso não permitiria — respondeu.

— Mas agora que tenho esse nível de acesso igual ao de Adam, não podemos utilizá-lo para alterar o seu nível também?

— Poderíamos se soubéssemos qual a senha que ele cadastrou em seu perfil. Isso não vai ser possível. Você poderá usufruir dessa condição para ingressar no RealOne, nada além disso.

Confesso que foi uma notícia tentadora. Tudo o que eu queria era me juntar a Adam e quase nada me prendia ao mundo real.

— Eu quero ingressar, Thomas! Podemos ir para a casa de Springs amanhã.

— Eu pensei nisso, mas acho que não seria uma boa ideia, pelo menos não por enquanto.

— Por que não? — perguntei indignada.

— Também concordo que você deva ingressar o mais rápido o possível — Thomas me respondeu, procurando me acalmar. — Mas antes precisamos encontrar uma maneira de abrir um canal de comunicação com o RealOne. Se não fizermos isso, você será somente mais uma usuária isolada do mundo real e não poderá ajudar em nada. A única maneira de estabelecermos esse contato é com o seu ingresso.

CAPÍTULO 18

O TEMPO ESTAVA PASSANDO E exceto por uma hipótese que nem sequer podíamos confirmar, a de que um grupo de pessoas havia ingressado no RealOne sem ter a intenção de retornar, não tínhamos quase mais nada.

Naquela manhã recebemos a notícia da primeira morte relatada de um usuário conectado após a trágica morte do filho do médico inglês. Os governos pareciam escondê-las. A notícia mexeu com todos, apesar de especialistas já terem alertado que isso aconteceria, já que estavam sujeitos às taxas de mortalidade de uma população normal. Estimavam que entre 10 e 20 usuários conectados morreriam todos os dias.

A vítima da vez era um homem de cinquenta e três anos que morava na Espanha. As informações eram de que ele tinha infartado. Os familiares informaram que ele havia passado por duas angioplastias e estava acima do peso, além de apresentar outras comorbidades. Seu corpo foi levado para autópsia, cercado de agentes do governo local. Imaginei que iriam revirar aquele pobre coitado de cima a baixo buscando entender como aquele bloqueio funcionava.

Para complicar ainda mais, Ellen começava a ficar impaciente com a falta de progresso e chegou até a insinuar que seria melhor eu retornar para Nova York.

Sentei-me na beirada da cama e observei Thomas fitando desanimado a tela do computador, sem saber o que mais poderia fazer.

— Vamos sair um pouco — sugeri.

Ele olhou para mim e concordou, mas não mostrou nenhuma empolgação. Precisávamos arejar um pouco a cabeça para pensarmos em outras possibilidades.

— Vou te levar para conhecer um pouco a vida no Oregon.

Entreter uma pessoa de Nova York em Oregon não é uma das tarefas mais fáceis, por isso achei que ele se interessaria em conhecer nossa maior atração, o Round-Up Stadium, que ficava lotado nos meses de setembro. A cidade inteira comparecia para ver o *Pendleton Round-Up*, o maior rodeio do noroeste americano. Eu adorava visitar o estádio nos períodos fora de temporada. Era um momento somente meu.

Estacionamos o carro, e quando nos aproximamos de uma das entradas, logo fui reconhecida, afinal eu era a cidadã de Pendleton mais famosa dos últimos tempos. Isso ajudou bastante, porque quando disse que queria apresentar o estádio a Thomas, deram-me acesso a áreas que eu nem sabia que existiam. Após um tour, nós nos sentamos em uma das arquibancadas vazias, como eu costumava fazer quando ainda morava lá.

— Nunca vi um rodeio na vida — disse ele. — Deve ser interessante.

Algumas recordações me fizeram esboçar um sorriso.

— Eu cresci nesse meio. Meus pais me traziam aos rodeios vestida de *cowgirl*.

Alguns funcionários trabalhavam limpando o estádio. Ficamos um tempo em silêncio, apenas observando. Já fazia alguns dias que Thomas estava hospedado na casa do meu pai e até aquele momento o nome dele ainda não havia saído na tal lista do senador Taylor.

— Ninguém desconfiou ainda que você não está conectado, não é? — perguntei.

Ele balançou a cabeça.

— Acho que a ideia de alterar o *status* do meu login foi boa mesmo. Até agora não descobriram nada.

— Quando te conheci, pela maneira como você falou, tive quase certeza de que seu nome iria aparecer naquela lista ainda durante a viagem até aqui.

— Para ser sincero, eu também. Mas se pensarmos bem, existe mais de um milhão de pessoas conectadas em diversas partes do mundo. Como vão saber onde eu estou? Sabem apenas que sou mais uma delas. Não é tão fácil assim.

Tão logo Thomas falou, recebi uma mensagem. Fiquei em silêncio por um momento, entretida com a tela do aparelho.

— Aconteceu alguma coisa? — perguntou Thomas, notando uma expressão de preocupação.

— Precisamos voltar agora, Thomas. Joana enviou um vídeo de Adam.

Chegamos em casa no início da tarde. Assim que abri a porta, mal cumprimentei meu pai, que estava na sala, e já subi a escada, saltando de dois em dois degraus. Thomas veio logo atrás no mesmo ritmo.

Entramos no quarto de hóspedes e ele pediu meu celular para analisar o arquivo. Era um vídeo de Adam, mostrando um movimento rápido de seus olhos, mas parecia não haver um padrão. Mesmo assim, Thomas procurou por um aplicativo na internet capaz de interpretar aqueles movimentos, simulando como se Adam estivesse diante do quadro de comunicação. Assim que o programa começou a analisar os vídeos de Adam, letras começaram a descer pela tela.

— Consegui decodificar o movimento dos olhos dele — disse Thomas.

As letras desciam sem parar, mas não formavam nada inteligível. permanecemos um tempo observando até percebermos que não havia nada ali.

— Talvez Adam não estivesse transmitindo nada nesse momento — comentou Thomas, tentando me animar. — Diga para Joana não desistir e continuar a mandar novos vídeos.

— Parece que ele será transferido amanhã. Não temos mais muito tempo...

Thomas se limitou a apertar os lábios e acenar com a cabeça concordando.

CAPÍTULO 19

Mal parávamos para comer. Tínhamos pressa. Thomas precisava encontrar logo uma forma de abrir um canal de comunicação entre os nossos mundos. Quando achávamos que nada poderia piorar, veio a notícia...

— O que aconteceu, Thomas? — eu perguntei, preocupada com sua expressão. O homem congelou seu olhar na tela do computador. Estava branco como uma folha de papel.

— Alguém derrubou os travamentos da "experiência temporal".

— O quê? — perguntei sem acreditar no que estava ouvindo. — Como isso é possível? Adam me garantiu que isso não iria ocorrer.

— Ele pode ter sido forçado.

— Como você pode ter tanta certeza de que isso aconteceu?

— O consumo de dados dos usuários deu um salto absurdo. Isso só seria possível nessa condição.

Um desespero tomou conta de mim. Adam, a partir daquele momento, vivia em outro tempo. Cada segundo que eu permanecesse longe dele representava uma eternidade. Eu não estava disposta a deixar que isso acontecesse.

— Precisamos ir para Springs. Eu vou me conectar assim que chegarmos lá, tendo você descoberto ou não uma maneira de nos comunicarmos. Eu não vou mais esperar.

— Espere um pouco, Amanda. Pense um pouco. Se você se conectar sem ainda termos um plano para nos comunicarmos, você estará jogando fora nossa única oportunidade de salvar Adam e todos os que estão isolados.

Thomas tinha razão. A ideia de saber que cada segundo contava me cegou por completo. Fechei os olhos por um instante e procurei me acalmar.

— Sem me esconder nada, de quanto tempo você precisa?

— Eu não sou um relógio. As coisas não funcionam dessa maneira. Mas estou muito perto de conseguir. Além disso, você precisa preparar seu pai. Se as coisas não correrem como imaginamos, você pode ficar isolada para sempre. Eu sei que vocês não estão em sintonia, mas isso não muda o fato de ele ser seu pai.

Naquela tarde, acompanhamos, sentados em frente à televisão, a transferência de Adam para o centro de cuidados especiais. Foi o primeiro usuário conectado a ser transferido. Filmaram a saída dele de sua casa nos Hamptons. Ele tinha o rosto sereno, como da última vez em que eu o vi. No momento em que colocaram a maca dentro da ambulância, foi possível ver Joana ao fundo, inconsolável. Nenhum de nós disse nada, mas eu percebia Thomas me observando com o canto dos olhos, sem querer chamar atenção. Tão logo o carro partiu, meu pai desligou a televisão. Ficamos todos em silêncio por um momento, até que eu decidi voltar ao quarto de hóspedes. Fiquei deitada na cama de Thomas, sem ter vontade de fazer nada. O engenheiro entrou no quarto preocupado comigo.

— Está tudo bem?

Eu acenei em silêncio.

— Hoje à noite, eu contarei ao meu pai que pretendo ingressar.

— Mas eu ainda não terminei o meu trabalho...

— Você mesmo disse para ir preparando terreno, não disse?

Ele assentiu.

— Acho que seu pai não vai receber muito bem essa notícia.

Eu dei de ombros.

— Não consigo compreender como a relação de vocês chegou a esse ponto — Thomas comentou.

— É uma longa história...

Thomas ainda me observou por mais algum tempo antes de virar-se para o teclado de seu notebook e iniciar aquele barulho característico com as teclas.

———

À noite, no jantar em família, pedimos uma pizza. Thomas tentava animar o ambiente, mas eu não conseguia entrar no clima. Criei coragem para abordar meu pai.

— Thomas encontrou uma forma de eu ingressar no RealOne — eu disse a ele.

Meu pai me encarou sem saber se aquilo era uma boa ou uma má notícia.

— E você pensa em ingressar?

Eu assenti.

— E isso significa que você ficará presa naquele mundo, como seu noivo?

— Eu não sei, mas minha intenção é ajudá-lo a retornar.

— Eu acho que você já tomou sua decisão, não é mesmo? Não vai adiantar nada eu tentar convencê-la do contrário. Nunca adianta — ele comentou, endurecendo sua expressão. Ele falava do meu temperamento, mas se esquecia do dele. Não consegui evitar que as lembranças da época da doença da mamãe explodissem em minha mente como um vulcão em erupção.

— Então estamos quites! — respondi elevando o tom de voz. — Eu também não consegui te convencer a deixar a mamãe ser tratada por uma equipe de médicos qualificados. Isso teria dado a ela melhores chances e teria evitado que ela sofresse tanto.

Aquela colocação foi como um soco na cara do meu pai. Ele reagiu baixando seu olhar para a mesa em silêncio. Eu corri para meu quarto e me joguei na cama me entregando em um choro contido há muito tempo. Por mais que eu me esforçasse, eu não conseguia perdoá-lo por ter agido daquela maneira. Um pouco depois, Thomas deu duas batidas leves na porta e entrou sem pedir licença. Sentou-se próximo a mim.

— Você quer conversar? — ele perguntou baixinho. Não sei dizer por que, mas a oferta de Thomas soou tão sincera que achei que me abrir com ele poderia ser uma boa ideia. Pelo menos era melhor do que ficar me vitimando, sozinha, em uma cama. Interrompi o choro e me virei de lado para ele.

— Ele não tinha o direito de fazer o que fez, Thomas!

— O que exatamente ele fez?

— Quando minha mãe foi diagnosticada com câncer, ele não deixou que ela se submetesse a um tratamento que ofereceram a ela.

— Mas essa não deveria ser uma decisão da sua mãe?

— Foi uma decisão que eles tomaram juntos, mas tenho certeza de que ele teve influência sobre ela. Ele sempre se mostrou cético com relação à medicina tradicional. Depois disso, ela permaneceu em casa. Sofreu durante meses enquanto ele a submetia a tratamentos alternativos. Quando ele sofreu um acidente de carro, aí sim ele foi tratado em um hospital, com todo suporte médico adequado. Não é justo.

— Talvez eles não tivessem condições financeiras para um tratamento médico desse porte. Esses tratamentos são caríssimos.

— Ela tinha seguro-saúde. Ele sempre teve essa preocupação de não deixá-la desamparada.

— Não me parece que um negacionista tenha a consciência de manter um seguro-saúde para uma eventualidade... Você não acha que essa história está mal contada?

— Eu vivi esse pesadelo durante meses. Eu enxerguei a dor nos olhos dela todos os dias até o dia em que ela se foi. Eu sei do que estou falando.

Thomas acariciou meus cabelos e segurou alguns cachos, deixando que escorregassem entre os seus dedos.

— Eu te entendo, mas em algum momento, você precisará perdoá-lo...

Eu mal dormi naquela noite. Durante os dias que passei na casa do meu pai, eu me esforcei para me aproximar dele, mas percebi que havia posto tudo a perder com aquela discussão. Ademais, eu não me sentia pronta para perdoá-lo. Decidi que o melhor a fazer era voltar para Springs o mais breve possível e ingressar no RealOne. Logo que acordei, fui ao quarto de Thomas comunicar minha decisão. Ele estava com os computadores abertos sobre a mesa.

— Thomas, eu mal consegui dormir à noite. Acho que não há mais clima para ficar aqui. Eu gostaria de retornar ainda hoje para a casa de Springs. Eu não queria perder a oportunidade de ingressar no RealOne.

Thomas girou a cadeira para ficar de frente para mim.

— Depois de ontem, eu sabia que você tomaria essa decisão. Trabalhei à noite toda no canal de comunicação.

— E você conseguiu concluir?

— Sim — ele respondeu sorrindo. — Eu criei uma espécie de *chat* que pode ser acessado através de um endereço digital.

— E é simples de acessar? — perguntei.

— Muito. Basta que alguém do outro lado saiba esse endereço. Para facilitar, nomeei o acesso com a palavra "RealOneSalvation".

— E qualquer pessoa que digitar esse endereço entrará nesse *chat*?

— Só quem estiver na *dark web*. É um endereço clandestino que furou a barreira do bloqueio. Ele está ativo dentro do RealOne e basta que alguém de lá saiba disso.

— Você não tem medo de que isso caia nas mãos das pessoas erradas?

Thomas balançou a cabeça, coçou a barba que ele deixava crescer de novo e, em seguida, deu de ombros, sinalizando que não havia outra opção.

— Vamos nos apressar então. Quero ingressar o mais rápido possível — eu disse.

— Tem outra coisa que pesquisei... Fiquei com aquela história do seu pai na cabeça.

Pela cara de Thomas, ele parecia ter descoberto algo importante. Senti um calafrio percorrer minha espinha. Não me sentia preparada para ouvir o que ele tinha para me dizer... Não naquele momento.

— Me desculpe, Thomas. Eu prefiro não saber...

CAPÍTULO 20

Aqueles dias com meu pai intensificou ainda mais nosso distanciamento. Nossa despedida foi tão fria como o período que passamos juntos naquela casa. Thomas respeitou meu desejo e não voltamos mais a tocar no assunto de suas descobertas. Ainda demoraria algum tempo para voltarmos a falar sobre isso.

Liguei para Joana, disse que eu e Thomas estávamos a caminho da casa e pedi que ela não comentasse com ninguém. Ela logo se recordou do engenheiro. Ele havia passado uma temporada com Adam lá alguns anos antes.

Thomas tinha receio de se aventurar em um avião ou em um trem. Achava que sua fraude seria desmascarada. Por isso não reclamou de entrarmos de novo naquele carro em uma viagem que duraria alguns dias até os Hamptons. Foram quatro dias revezando a direção, cruzando o país de lado a lado.

Quando chegamos em East Hampton, pegamos a estrada para o norte, rumo a Springs. A ansiedade para chegarmos logo à casa estava me matando. Em poucos minutos, parei o carro no estacionamento e vi que Joana estava na porta nos esperando. Quando saí do carro, ela veio em minha direção e me deu um abraço.

— Que bom que a senhorita está aqui.

— Lembra-se do Thomas? — perguntei, apontando para ele.

— Claro que sim — respondeu Joana. — Como vai, Thomas? Como você está diferente. Jamais te reconheceria.

Thomas me deu uma piscadela. Pegamos nossas malas e levamos para dentro da casa, com Joana nos contando como havia sido o trágico dia da transferência de Adam.

Joana havia preparado o quarto de Adam para mim. Convenceu-me a ficar nele, dizendo que o patrão não aprovaria que fosse de outra forma. Larguei minhas coisas no chão de qualquer maneira, tomei um banho demorado e me deitei para descansar daquela maratona de estradas sem fim.

Quando abri os olhos já era noite. A casa estava silenciosa, como se não houvesse mais ninguém. Eu me troquei, desci as escadas e vi que a luz da cozinha estava acesa. Thomas conversava com Joana. Quando me aproximei, ela sorriu para mim.

— Descansou? — perguntou ela.

Assenti. Ela puxou um lugar na bancada para que eu me sentasse.

— Vou preparar um jantar para vocês e servirei tudo na sala.

— Não se preocupe com isso, Joana — repliquei.

— Mas vocês não estão com fome? — perguntou ela, indignada.

Thomas e eu respondemos com um "sim" tão rápido que foi até engraçado. Eu olhei para ele e nós rimos juntos. Realmente estávamos famintos.

— Vamos ficar aqui mesmo na cozinha e você nos faz companhia. Que acha? — perguntei. Estava na cara que ela havia gostado da sugestão, mas não dava o braço a torcer com facilidade. Fez uma careta e resmungou.

— Não sei se o Sr. Goodwin aprovaria, mas se insistem...

Joana, então, começou a abrir portas de armários e a geladeira e colocou verduras, batatas, frutas e carnes sobre a bancada. Pegou pequenos tachos e despejou sobre eles porções de temperos que logo perfumaram a cozinha. Parecia até uma alquimista. Thomas e eu ficamos ali, enfeitiçados, enquanto ela mexia nas panelas e nos entretinha com suas histórias.

— O Sr. Goodwin tem outra casa aqui nos Hamptons, mais ao sul — ela disse.

— Outra casa? — perguntei.

Joana assentiu.

— Era da família dele. Ainda bem que vim trabalhar aqui, na casa de Springs.

— Por que, Joana?

— Eu trabalhei lá. Precisa de uma legião de funcionários para cuidar daquilo tudo, e tem sempre alguém andando atrás da gente para ver se está tudo em ordem — explicou. — Detesto trabalhar dessa maneira. O Sr. Goodwin me trouxe para cá assim que esta casa ficou pronta.

— E Adam não gosta de lá?

Ela fez uma careta.

— O Sr. Goodwin sempre gostou daqui.

— Você me disse que conhece Adam há mais de vinte anos, não é mesmo?

A mulher acenou com a cabeça.

— Ele era adolescente ainda. Um moleque. Mas já era diferente dos outros rapazes da idade dele.

— Diferente como? — questionei, curiosa.

O rosto dela pareceu se iluminar com algumas lembranças.

— Ele sempre tratou os funcionários com muito carinho. Não que as outras pessoas me tratassem mal, não é isso. Não tenho do que me queixar, pois sempre fui tratada com muito respeito, mas com o Sr. Goodwin era diferente...

Quando terminou de cozinhar, ela forrou a bancada com um jogo americano colorido, de padrões indianos, e trouxe os pratos, que exalavam uma leve fumaça que subia devagar. Faltava Adam ali entre nós, mas ainda assim foi um momento feliz que guardei na memória com muito carinho.

Depois do jantar a temperatura caiu. Thomas acendeu a lareira da sala e abriu uma garrafa de vinho. Nós nos sentamos em frente a ela e ficamos observando o fogo. Aquele momento poderia representar uma despedida.

— Você não tem medo de não conseguir voltar mais? — perguntou ele.

— Tenho.

— Não é uma decisão fácil.

Eu concordei.

— Se pudesse, você ingressaria? — perguntei a ele.

Thomas olhou para o fogo através da taça de vinho diante de seus olhos.

— Tenho a fama de não pensar muito nas consequências do que faço. Já paguei caro por isso, mas acho que estou aprendendo — respondeu, pensativo. — Quando vínhamos para cá, numa das noites que passamos em um daqueles motéis da estrada, fiquei deitado olhando para o teto e me coloquei no seu lugar, perguntando-me a mesma coisa: "Será que eu deixaria tudo para trás para tentar uma nova vida sem ter a menor ideia de como ela seria?". — Ele, então, ergueu a sobrancelha e seguiu olhando para o fogo.

— E você encontrou alguma resposta?

— Posso tentar responder por você. Se eu tivesse alguém me esperando como você tem, eu não pensaria duas vezes. Mas minha família está aqui, assim como muitos dos meus amigos, e não tenho alguém mais próximo para estar ao meu lado.

— Você não acha que pode encontrar alguém importante lá?

Thomas deu uma risada e ficou um pouco acanhado.

— Eu não sei exatamente como são as coisas lá. Minha experiência não foi tão longe assim.

Quando terminou de responder, ele me lançou um olhar de soslaio.

— Você está parecendo o Jimmy Fallon — falei, deixando escapar uma risada.

— Não, não é isso! — ele tentou se justificar, constrangido.

— Só posso te dizer que as "coisas" — repliquei, abrindo aspas no ar — são até melhores do que aqui.

Então olhei para ele, esboçando um sorriso malicioso.

— Bom, então preciso rever meus conceitos.

Achamos graça juntos. O vinho nos ajudou a relaxar. Quando o momento passou, ficamos em silêncio por um tempo, depois Thomas ergueu sua taça em minha direção para fazermos um brinde.

— Às nossas escolhas — disse ele.
— Às nossas escolhas — repeti, juntando minha taça à dele.
Tudo parecia estar decidido. Eu estava cansada e queria descansar um pouco até o dia seguinte. Fui até Thomas e dei um beijo em seu rosto.
— Obrigada por tudo. De verdade.
Ele sorriu e ergueu sua taça novamente.
— Até amanhã.

CAPÍTULO 21

Os primeiros raios de sol atravessavam a janela do quarto de Adam. Era uma sensação estranha pensar que poderia ser meu último dia naquele mundo apesar de saber que essa possibilidade esbarrava em conceitos confusos. Minha mente estaria em um plano, enquanto meu corpo encontraria-se em outro, mas eu acreditava que a minha existência estaria no mesmo plano que a minha consciência e, com isso, minha consciência, em breve, estaria bem longe dali.

Esperei recostada na cabeceira da cama por algumas horas, deixando os pensamentos irem e virem. Quando ouvi um barulho vindo do andar de baixo, levantei-me, desci a escada e percebi uma movimentação na cozinha. Parei na entrada e vi Joana arrumando a bancada para o café da manhã. Eu precisava dizer a ela que eu tentaria entrar no mundo virtual, mas não sabia qual seria a sua reação.

— Bom dia, Srta. Amanda. Dormiu bem? Pode se sentar que estou terminando o café.

— Bom dia, Joana. Não tenha pressa.

Logo que me sentei, Thomas apareceu na cozinha e sentou-se ao meu lado. Havia acordado antes de mim e saído para dar uma caminhada na praia.

— Preparada? — perguntou ele.

Assenti e depois apontei para Joana. Aproveitei o momento em que ela estava de costas e gesticulei para Thomas, perguntando o que faríamos em relação a ela. Ele fez uma careta, como se dissesse que tudo estava em minhas mãos. Sendo assim, respirei fundo e criei coragem.

— Joana, para um pouquinho de preparar o café e senta aqui perto de mim, por favor. Eu preciso te contar uma coisa.

No mesmo instante, ela ficou séria e percebeu que coisa boa não viria dali. Logo em seguida, puxou uma cadeira e se sentou à minha frente.

— Eu e o Thomas descobrimos que é possível que eu acesse o RealOne.

Ela arregalou os olhos e apontou para baixo.

— Aquela geringonça que prendeu o Sr. Goodwin?

Assenti.

— E você vai ficar presa com ele e todos aqueles coitados que deixaram as famílias desesperadas para trás? — questionou Joana. — Não pode fazer isso, Srta. Amanda.

— Acreditamos que eu posso ajudar a libertá-los de lá. É um risco que eu preciso correr.

Lágrimas escorreram dos olhos dela.

— Não faça isso, Srta. Amanda! E a sua família? Em relação ao Sr. Goodwin, talvez seja melhor ajudá-lo estando aqui com o Sr. Thomas.

Eu segurei a mão dela por cima da mesa entre as minhas.

— Joana, eu preciso ir...

— Quando? — perguntou ela.

Não respondi. Somente fitei seus olhos em silêncio.

— Hoje?!!

Confirmei, balançando a cabeça de leve. Ela se levantou e me abraçou em meio a um choro sofrido, que acreditei doer ainda mais em mim do que nela. Depois de um tempo, Joana se recompôs e disse que queria fazer algo especial para mim, um prato típico de Porto Rico, sua terra natal. Imediatamente, começou a fatiar algumas bananas e as fritou em uma frigideira alta enquanto preparava um patê de abacate com tahine. Quando terminou, serviu tudo em um prato maior, com o patê ao centro em uma pequena cumbuca.

— Seja lá para onde aquela geringonça te leve, você vai se lembrar sempre dos meus *patacones* e vai querer voltar para comer mais.

Depois do café da manhã mais do que reforçado, desci as escadas até o subsolo sentindo o coração pulsar tão forte que me faltou o ar. Recostei-me na poltrona que eu havia usado outras vezes, assistindo a Thomas realizar os últimos preparativos. Quando ele finalizou, colocou em minha cabeça o meio-arco com os sensores que desciam pelas têmporas. Fechei os olhos por um instante. Nunca havia experimentado tanto medo, tive até receio de urinar na roupa.

De olhos fechados, respirei profundamente várias vezes e, depois, abri-os, fitando um ponto no teto. Foi quando tudo mudou... Eu poderia tê-los mantido fechados, Thomas poderia ter sido mais rápido, eu poderia estar mais distraída, e nem sei quantas outras possibilidades passaram pela minha cabeça, mas, em vez disso tudo, eu vi uma minúscula luz verde piscando no teto acima de minha cabeça. Foquei minha visão nela até perceber que se tratava de uma câmera. Havia uma câmera naquele subsolo que eu nunca tinha notado em todas as vezes em que lá havia estado com Adam.

— Aquela luz verde piscando no teto não é uma câmera? — perguntei.

— Câmera? Onde? — Thomas pausou tudo o que fazia e parou debaixo da luz piscante, olhando para o alto. — É uma câmera de vigilância — disse ele, voltando-se em seguida para mim. — Acho que é possível resgatar as imagens de Adam e colocar no programa de identificação de mensagens. O que você quer fazer?

Ele jogou para mim a decisão de ingressar no RealOne naquele instante ou aguardar até saber se Adam havia tentado se comunicar, como imaginava Joana.

— Vamos esperar até você verificar. Sei que corremos contra o tempo, mas acho importante saber se Adam desejava nos dizer alguma coisa.

Saindo de lá, Thomas foi atrás de Joana para saber se ela tinha conhecimento sobre as câmeras. Ela ficou aliviada em saber que eu ainda estava lá e disse que a casa era monitorada há muito tempo por uma central. Ela procurou em algumas gavetas o código de usuário e a senha de acesso até que encontrou algo anotado em um pedaço de papel.

— Nunca precisamos de nada disso, mas acredito que as informações das quais vocês precisam estejam aqui.

De fato, eram o código de usuário e a senha de acesso ao sistema de câmeras. Restava saber por quanto tempo as imagens ficavam armazenadas e se eram de boa qualidade. Voltamos ao subsolo e Thomas abriu dois computadores sobre as bancadas para dar início aos trabalhos. Eu me deitei na mesma poltrona em que estivera antes e passei a observar o ponto de luz verde piscar ao som do teclado de Thomas, que já me dava saudade. Por um momento questionei-me se havia agido corretamente, mas saber que eu poderia ingressar no momento em que eu quisesse me tranquilizava.

— Consegui as imagens — anunciou Thomas. Levantei na mesma hora e me aproximei dele, agachando ao seu lado para enxergar melhor a tela. — Olha aqui — disse ele, apontando para uma data na tela. — Tem gravação de até mesmo antes do dia da inauguração.

— E você consegue resgatar esses vídeos e jogar no aplicativo de identificação de mensagens?

— Isso é o que vamos saber agora.

O barulho dele teclando voltou com uma velocidade incrível. Pouco tempo depois, ele cruzou as mãos atrás da cabeça e jogou o corpo para trás. Quase no mesmo instante, letras foram preenchendo toda a tela do computador, como havia acontecido na casa do meu pai.

— Bingo! — exclamou.

Deixei escapar um ruído agudo de comemoração.

— Quanto tempo vai demorar? — perguntei.

— Eu vou iniciar a pesquisa pela metade do tempo que ele permaneceu aqui.

— Por que pela metade?

— Os computadores funcionam como aquele jogo de adivinhar números em uma determinada faixa. Você descobrirá o resultado muito mais rápido se sempre falar o número do meio da faixa.

Coisas de engenheiro, pensei.

— Vou abrir várias abas com o programa — disse ele. — Acho que até amanhã já poderei ter alguma coisa.

Permaneci mais um tempo deitada na poltrona, mas depois saí para dar uma caminhada. Conversei um pouco com Joana, porém decidi que não conversaria com meu pai sobre o que havíamos descoberto. Preferi aguardar mais um pouco, afinal, se Thomas não encontrasse nada concreto, eu entraria no RealOne no mesmo momento.

Passei quase o dia inteiro sozinha e começava a achar que não ter me conectado quando tive a oportunidade não havia sido a melhor escolha. No final da tarde, fui até o quarto de Adam, onde eu estava hospedada. Comecei a mexer em algumas coisas dele. Senti seu cheiro nas roupas, toquei alguns de seus objetos pessoais e me aproximei da estante de livros.

Às vezes, eu gostava de deixar uma pequena flor dentro de um livro que havia terminado de ler. Não raro, deparava-me com elas tempos depois e quase podia resgatar os mesmos sentimentos que tinham me levado a deixá-las entre suas páginas.

Lembrei-me de pessoas que tratavam seus livros com uma intimidade tão grande que abri-los era quase como abrir um diário. Era possível encontrar dentro deles algumas anotações feitas no final das páginas, outras esquecidas entre elas em pedaços de papel amarelados pelo tempo, fotografias desbotadas, folhas de plantas que se desmanchavam quando tocadas e... flores.

Será que Adam guardava algum segredo? Percorri com os olhos os poucos livros, um a um, até ser surpreendida pelos gritos de Thomas:

— Amanda! Amanda!

Desci a escada saltando de dois em dois degraus e me apoiando no corrimão. Por pouco, não caí. Quando atravessei a porta deparei-me com ele hipnotizado, olhando para a tela de seu computador.

— Joana tinha razão — informou ele. — Adam queria transmitir uma mensagem!

Corri para o seu lado. Inúmeras letras desciam pela tela e, no meio delas, como em um jogo de caça-palavras, várias vezes se repetia o mesmo:

"NOSTRADAMUS — NOSTRADAMUS — NOSTRADAMUS"

CAPÍTULO 22

Era a segunda vez que me deparava com aquelas mesmas palavras. Nem precisei contar a Thomas, Adam já havia feito isso antes e ele sabia de todo o episódio de Santorini. A única coisa de que tínhamos certeza era que existia algo por trás daquela mensagem, que nada tinha a ver com o profeta.

— Agora que precisamos mesmo descobrir o que "Nostradamus" significa. Primeiro aquela pichação de Santorini e agora Adam?! — comentei.

Thomas voltou a debruçar-se sobre o computador.

— Com certeza ele descobriu algo importante — ele replicou. — Eu vou pesquisar até encontrar a resposta. Pode deixar comigo.

Enquanto eu voltava a escutar o barulho do teclado, Ellen me ligou. Deixei Thomas no subsolo e fui até a sala para conversar com ela com mais tranquilidade. Apesar de tê-la envolvido com as investigações, ela queria que eu voltasse imediatamente para Nova York. Achava que não havia mais sentido eu permanecer afastada. Tive que mentir e disse que não havia comentado nada com ela ainda porque as informações que eu havia descoberto precisavam ser mantidas em sigilo. Informei que estávamos na pista de um dos hackers responsáveis pelo isolamento do RealOne. Ellen pediu que eu encaminhasse para ela tudo o que eu tinha conseguido até então e tive que enfrentá-la.

No meio da discussão, ela ameaçou me demitir se eu não cumprisse com as suas determinações, e eu acabei apostando alto e coloquei meu cargo à disposição. Depois disso, Ellen se controlou. Percebeu a minha seriedade e me deu o prazo de quinze dias para eu apresentar resultados. Quando desliguei o celular, a primeira coisa que me passou pela cabeça foi que em quinze dias eu já não estaria mais ali.

———

Joana percebeu que eu estava chateada após a discussão e me convidou para darmos uma volta e conhecermos melhor o tão famoso Hamptons. Ela conhecia o lugar como a palma das mãos e ficou de me mostrar algumas das mansões mais famosas. Acho que ela tentava me distrair para que eu não pensasse em ingressar no RealOne de novo; enquanto isso, eu fazia de conta que não sabia de suas intenções e aproveitava para estar em sua companhia, o que me deixava feliz e me divertia com as histórias que ela contava sobre Adam.

O primeiro lugar ao qual ela me levou foi a mansão de Adam, que ficava ao sul da península, à beira do Georgica Pond. Originalmente, a casa era de seus pais, e com a morte deles e sendo o único herdeiro, Adam se tornou o único proprietário. Raras vezes ele ia até lá, mas tinha a preocupação de fiscalizar a propriedade para que estivesse sempre cuidada, como se fosse receber algum hóspede a qualquer momento. Joana já havia me dito que havia trabalhado lá por um tempo até que Adam a transferiu para a casa de Springs.

A diferença entre uma residência e outra era gritante, a começar pelo imponente portão de ferro que se abriu assim que Joana se identificou. Uma estrada atravessava um maravilhoso jardim, que escondia a casa de eventuais olhares curiosos que passassem em frente ao portão. Quando a construção surgiu diante dos meus olhos, meu primeiro pensamento foi de estar em um hotel, tão grandiosas eram as suas dimensões. Uma fonte de água instalada na frente da casa delimitava o centro de uma rotatória, onde os convidados eram deixados debaixo de um pergolado e seus carros levados para um estacionamento em outro local.

A arquitetura da casa era Vitoriana, como boa parte das mansões locais. Alguns funcionários saíram para nos receber, como eu havia visto tantas vezes em filmes. Achei engraçado e logo me senti como uma estrela de cinema chegando à sua deslumbrante mansão, descendo de seu... Toyota Prius? Deixei escapar uma risada. Joana não entendeu nada. Minha realidade era tão distante daquilo tudo que não dava nem para sonhar.

Quando Joana desceu do carro percebi como ela era respeitada. Os funcionários não estavam ali para me receber, mas, sim, a ela. Joana se postou diante de todos com uma expressão sisuda, reparando nos detalhes e, somente depois, cumprimentou-os. Na mesma hora deduzi que ela interpretava uma personagem, uma espécie de governanta. Aquela não era a Joana que eu conhecia, mas o fato de ela trabalhar ao lado do patrão com tanta intimidade lhe conferia uma maior patente dentro daquela hierarquia.

Na fachada da casa se intercalavam janelas quadradas, emolduradas em branco, e do telhado inclinado, montado em camadas, saíam quatro imponentes chaminés. A porta de entrada, abaixo do pergolado, possuía dimensões modestas se comparada ao restante da casa, o que passava uma falsa impressão do que guardava entre aquelas paredes.

Caminhei pelas luxuosas salas ao lado de Joana, sendo ciceroneada pelo grupo, que não se afastava nem por um minuto, até que ela, satisfeita, dispensou-os, para que os funcionários seguissem com suas tarefas. Naquele momento, eu me aproximei dela com uma expressão de espanto. Ela percebeu, olhou para os lados para ver se ninguém observava e soltou uma gargalhada enquanto se apoiava em meu ombro com uma das mãos, o corpo inclinado para baixo. Foi impossível não rir com ela.

Algum tempo depois, soube que o terreno se estendia muito além da área da casa, o que incluía um bosque limitado em um dos lados pelas margens do Georgica Pond. Joana me levou para uma caminhada.

— Adam nunca comentou comigo o que aconteceu com os pais — falei.

Joana apertou os lábios.

— Foi uma tragédia. Ele não fala sobre isso e, para ser sincera, eu também não, mas você precisa saber. A mãe de Adam detestava avião.

Era um pesadelo quando eles precisavam fazer uma viagem mais longa, e ela sofria por antecipação só de pensar em embarcar, e enchia a cara de calmantes durante o voo — relatou Joana. — Era a única maneira de suportar. Dava até pena. Por causa disso e pela distância mais curta, a família sempre vinha de carro para cá. Em uma noite, acabaram sofrendo um acidente na estrada, que vitimou os dois.

— Meu Deus!

Ela assentiu e, em seguida, olhou-me nos olhos.

— Era Adam quem estava dirigindo.

CAPÍTULO 23

NA MANHÃ DO DIA SEGUINTE, desci ao subsolo. Thomas estava animado.
— Eu obtive informações que podem ter alguma conexão com a mensagem de Adam — iniciou o engenheiro. — Nos anos 60, foram descobertos os primeiros supercomputadores. Eles ainda eram bastante arcaicos, ainda mais se comparados à tecnologia que temos hoje, mas desde aquele momento o governo americano imaginou que eles poderiam ser usados como uma arma poderosa, prevendo os movimentos dos seus inimigos. O mundo atravessava a Guerra Fria e saber qualquer movimento adversário com antecedência garantiria uma enorme vantagem estratégica. A ideia era alimentar um supercomputador com todo o tipo de informações para que ele simulasse eventos futuros. Essa perspectiva empolgou tanto que se transformou em um projeto: o projeto Nostradamus.

— Eu nunca tinha ouvido falar sobre isso.

— Eu estudei alguma coisa, lá pelos anos 2000, sobre um supercomputador chamado Nautilus[5], que tinha uma proposta parecida, mas o sistema era muito falho, e não me lembro de ter ouvido mais nada sobre ele depois — disse Thomas.

— E o que aconteceu depois?

Thomas se limitou a espalmar as mãos.

— Não encontrei mais nenhuma informação sobre esse tal projeto

---

5. De acordo com o site BBC News, uma pesquisa realizada por Kalev Leetaru, da Universidade do Illinois, revelou que o supercomputador SGI Altix (também conhecido como Nautilus e localizado na Universidade do Tennessee) foi testado para prever acontecimentos internacionais, como revoluções e conflitos.

Nostradamus. Mas encontrei algo bem interessante! Lá pelos anos 70, havia um jovem físico responsável pelo algoritmo utilizado nos supercomputadores desse projeto. Hoje ele é o responsável pelo departamento de física da universidade estadual de Cleveland. O nome dele é Harold Sanders.

— E o que tem isso a ver com o que estamos pesquisando?

Thomas deu uma risada.

— Está bem, Amanda. Direto ao ponto. O nome desse professor consta na lista de convidados para a festa de inauguração do RealOne. Aquela que estamos investigando. E... adivinha? Muitos de seus familiares ingressaram, exceto ele.

— Por que ele deixaria a família ingressar e permaneceria aqui? Muito estranho... Mas eu acho que é isso que Adam está tentando nos dizer. Esse professor pode estar envolvido com o bloqueio! Precisamos procurá-lo. Você sabe onde ele está?

— Ele tem uma casa no lago Dallas, em Indiana. O homem adora pescar. Participa de campeonato e tudo. Aposto que ele está se escondendo nessa casa.

— É uma longa viagem até lá... E se ele não estiver?

— Nós temos que arriscar.

CAPÍTULO 24

Pesquisamos a região e não encontramos nenhum lugar para nos hospedarmos na cidade de Wolcottville, onde ficava a casa de Harold Sanders. Encontramos apenas alguns acampamentos por perto. O lugar mais próximo ficava a quase vinte quilômetros para o sudeste, em uma cidade chamada Kendallville.

Fizemos uma reserva no meu nome. Nós nos despedimos de Joana ainda na noite do dia anterior, já que sairíamos muito cedo. Ela ficou aliviada por saber que, ao menos por ora, eu havia adiado meus planos de ingressar no RealOne. Pouco depois do sol nascer, entramos no carro e partimos para uma mais uma viagem, desta vez com duração de pouco mais de treze horas.

Ao cair da noite, chegamos em Kendallville. Estávamos muito cansados e tudo o que queríamos era tomar um banho e dormir. Quando fiz a reserva do hotel havia somente um último quarto disponível porque ele sediava um evento. Consultei Thomas para saber se não se incomodava. Ele ainda brincou dizendo que àquela altura da nossa convivência não seria nada demais.

O coitado do Thomas ainda me deixou à vontade para tomar um banho e saiu para uma caminhada apesar de estar exausto. Para dizer a verdade, nem sei a que horas ele voltou. Não o ouvi entrar no banho nem se deitar, pois eu já estava desmaiada em minha cama.

Acordei tarde no dia seguinte. Olhei para a cama ao lado e vi que Thomas ainda dormia. Entrei no banheiro sem fazer barulho e me troquei. Quando saí, ele estava sentado na beira da cama.

— Você dormiu como uma pedra ontem.

— Eu nem vi você chegar, acredita? — retruquei. Ele se levantou e entrou no banheiro. — Conheceu a cidade? — perguntei, falando alto para que ele ouvisse lá de dentro com a porta fechada. Ele fez um "aham" abafado enquanto enxaguava a boca. Depois, eu o ouvi cuspir na pia.

— Não tem nada aqui perto, só o hotel mesmo — ele respondeu lá de dentro.

Eu estava tão cansada na hora em que chegamos que nem reparei no lugar. Abri a cortina e olhei através da janela do quarto. Estávamos de frente a um estacionamento com a rodovia ao fundo. Foi somente então que percebi que estávamos em um hotel de beira de estrada.

Quando Thomas terminou de se arrumar fomos tomar o café da manhã. Enquanto comíamos, combinamos como abordaríamos o professor. A primeira coisa seria fazer com que ele nos convidasse para entrar em sua casa. Estando lá teríamos que abrir o jogo, dizer que sabíamos quem ele era e que precisávamos de algumas informações.

Voltamos a entrar no Prius, que se encontrava estacionado perto do quarto. Já estava ficando com ódio daquele carro, e era a minha vez de dirigir. Thomas programou o GPS, que acusou estarmos a aproximadamente vinte minutos do local. Trocamos um olhar de cumplicidade e peguei a estrada. Era tão perto que mal deu tempo de criar coragem. Meu coração parecia que ia sair pela boca e, quando dei por mim, estávamos na rua da casa do professor.

Estacionei uma quadra antes para relembrarmos como agiríamos. De onde estávamos era possível ver a entrada da casa.

— Ele vai me reconhecer. Esse plano não vai dar certo.

— Por que você acha isso? — perguntou Thomas.

— Fui entrevistada em um monte de programa de televisão. Você acha que esse homem não vai saber quem eu sou? Ainda mais quando se trata de um assunto que tanto interessa a ele.

Thomas voltou a colocar as mãos entrelaçadas à frente da boca. É engraçado como o tempo de convivência nos faz notar as manias dos outros.

— Já sei, está pensando — falei, imitando o gesto.

Ele sorriu e continuou.

— Acho que quem tem mais a perder é ele. Podemos usar o fato de Harold saber que você é uma jornalista famosa para poder nos deixar entrar. Quando perceber que sabemos quem ele é, vai ficar com medo.

Respirei fundo e voltei a ligar o carro.

— É melhor você ir na frente — sugeri. — Se ele me vir é capaz de não abrir a porta e fazer de conta que não está em casa.

Thomas assentiu. Estacionei o carro um pouco antes da frente da casa, de forma que não desse para me ver dentro dele. Ele desceu e caminhou até a entrada e bateu à porta. Eu conseguia espiar esticando o pescoço para o lado do passageiro. Um homem desconfiado abriu uma fresta, Thomas olhou para mim e sinalizou para que eu fosse até lá. Corri e, quando cheguei, o professor havia se fechado de novo dentro da casa.

— É ele — confirmou Thomas, baixinho.

— O que você disse?

— Que precisava falar com ele.

— Você mencionou o nome dele?

Thomas negou. Então foi a minha vez de bater na porta e falar bem alto.

— Harold Sanders, aqui é Amanda Buckland. Se você não abrir agora, contarei a todos que sua família inteira ingressou no RealOne, exceto você. O senador Tyler ficará bastante interessado nessa informação.

Foi o mesmo que dizer "Abre-te, Sésamo". O homem escancarou a porta com os olhos arregalados. Assim que entramos, colocou a cabeça para fora da casa para se certificar de que não havia mais ninguém conosco.

— O que vocês querem? — perguntou ele. Era um homem magro, de média estatura e calvo, aparentando ter por volta dos seus setenta anos. Usava óculos que pareciam maiores do que seu rosto e o bigode mal aparado parecia querer invadir a boca.

— Podemos nos sentar para conversarmos? — respondi.

Ele apontou para a sala. As paredes eram enfeitadas com peixes empalhados fixados em placas de madeira com informações sobre cada um, como espécie, peso e local onde havia sido pescado. Na parede principal, um enorme marlim azul ocupava quase toda a parte superior.

— Você que pescou? — girei o dedo, como se me referisse a todos eles.

— Sim — respondeu Harold, monossilábico.

Nós nos acomodamos no sofá. Eu iniciei.

— Veja bem, Harold... posso te chamar de Harold?

Ele assentiu.

— Não estou aqui para nenhuma reportagem e não tenho interesse nenhum em desmascará-lo. Sabemos que muitos de seus familiares estão no RealOne, exceto você. Sabemos também que as pessoas que lá estão não têm a menor intenção de retornar.

O professor engoliu em seco e seu rosto perdeu a cor, confirmando nossas suspeitas. Thomas se assustou com a reação do homem e ficou de prontidão para ampará-lo caso fosse necessário. Harold pediu um copo d'água, apontando para a porta da cozinha, à direita. Thomas se levantou e correu para atender ao pedido e acudir o homem. Quando retornou, o professor parecia melhor. Ele deu um gole demorado no copo, bebendo quase todo o conteúdo de uma só vez.

— Como vocês obtiveram essas informações? — perguntou ele.

— Isso não vem ao caso — respondeu Thomas.

Harold passou um tempo nos analisando em silêncio. Em seguida, segurou os joelhos, olhou por um instante para o teto e se levantou sem hesitar.

— Desculpem-me, mas não posso ajudá-los. Não vejo qual o problema de alguns membros da minha família terem ingressado.

O professor caminhou até a entrada da casa e abriu a porta para que saíssemos. Thomas não acreditou na reação do homem e permaneceu sentado.

— Por favor — disse Harold novamente, apontando para fora.

Eu me levantei e caminhei até a saída, mas Thomas ainda resistiu.

— O que você sabe sobre o Nostradamus? — ele perguntou.

Harold permaneceu imóvel, encarando Thomas, que devolveu o olhar desafiando o professor. Após uma pausa, o homem, resignado, fechou a porta e retornou devagar até a poltrona, onde voltou a se sentar.

— Onde vocês ouviram sobre isso? — ele perguntou.

— Eu estou noiva de Adam Goodwin. Ele encontrou uma maneira de nos enviar essa mensagem de dentro do RealOne.

— Nós pesquisamos sobre o antigo projeto chamado Nostradamus e sabemos que você era o físico responsável pelo algoritmo que ele utilizava — disse Thomas.

Eu decidi avançar ainda mais.

— A minha intenção é salvar Adam e todos os que estão presos no RealOne e vou fazer tudo o que estiver ao meu alcance para trazê-los de volta. Se você não nos ajudar, não teremos mais nada a perder e diremos a todos tudo o que sabemos.

— Vocês não podem fazer isso — alertou ele.

Nos últimos tempos, eu havia desenvolvido habilidades que não imaginava serem possíveis, blefar era uma delas. Olhei para o homem sem pestanejar.

— Como eu disse, só depende de você.

CAPÍTULO 25

Harold estava sozinho na casa. Quando percebeu que havia sido encurralado, conformou-se. Decidiu, então, preparar um café e servir alguns biscoitos, fazendo um enorme suspense que estava nos tirando do sério. Em seguida, sentou-se de frente a nós e começou a nos contar uma história que viraria nossas vidas de cabeça para baixo.

— Quando a Guerra Fria acabou, saber o movimento dos nossos adversários perdeu seu propósito. Chegaram até a pensar em acabar com o projeto Nostradamus até que alguém teve a ideia. E se usássemos o Nostradamus para prever eventos para a humanidade e não somente os movimentos de nossos adversários? Era uma ideia ambiciosa, mas se isso fosse possível teríamos em nossas mãos uma bola de cristal. Nada seria mais poderoso do que isso. O governo americano considerou que seria um investimento muito alto para um retorno tão incerto, então concordou que o projeto passasse para a iniciativa privada.

— Então o projeto Nostradamus não foi descontinuado? — perguntei.

— Não, mas quando passamos a analisar eventos globais voltamos à estaca zero. A taxa de acerto caiu para vários zeros antes do um, se assemelhando à taxa de acerto de um palpite qualquer. Quase desistimos de tudo.

— Quando foi isso? — perguntei.

— Nos anos 80.

— E o que aconteceu depois? — perguntou Thomas.

— A partir dos anos 90, a evolução tecnológica foi gigantesca. O algoritmo do Nostradamus demandava processadores mais robustos para entregar resultados confiáveis — respondeu Harold. — Graças a esse salto tecnológico, o Nostradamus fez sua primeira previsão correta, com uma margem de acerto de 10%: a assinatura do acordo de paz entre Israel e a OLP. Houve uma euforia enorme e um investimento maciço no programa desde então. Em 1997, ele previu a assinatura do Tratado de Kyoto. Naquele ano, a taxa de acerto para essa previsão foi de 15%.

— Essa margem não é muito baixa? — perguntei.

— Existia quase uma chance em sete de ele acertar — explicou Harold. — Em se tratando de previsões, é uma margem espetacular, se você pensar bem.

— É verdade... Quem mais sabia desse projeto?

— Alguns militares do alto escalão, algumas pessoas do governo, investidores e, obviamente, as pessoas envolvidas no projeto — informou o professor.

Harold deu uma mordida em seu biscoito, deu outro gole no café e prosseguiu.

— Desculpem-me, mas eu preciso comer alguma coisa — disse ele ainda mastigando. — Nos anos 2000, os acertos do Nostradamus se tornaram ainda mais confiáveis, mas no ano de 2005, o mundo desabou sob nossos pés. Foi quando o Nostradamus fez sua primeira previsão de extinção da humanidade.

— Extinção da humanidade? — perguntou Thomas, espantado, enquanto eu ainda me recobrava do choque.

— Imagine a nossa reação na época — disse Harold. — Um algoritmo que dia a dia se aprimorava em fazer previsões, de repente, solta uma bomba como essa.

— Mas de quanto foi a margem de acerto para essa previsão? — indaguei.

— Na época, ele previu o início da extinção da humanidade em um prazo de quinze anos, com uma margem de acerto de 0,245%. Nunca mais esqueci esse número.

— Agora não estamos falando de 10%. Não dá para aceitar que vocês tenham considerado uma margem como essa — falei. — É provável que ele tenha errado, não é mesmo?

— Sim, você tem razão, Amanda. A margem era baixa mesmo, mas foi a primeira vez que ele cogitou essa possibilidade. Isso nos assustou demais. Foi como acender uma luz de alerta. O problema foi que, a partir dessa data, a previsão passou a se repetir mês a mês e a margem de acerto foi aumentando com o tempo.

— Atualmente, em quanto tempo o Nostradamus estima o fim da humanidade? — perguntei receosa da resposta que Harold me daria. O professor encheu o pulmão de ar e expirou de uma só vez.

— Cinco anos, com uma margem de acerto de 89%.

— Cinco anos?! Isso não pode ser verdade.

Olhei para Thomas e vi que ele parecia anestesiado com tudo aquilo. Fez-se uma pausa até que suas palavras quebrassem o silêncio fúnebre.

— De que maneira o Nostradamus previu a extinção da humanidade?

Harold ergueu as sobrancelhas.

— Ele previu que o mundo será acometido por uma guerra nuclear.

Troquei olhares assustados com Thomas.

— E nada pode ser feito para evitar esse desfecho? — ele questionou.

— Esse é o problema. O Nostradamus promete uma só coisa em suas previsões: uma guerra nuclear. Mas o como e o porquê ele não nos diz. O algoritmo que ele usa vasculha os fatos e testa um mar de possibilidades a partir deles. Depois disso, um evento futuro que aparece mais de uma vez se torna uma previsão. E quanto mais caminhos levam ao mesmo ponto, maior a chance de esse ponto se tornar realidade. Uma guerra nuclear é o lugar comum nesse labirinto de possibilidades. Mas aqui é onde a coisa fica complicada: cada caminho leva a essa guerra por diferentes razões. Conforme a previsão for se aproximando, será possível enxergar as linhas se conectando. Mas quando finalmente entendermos o que vai acontecer será tarde demais...

Não conseguia acreditar naquelas palavras. Lá estava o professor, pintando o quadro do fim do mundo com uma resignação que gelava a espinha.

— Isso quer dizer que iremos todos assistir inertes ao naufrágio do Titanic, é isso? — perguntei indignada. — Não posso acreditar que isso seja verdade. Você percebe a gravidade do que está nos dizendo?

Harold fitou o chão constrangido, depois voltou a me encarar.

— Para vocês, eu sou o anunciador do apocalipse, mas eu convivo com essa realidade há anos...

Só de pensar nesse momento da minha vida já sinto meu coração acelerar. Aquilo tudo mexeu demais comigo. Como poderia ser possível? Algo ali não fazia sentido e eu precisava descobrir o que era.

— Deve haver algo mais por trás disso. Por que Adam nos enviaria essa mensagem? Como ele poderia saber sobre o fim do mundo? Ele nunca comentou nada comigo.

— Nunca me disse nada também — complementou Thomas. — Ele não seria capaz de esconder algo assim tão importante...

Harold permaneceu em silêncio nos observando.

— Como Adam sabia, Harold? — Thomas insistiu.

— Eu não sei... de verdade. Alguns cientistas foram convidados para esse evento. Alguns de meus colegas ingressaram, pessoas que sabiam sobre o fim do mundo. Ao saber que estavam todos presos devem ter contado a Adam.

— Você está nos escondendo algo, Harold! E por que o seu nome e o nome dessas pessoas constavam na lista de convidados para a festa de inauguração? Qual relação vocês têm com o RealOne?

— Bom, eu sou chefe do departamento de física de uma importante universidade. Sou um especialista em algoritmos. Acho que estou qualificado para um convite como esse. Sou convidado para muitos eventos ligados a tecnologia, isso faz parte da minha rotina. Posso dizer o mesmo de muitos integrantes de minha equipe. Muitos cientistas de diferentes lugares do mundo foram convidados sem que isso representasse um complô.

— E por que você não ingressou junto à sua família?

— Basta olhar para mim para entender. Por causa da minha idade não posso aceitar a instalação de um *chip* ainda experimental que interage tanto com nosso corpo. Seria muito arriscado... Eu sou separado e parte da minha família optou por ingressar, como tantas outras pessoas. Afinal, eles são de uma geração muito mais tecnológica, concorda? Se eu tivesse a idade deles não perderia essa oportunidade por nada. Mas como você acha que eu me sinto sabendo que eles estão isolados, longe de mim?

Não sou do tipo que se conforma com facilidade, tampouco sou ingênua. Eu sempre tive o pressentimento de que havia algo mais por trás daquela história toda. Um olhar mais apurado para Thomas e eu sabia que ele pensava o mesmo, mas Harold era convincente e resistiu o quanto pôde. Ainda tentamos encurralar o homem por mais algum tempo até desistirmos. Mas não seria a última vez que ouviríamos falar dele, nem a penúltima...

Antes de irmos embora, o professor nos alertou, dizendo que a divulgação das previsões do Nostradamus causaria pânico nas pessoas. Fez-nos jurar que não contaríamos a ninguém. Nem precisava... Claro que manteríamos aquele segredo entre nós.

CAPÍTULO 26

Thomas permaneceu calado durante todo o caminho de volta ao hotel. Para dizer a verdade, eu também não estava muito disposta a conversar. Assim que chegamos, ele foi dar uma caminhada. Quando abri a janela do quarto para dar uma espiada, pude vê-lo sentado na calçada de uma ilha no estacionamento, jogando algumas pedras no asfalto.

Deitei-me na cama e fiquei olhando para um detector de fumaça no teto. Lembrei-me da câmera do subsolo da casa de Adam. E se eu não tivesse notado aquela câmera? Estaria com Adam em uma outra realidade, em uma nova vida que duraria anos, muito mais até do que eu alcançaria neste mundo, mesmo sem contar com o seu final no meio desse caminho. Eu ainda tinha essa possibilidade apesar de achar que talvez não tivesse mais coragem. Deixar meu pai agora não era como deixá-lo antes. Eu sabia o que nos esperava e não gostaria que ele terminasse seus dias assustado e sozinho. O que fazer?

Nem lembrei que não comemos nada durante o dia todo. Acabei dormindo de roupa e tudo. Thomas chegou e não fez barulho para não me acordar. Quando o sol começou a invadir o quarto, abri os olhos como se estivesse em um pesadelo. Custei a acreditar que aquela história toda fosse real. Thomas acordou e sentou-se na beirada da cama sem dizer uma só palavra.

— Nem vi a que horas você chegou ontem — falei.
— Eu cheguei tarde. Não fiz barulho para não te acordar.

Ele me olhou de um jeito diferente dos outros dias. Sustentava um olhar de derrota.

— Você acha que Harold disse a verdade? — eu perguntei.

— Talvez ele tenha omitido algumas informações, mas a história toda faz sentido...

— Não podemos desistir, Thomas. Se existir uma mínima chance de ajudarmos Adam e as pessoas no RealOne, precisamos agarrá-la com todas as nossas forças.

— Você sabe o que isso significa, não sabe? — ele perguntou, desafiando-me.

Eu assenti, balançando a cabeça devagar. Thomas se referia ao fato de eu ter que ingressar no RealOne para possibilitar a criação de um canal de comunicação. Saber que Adam tentava se comunicar conosco tornava imprescindível o meu ingresso. Também significava que eu abandonaria meu pai sozinho, em um possível final apocalíptico, sem saber se iria voltar.

— E você está preparada para voltarmos a Springs para você se conectar?

— Não existe outra possibilidade, existe? Não se trata do que eu quero, mas do que eu preciso fazer.

———

Saindo do hotel de estrada, rumo a Springs, permanecemos calados, ainda sob o efeito do baque que sofremos no dia anterior. Para não ficarmos em total silêncio, liguei o rádio do carro em uma estação qualquer. É curioso perceber como os sinais nos são dados todos os dias e os ignoramos, como se não existissem.

Nos intervalos entre as músicas, a estação reportava notícias mundiais com breves chamadas: "O governo russo aperta o cerco sobre países da Europa membros da OTAN"; "O governo chinês realiza a maior manobra militar de sua história próximo a Taiwan"; "Israel entra em guerra com a Palestina"; "Europa registra o verão mais quente de toda a história, falta água e previsões afirmam que haverá escassez de alimento"; "O mundo atravessa a maior crise econômica dos últimos anos".

O mundo já dava sinais de estar doente há muito tempo. Uma doença que o projeto Nostradamus já diagnosticara há décadas e que seria o nosso fim.

Eu carregava dentro de mim uma sensação de impotência e de raiva por ter me juntado aos bilhões de seres humanos que permitiram que isso ocorresse. Eu nem precisava olhar para o lado para perceber que Thomas compartilhava dos mesmos sentimentos. Restava buscar uma fagulha de esperança naquela mensagem de Adam.

Às vezes, eu tinha a impressão de que a vida brincava comigo, testando-me o tempo todo. Quando nos aproximávamos dos Hamptons, recebi uma ligação de Joana. Ela estava inquieta, mas disfarçava a voz falando baixinho para não ser ouvida. Coloquei no viva-voz para Thomas também escutar.

— Senhorita Amanda, a casa está tomada de policiais. Eles estão retirando os equipamentos do Sr. Goodwin do subsolo e levando tudo embora! Não venham para cá.

Thomas passou a dar murros no volante enquanto gritava palavrões. Fiquei assustada e pedi que ele encostasse o carro em uma parada ali perto. Quando estacionou, continuou com seu acesso de ira.

— Como eles souberam? Que merda! Que merda! — ele gritava.

Eu tentei acalmá-lo.

— Deve existir outra maneira para eu me conectar, Thomas, calma!

Ele se conteve por um instante enquanto retirava seu celular do bolso. Respirava bufando, como se fosse um animal. Depois de um tempo mexendo na tela do aparelho, ele deu um novo murro no volante e saiu do carro. Agachou-se no chão e soltou um grito gutural, deixando-me apavorada. Quando se levantou, parecia ter liberado toda a raiva que guardava dentro de si. Apoiou as duas mãos no capô do carro, como se passasse por uma blitz policial, e ficou assim por um tempo. Eu, então, percebendo que ele estava mais calmo, saí do carro e me aproximei dele.

— O que foi, Thomas? O que aconteceu para você ficar assim?

Ele se endireitou e se postou a minha frente.

— Acabou, Amanda. Eles recolheram também os equipamentos da sede de Manhattan. Não conseguirei mais te ajudar a ingressar no RealOne.

Acho que não compreendi a dimensão do que ele me falava.

— Deve ter alguma outra maneira. Não existe nenhum outro equipamento como esse em outro lugar?

Ele negou, balançando a cabeça de um lado ao outro.

— Só pode ter sido o Harold — Thomas falou apertando os dentes.

— Ele está se escondendo de todos. Por que ele faria isso?

— Você não acha muita coincidência? Conversamos com ele ontem e hoje os dois equipamentos são recolhidos ao mesmo tempo pela polícia?

— Pode haver outra razão. Não acredito que tenha sido ele.

Thomas passou a dar pequenos passos em silêncio, andando em círculos. Vez ou outra soltava alguma frase ininteligível para si mesmo. Eu observava impotente seu desespero, forçando-me a ter alguma ideia.

— E os aparelhos periféricos? Eles não podem ser modificados para permitir a minha conexão?

Ele respondeu com um aceno negativo, seguindo envolto em seus pensamentos. Após alguns minutos, ele recostou-se no carro.

— Eu sinto muito, Amanda. Não há mais nada que eu possa fazer.

Após retornarmos ao carro, retomamos a estrada, mas agora sem nenhum destino. Thomas apenas dirigia em silêncio. Depois de algum tempo, resolvi abordá-lo.

— Para onde vamos?

Ele deu de ombros.

— Vamos voltar ao plano inicial. Quando começamos tudo isso, ingressar no RealOne não era uma opção!

— Não sabíamos sobre o fim do mundo, Amanda. O que podemos fazer agora? Como poderemos ajudar Adam e os outros?

— Você quer retornar para Oregon?

— Para quê? Que diferença vai fazer estar lá ou em qualquer outro lugar?

— Eu não sei, Thomas, mas estamos em uma estrada. Precisamos ir para algum lugar. Você acha que é seguro retornar para Nova York?

— Acho que sim. Não descobriram sobre mim até agora...

Eu concordei com a cabeça.

— Só não gostaria de voltar para o meu apartamento... Não quero ficar sozinho neste momento.

— Você pode ficar comigo em meu estúdio. O lugar é pequeno, mas comporta nós dois.

Thomas me deu um sorriso.

— Obrigado. Não tenho como te agradecer.

———

Thomas ficou um pouco depressivo no início, logo após nos instalarmos em meu estúdio. Ele não via mais sentido em investigar o "sequestro digital" e o RealOne. Já havia descoberto tudo o que precisava e sabia que não poderia fazer mais nada, além de torcer para que uma solução fosse encontrada.

Eu decidi que precisava retomar a minha vida de antes, o que foi ainda pior. Tive que retornar para o meu emprego na *ByteNews* e de mãos vazias. Mesmo sendo contra todos os meus princípios, eu precisei inventar uma história sobre o hacker que eu havia criado em minhas conversas com Ellen. Ela era uma mulher inteligente e perspicaz e não demoraria muito para perceber que eu não tinha nada. *Ao menos que fosse publicável*, pensei. Eu sabia que minha permanência naquela revista era questão de tempo.

CAPÍTULO 27 —

—AMANDA BUCKLAND? Meu nome ecoou pelo luxuoso lobby arte decô tão logo atravessei as portas giratórias douradas do edifício localizado na 59th Street, que albergava a sede da revista em que eu trabalhava. Eu me virei para ver quem havia me chamado.

— Posso ajudar? — perguntei calmamente assim que os dois homens se identificaram. Eram dois policiais vestidos à paisana.

— Precisamos que você nos acompanhe.

A primeira coisa que me passou pela cabeça foi Thomas hospedado em meu estúdio. Aqueles policiais não poderiam saber dele. A segunda foi tentar avisar Ellen.

— Preciso avisar minha chefe antes — repliquei, fazendo menção de caminhar de novo em direção aos elevadores.

Eles balançaram a cabeça em negativa e seguraram meu braço com delicadeza, orientando-me a segui-los até a saída do prédio. Não imaginei que pudesse ser algo sério, afinal, o que eu havia feito de errado? Era provável que desejassem algum depoimento e em pouco tempo eu estaria livre.

Caminhamos até uma van preta estacionada diante da entrada. No carro, outro homem esperava. Sentei-me no banco de trás, com um policial de cada lado. Eles ficaram calados durante todo o trajeto. Pediram que eu entregasse o meu celular. Eu disse que não estava entendendo a razão de ter sido abordada daquela maneira. O que tinham contra mim? O homem estendeu a mão e me encarou com seriedade.

— O celular — pediu novamente.

Naquele momento, comecei a entender que não era um simples depoimento, mas eu ainda não fazia ideia do que me aguardava. Quando atravessamos a ponte no sentido do Queens percebi que estávamos indo em direção ao meu estúdio. Meu coração disparou quando pensei em Thomas.

— Posso fazer uma ligação? — perguntei.

Não houve resposta, apenas silêncio.

Thomas, vai embora! Você precisa sair daí, pensei, como se fosse capaz de enviar uma mensagem por telepatia.

— Eu sou uma jornalista — falei. — Tenho direito a um advogado.

Mais silêncio.

— Eu estou sendo detida? — questionei.

O mesmo silêncio.

O carro tomou a direção contrária ao meu estúdio. Franzi o cenho sem entender para onde me levavam.

— Para onde estamos indo? — perguntei.

Não adiantou nada. Eles continuavam me ignorando.

Naquele perpétuo mutismo, nós nos dirigimos ao aeroporto de La Guardia, onde um avião nos aguardava. Eu não imaginava qual seria o destino, e mesmo que quisesse saber, não teria resposta alguma.

Compreendi que eu estava sendo detida, é claro, mas demorei um pouco para entender em que condições. A cada novo trajeto de nossa jornada, mais eu temia. Não permitiram que eu me comunicasse com ninguém, em uma patente violação de meus direitos. Somente havia uma condição em que isso era possível: eu estava recebendo o mesmo tipo de tratamento dado a um terrorista.

Assim que saímos do aeroporto, depois de uma viagem que pareceu demorar uma eternidade, um novo carro nos esperava. Seguimos até um local policiado por soldados, como se fosse algum tipo de instalação militar. Uma cancela se elevou após uma equipe checar dentro e embaixo do veículo com espelhos. De novo, eu perguntei onde estávamos e, de novo, falei sozinha.

A viatura estacionou em um subsolo, onde eu desci, acompanhada pelos brutamontes. Pegamos um elevador e descemos em um porão claustrofóbico, com o teto baixo e sem janelas. Fui levada para uma sala estreita, que tinha uma mesa comprida para oito pessoas. Se havia qualquer dúvida sobre se tratar de uma sala de interrogatório, a certeza veio quando meus olhos se depararam com um painel de vidro, que certamente servia como ponto de observação para quem estivesse do outro lado. Permaneci sentada em silêncio até que ouvi alguém chamar de novo meu nome.

— Amanda Buckland?

O sujeito perguntou ao adentrar a sala, impondo-se com sua presença alta e corpulenta. Assenti. Ele vestia um terno escuro e carregava uma pasta em uma das mãos. Dirigiu-se até uma das cabeceiras da mesa e sentou-se, apoiando a pasta à sua frente. Olhou para mim por um instante e, em seguida, começou a analisar os documentos sem pressa, enquanto meu olhar vagueava pelo ambiente. Vez ou outra, deparava-me com o painel de vidro à minha frente, que refletia um rosto pálido e amedrontado.

Um zumbido constante do transformador de uma luminária branca sobre nós não parecia incomodar o homem, que ocasionalmente interrompia o barulho para pigarrear. Após um tempo, ele cruzou os braços sobre a mesa e cravou seus olhos gelados em mim, causando uma sensação de desconforto.

— Imagino que não seja nenhuma surpresa para você estar aqui — ele disse.

— Não falarei nada sem a presença de meu advogado. — Tentei parecer firme, mas não consegui esconder minha apreensão diante da situação.

O homem emitiu uma risada carregada de sarcasmo, balançando a cabeça sem acreditar.

— Acho que você não faz ideia do que está acontecendo. Nenhum advogado virá salvá-la.

— E quem é você para fazer uma afirmação desse tipo? — perguntei indignada.

— Não se preocupe comigo. Eu sou apenas um mensageiro...

— Mas do que eu estou sendo acusada?

— De ter participado de um ataque hacker que foi considerado um dos maiores atos terroristas já praticados.

Eu senti meu coração martelar no peito ao ouvir tais palavras.

— Eu sou uma jornalista. Tudo o que fiz foi descrever uma experiência que vivi naquele metaverso, só isso!

Minhas palavras não surtiram qualquer efeito. Ele continuou a me encarar como se já houvesse um veredicto. De repente, uma voz feminina ressoou no ambiente, vinda de um dispositivo de videoconferência no centro da mesa.

— Estamos prontos! — O homem voltou-se para o painel de vidro e sinalizou com a cabeça.

— Srta. Buckland — continuou a mulher —, conte-nos como conheceu o Sr. Goodwin.

Era disso que se tratava, eu já imaginava. Talvez pelo fato de eu ter escrito aquela matéria. *A caça às bruxas continuava e acenderam uma fogueira para mim*, pensei. Acreditava, porém, que não teriam nada contra mim. Tentei manter a calma e passei a narrar a maneira como havia conhecido Adam, desde nosso primeiro encontro. Contei sobre o implante do *chip*, a primeira experiência no RealOne e depois a minha mudança súbita para a sua casa nos Hamptons para utilizarmos o equipamento de lá, já que não seria possível seguir utilizando os equipamentos do edifício de Manhattan. Tomei um enorme cuidado para não revelar nada sobre a "experiência temporal".

O primeiro questionamento da mulher me deixou desconcertada. Ela sabia sobre o meu noivado com Adam e queria entender como o nosso relacionamento havia caminhado tão rapidamente. Tive que me esquivar, fazendo crer que não achava nada demais. Em seguida, a mulher questionou o grau de detalhamento da minha matéria sobre o RealOne. Afirmava que especialistas haviam analisado o material e que seria impossível descrever aqueles lugares com tanto detalhamento no tempo em que lá estive.

Um frio percorreu minha espinha. *Será que eles desconfiavam da "experiência temporal"?*, pensei. Estava cada vez mais difícil manter a calma. Tentei justificar, dizendo que havia estudado aqueles lugares para escrever a minha matéria, de forma a enriquecê-la. A mulher não pareceu convencida. Uma pausa se fez e logo em seguida a porta da sala se abriu. A mesma mulher adentrou o ambiente, acompanhada por dois homens. Na hora entendi que nada de bom poderia estar relacionado ao fato de ela permitir que eu conhecesse sua identidade.

Cada um deles carregava uma pasta. Assim que se acomodaram em seus lugares à mesa, a mulher pegou um controle remoto e acionou um botão, que fez com que uma tela descesse de um lado da sala. Do outro lado havia um projetor. A luz branca se apagou e agora pequenas luzes ao redor do teto balizavam o ambiente. A projeção congelou no símbolo do exército americano.

A mulher foi a primeira a se manifestar. Era morena e tinha por volta de quarenta e poucos anos. Seus cabelos eram curtos, acima da altura dos ombros, e seus traços remetiam a uma descendência latina.

— Demoramos algum tempo para perceber que existia uma anomalia no RealOne. O primeiro estranhamento surgiu com o consumo de dados muito alto do programa — disse ela. — Bem mais alto do que qualquer outro programa semelhante existente no mercado. Isso poderia ser explicado pela sua complexidade, é claro. Nunca um programa teve uma proposta como essa e o elevado consumo de dados seria mais do que esperado.

Ela acionou o botão e passou para uma segunda tela, na qual se viam gráficos com o consumo de dados em um dos lados e tempo, do outro.

— Porém um fato em especial chamou a atenção de todos: o salto do consumo de dados que se deu alguns dias após o início do bloqueio. Como podemos ver aqui — continuou ela, apontando com uma caneta-laser para o início do gráfico —, essa era a média de consumo desse usuário em especial durante a festa de inauguração, antes do bloqueio.

Logo em seguida, ela deslocou o ponto de laser para o final do gráfico, exibindo como o salto havia sido expressivo.

— Aqui, temos o consumo de dados alguns dias após o bloqueio. Um pico mais de cem vezes maior.

Eles já sabem de tudo, pensei comigo. Uma sensação de pânico tomou conta de mim. Procurei me controlar respirando fundo enquanto a mulher apresentava outros slides.

— Pesquisamos outros usuários e encontramos o mesmo padrão em todos eles, sem exceção.

Um dos homens que havia entrado na sala com ela, aparentando ter por volta de sessenta anos, com os cabelos grisalhos e um rosto alongado, disse:

— Nós examinamos esses dados por muito tempo, sem saber o que eles representavam. A primeira hipótese, e única explicação plausível, é que uma versão ampliada do RealOne foi liberada com o início desse bloqueio. Mas, então, alguém se lembrou da sua matéria. Não houve uma única pessoa que não tenha ficado deslumbrada com as descrições tão detalhadas em sua "volta ao mundo" virtual. Porém algo ali soava estranho, pois as informações pareciam não bater de alguma forma. Então fomos até o laboratório do RealOne em Manhattan e à casa do Sr. Goodwin para apreendermos os equipamentos de acesso ao RealOne a fim de que fossem estudados em detalhes.

A mulher avançou mais um slide e passou a comentá-lo.

— Aqui estão os dados de algumas das entradas que a senhorita e o Sr. Goodwin fizeram no programa, tanto no laboratório de Manhattan como na casa de Springs. A velocidade de consumo de dados se altera a todo momento. Há, inclusive, uma situação em que ela revela rápidos picos.

Lembrei-me da ocasião em que Adam me mostrava como a "experiência temporal" funcionava, quando estivemos na biblioteca de Alexandria.

— Isso chamou a nossa atenção — prosseguiu ela. — Por que existia aquele padrão? O que acontecia dentro do RealOne que pudesse justificar um salto tão significativo no consumo de dados?

— E é por isso que você está aqui — completou um dos homens. — Precisamos saber o que acontece, de fato, dentro daquele programa.

Afinal, será que eles ainda não sabem?, pensei. Se eles já tivessem tanta certeza não precisariam me perguntar. Precisava me manter firme.

— Eu não sei o que dizer, de verdade — falei.

O segundo homem que entrou, um sujeito alto com cara de poucos amigos, pronunciou-se pela primeira vez.

— Vou te contar uma história estranha — disse ele —, uma coisa que passou pelas nossas cabeças.

Ele falava gesticulando, como se interpretasse um personagem de uma peça de teatro.

— Estávamos estudando esses dados até que alguém levantou uma hipótese que parecia improvável de início: "E se o Sr. Goodwin desenvolveu um programa que altera a percepção temporal de quem participa dele?".

Senti uma tontura e pensei que fosse desmaiar. Pedi que me trouxessem um copo d'água. As pessoas na sala se entreolharam. No meu segundo gole, o homem voltou a falar.

— Parecia ser uma hipótese absurda, então convidamos alguns especialistas para analisar a possibilidade. Não chegaram a nenhum consenso. Enquanto um grupo dizia que era impossível, o outro dizia que diante de um avanço tecnológico que até então desconheciam, sim, seria possível.

Terminei de beber a água durante o seu discurso. Ele prosseguiu:

— Possível ou não, onde há fumaça há fogo, correto? Supondo que isso seja possível e pensando em um bloqueio que isolou os dois mundos, do tipo "ninguém entra e ninguém sai", por que fariam isso? Com qual intenção? Se essa percepção temporal de fato existe, qual é a intenção dessas pessoas que se isolaram no RealOne?

A mulher voltou a assumir o controle da apresentação e passou para um novo slide, no qual constavam os nomes de todos os convidados.

— Muitos dos convidados entraram com as suas famílias, mas com qual propósito? Só podemos imaginar que essas pessoas ingressaram com as suas famílias porque não tinham a intenção de retornar. E, se fizeram isso, são essas as mesmas pessoas responsáveis pelo bloqueio.

— O que vocês querem dizer? — perguntei.

— Que precisamos saber o que essas pessoas estão planejando.

— E o que isso tem a ver comigo?

Todos se entreolharam. A mulher aproximou-se da mesa com um jeito intimidador.

— Srta. Buckland, a sua situação aqui é bastante complicada. Por que a senhorita não participou da festa de inauguração do RealOne junto ao seu noivo?

— Já me fizeram essa pergunta antes. Meu pai sofreu um acidente de carro pouco antes da festa de inauguração e precisei ficar ao lado dele.

— Em Pendleton, não é mesmo? — perguntou a mulher.

Estranhei a forma como aquela mulher conduzia aquela conversa. Onde ela queria chegar?

— Sim, como já disse antes.

— Nós identificamos acessos clandestinos ao programa partindo da casa de seu pai em Pendleton. Foi a senhorita quem acessou o programa, não foi?

Senti um buraco se abrir abaixo de meus pés. Eu não podia entregar Thomas e, mesmo que entregasse, nada alteraria as evidências que tinham contra mim. Eles me tinham nas mãos. Não havia como escapar. Fiquei em silêncio.

— A senhorita é inteligente e sabe que temos elementos suficientes para julgá-la e condená-la por um ato terrorista. O tempo que a senhorita permanecerá conosco depende do tamanho da sua cooperação.

— O que vocês querem de mim?

— Primeiro, queremos saber qual é o envolvimento do Sr. Adam Goodwin.

— Adam não está envolvido, isso eu tenho certeza. Ele nunca comentou nada comigo e eu ia ingressar com ele. Não posso acreditar que ele me isolaria da minha vida sem que eu soubesse.

Minha resposta não pareceu convencer a mulher, que continuou em seguida:

— Por que ocorrem essas variações no consumo de dados e o que planejam essas pessoas que se isolaram no RealOne?

Embora eu não seja um exemplo de bravura, também não me considero uma pessoa que se rende facilmente. Estava ciente de que me controlavam e que o custo por minha recusa em cooperar seria elevado. No entanto não podia me submeter; não sem atingir primeiro meu limite extremo de resistência. Afinal, se eu divulgasse o que sabia, poderiam surgir consequências graves contra o RealOne, inclusive uma possível sabotagem militar. Se tal evento ocorresse por conta de uma informação revelada por mim, jamais conseguiria me perdoar.

— Eu não sei... de verdade.

Todos se entreolharam com um ar de desapontamento. A mulher bateu a sua pasta sobre o tampo da mesa para alinhar as folhas dentro dela e levantou-se, acompanhada pelos demais. Foi o fim daquele interrogatório.

CAPÍTULO 28

Ao deixar aquele local, recordei-me de uma entrevista com uma mulher mantida refém no Iraque, que relatava as várias torturas que enfrentou. Conforme seu relato, havia um método para fazer o corpo sucumbir, que poderia ser empregado de duas maneiras: mediante a dor ou a insanidade. Tive a sensação de que seria apresentada a uma delas a qualquer momento.

Fui escoltada por dois homens para um local desconhecido. Descemos de elevador a um subsolo profundo e atravessamos corredores até uma área gradeada, assemelhando-se a uma prisão. Soldados vigiavam o lugar, posicionados estrategicamente.

Levaram-me por um corredor até uma cela. O espaço, sem janelas, tinha aspecto claustrofóbico, mas tinha uma cama arrumada e limpa, um vaso sanitário e um boxe com chuveiro. A parede acolchoada abrigava uma TV atrás de um vidro blindado e uma câmera vigiava o ambiente. Havia roupas e produtos de higiene sobre a cama. A cela era bem diferente das que eu via nos filmes. Havia um chuveiro nela, ao contrário dos banhos coletivos que eu via nas séries de televisão, e havia uma TV... Apesar dessas diferenças, não restavam dúvidas de que eu estava em uma prisão militar.

— É para você trocar sua roupa. Deixe tudo que está usando aqui — disse o soldado, apontando para uma escotilha na porta de ferro. Quando terminou as orientações, ele saiu e eu pude ouvir o barulho de uma pesada tranca.

Por três dias, ninguém veio falar comigo e as refeições eram entregues por uma abertura na porta. No quarto dia, fui levada à mesma sala de interrogatório, onde o mesmo homem que se dizia o mensageiro esperava minha cooperação. Diariamente, punham-me nessa situação e, ao resistir, sofria retaliações, como desligarem a água quente e tirarem produtos de higiene, até que cortaram a água do chuveiro.

No quinto dia, desligaram a luz e a escuridão se tornou minha maior inimiga. A única noção de tempo vinha do entra e sai das refeições. Senti pânico diante da tortura psicológica e temia o que fariam a seguir. No segundo dia de escuridão, achei que fosse morrer. Minhas memórias ganhavam vida no breu, eu transformava a cela em um filme da minha própria existência — era a única maneira de suportar a situação.

―

Após quatro dias enfrentando condições insuportáveis, a porta se abriu, permitindo a entrada de luz e causando dor em minha visão. Recebi novas roupas, produtos de higiene e tomei banho, enquanto a TV era ligada. Concederam-me um pouco de dignidade, como uma amostra do que eu poderia perder se continuasse resistindo. O temor do retorno à escuridão me atormentava, rememorando o sofrimento vivido. Algum tempo depois, dois soldados me levaram de volta à sala de interrogatório, para um novo encontro com o mensageiro e a mulher misteriosa. Eu sabia que precisava dizer algo, pois não aguentava mais aquela situação.

— Espero que você tenha refletido nesses últimos dias — disse o homem assim que entrou na sala, como das outras vezes.

— Continuo sem compreender o que vocês querem de mim — repliquei, tentando reprimir o receio de suas possíveis reações. Já não tinha mais forças para resistir. Eu estava à beira de revelar todos os segredos da "experiência temporal" e quaisquer outras informações que cobiçassem.

O sujeito arqueou uma das sobrancelhas e se ajeitou na cadeira, em um evidente sinal de descontentamento com a minha resposta. Eu já havia notado aqueles sinais das outras vezes. O medo de voltar a passar por tudo aquilo de novo tomou conta de mim e um choro incontrolável escapou.

— Eu juro que estou dizendo a verdade! — exclamei, aos prantos.

O homem passou a tamborilar os dedos na mesa, outro sinal que eu já conhecia.

— Por favor! — implorei. — Por que eu estou passando por tudo isso?

A mulher me observou por um instante e depois se aproximou do homem, cochichando algo em seu ouvido. Logo em seguida, ela disse:

— Liberaremos você por ora, mas ainda terá que nos provar que está interessada em cooperar conosco.

Em seguida, a mulher deixou a sala e orientou aos guardas que me levassem de volta à minha cela. No caminho, eu rezava baixinho, esperando não a encontrar no escuro de novo. Foi um alívio perceber que, ao que tudo indicava, eu havia ganhado uma trégua temporária. A cela estava iluminada, com televisão, roupas novas e produtos de higiene.

Por vezes, somos obrigados a confiar na sorte. A minha, que por tanto tempo parecia ter se esquivado, finalmente decidiu dar o ar de sua presença. Creio que a única justificativa para eu não ter exposto tudo que sabia residiu na decisão da mulher misteriosa e do mensageiro de alterarem sua estratégia.

Por cinco dias, ninguém veio me perturbar. Ainda assim, minha mente se inundou de pensamentos sobre Thomas e também sobre meu pai. Será que eles tinham alguma ideia do que estava acontecendo comigo?

—

Quando a porta se abriu, fui escoltada até o mensageiro, como das outras vezes. Desta vez, subimos para um andar diferente e adentramos um corredor mal iluminado com portas numeradas. Os guardas pararam diante de uma porta identificada pelo número 239. Um deles a abriu e fez um sinal para que eu entrasse. Era um cômodo pequeno, com um grande painel de vidro que fazia divisão com alguma outra área, que não estava visível por conta das luzes apagadas do outro lado. Sentados em frente a uma bancada abaixo desse painel estavam o mensageiro e a mulher. Os guardas entraram comigo e se posicionaram no canto da sala.

— Olá, Amanda — cumprimentou a mulher. — Hoje saberemos se você está mesmo disposta a cooperar.

Preferi ficar em silêncio. Já era muito ter que lidar com minha ansiedade. Foi, então, que vi a mulher tocar em um botão no painel à sua frente, que iluminou a sala anexa. No centro havia uma poltrona branca, com um equipamento semelhante ao que existia na casa de Springs. Observando melhor, percebi que ele não era um equipamento semelhante, mas o mesmo.

— Acho que você já entendeu. Nós trouxemos o terminal de acesso ao RealOne para cá.

Estava claro que eles pretendiam me colocar naquela máquina, mas eu ainda não havia entendido a razão.

— Após nossa última conversa nós não nos convencemos de que você não sabe de nada nem de que o Sr. Goodwin não esteja envolvido com o bloqueio do RealOne, e estamos aqui para provar que estamos corretos. Testamos inúmeros terminais de acesso para ingressar no programa, incluindo este — disse ela, apontando para a sala através do vidro —, e todos estão bloqueados. Porém acreditamos que o Sr. Goodwin deixou um acesso liberado para que você pudesse entrar no RealOne após resolver as pendências com o seu pai e, então, se encontrar com ele. Se ele gosta tanto de você como imaginamos, com certeza pensou nessa possibilidade.

Assim que ela concluiu seu discurso, foi a vez do mensageiro se pronunciar. Eles pareciam combinar o *timing* de cada um.

— É claro que não pretendemos te dar uma passagem de ida para você se encontrar com o seu noivo para que possam viver felizes para sempre.

Você levará para ele e para os outros líderes uma mensagem clara e simples. Se eles não derrubarem imediatamente o bloqueio do RealOne, acidentes ocorrerão com os seus corpos. Sabemos que eles contam com um escudo de proteção de mais de um milhão de usuários, o que nos impede de desligar esse sistema todo de uma só vez, como é o nosso desejo, mas nada garante que amanhã o Sr. Goodwin não possa sofrer um infarto, que um de seus amigos sofra uma embolia pulmonar, ou até mesmo você... um acidente vascular cerebral, ou outra fatalidade qualquer. Enquanto o bloqueio persistir, eliminaremos cada um dos responsáveis pelo programa e dos membros daquela lista de convidados, até que não sobre mais ninguém. E pode ter certeza de que ninguém desconfiará de nada.

Ali estava a razão para a trégua na tortura que eu sofria. Eles não precisavam que eu dissesse nada. Em vez disso, elaboraram um plano muito pior. Eu estava encurralada. Tentei argumentar:

— Após o bloqueio, assim que voltei para o meu estúdio, em Nova York, tentei me conectar ao RealOne e fui bloqueada. Por que eu conseguiria acessá-lo agora? O que pode ter mudado?

— O Sr. Goodwin é um homem muito inteligente — respondeu o mensageiro. — Para ele não seria nada complicado conceder uma permissão diferenciada para o seu perfil. Não tivemos acesso a essas informações, mas ele sim, com certeza.

— Mas se eu tivesse essa permissão, não teria conseguido ingressar no programa pelo equipamento instalado em minha residência?

— Não necessariamente. Acreditamos que todos os terminais de acesso estejam bloqueados, com exceção daqueles que ele usava, ou seja, o do laboratório de Manhattan e o da casa de Springs.

Eles não eram bobos, e mesmo sem saber qual era a permissão de cada usuário, chegaram à mesma conclusão a que Thomas havia chegado.

O mensageiro se levantou e sinalizou para que eu atravessasse uma abertura, ao lado do painel de vidro, que dava acesso à sala do terminal. Eu caminhei à sua frente, a mulher permaneceu no que deveria ser a mesa de comando.

Sentei-me na poltrona e tentei me acalmar, ponderando todas as possibilidades. Thomas havia me fornecido um endereço de comunicação para passar a Adam, mas qual seria a utilidade disso agora? Pessoas começariam a morrer dentro do RealOne, e mesmo que Thomas conseguisse se comunicar conosco, como isso ajudaria? Eu mesma provavelmente não sobreviveria por muito tempo. O que eu deveria fazer?

O mensageiro colocou o semiarco em minha minha cabeça e o pânico tomou conta de mim. Fiz menção de me levantar, mas o homem me segurou.

— Você entra agora, por bem ou por mal. Você quem sabe.

Inspirei profundamente e visualizei um campo aberto para me acalmar, como havia feito na primeira vez que acessei o programa. De repente, já me encontrava no túnel com seu arco luminoso. Naquele instante, eu já não dominava mais os meus sentidos; estava num limbo entre meu corpo e o RealOne. Recordei-me do túnel com luz no final, descrito por muitos que vivenciaram experiências de quase-morte. Até nesse aspecto nossos túneis se assemelhavam. Se eu avançasse em direção ao mundo virtual, talvez estivesse caminhando rumo ao meu fim.

Hesitei por um momento, refletindo sobre o que fazer. Conseguia ouvir as vozes do mensageiro e da mulher vindas do lado escuro do túnel, então me questionei: será que o mesmo aconteceria do outro lado? Será que, se eu gritasse, minha voz seria ouvida dentro do RealOne? Não tinha nada a perder. Sentei-me no chão e comecei a gritar:

— Adam Goodwin! Preciso falar com Adam Goodwin!

Parei por um momento para escutar se alguma resposta viria. Foi, então, que ouvi o mensageiro do lado escuro dizendo:

— Ela deve ter conseguido entrar, senão já teria voltado.

— Adam Goodwin! Preciso falar com Adam Goodwin!

— Quem está falando? — Ouvi uma voz que vinha do outro lado do túnel, o da entrada do RealOne.

— Estou no túnel de entrada. Meu nome é Amanda Buckland.

— Dentro do túnel? — questionou a voz. — Todos os acessos estão bloqueados.

— Por favor, é muito urgente! Com quem estou falando?

— Meu nome é Marie Levesque.

— Marie, você precisa me ajudar. Preciso que você leve uma mensagem urgente para Adam Goodwin, o criador do RealOne.

— Eu sei quem ele é.

— Diga que Thomas está esperando por ele na *dark web* no endereço "RealOneSalvation". Por favor, anote a qualquer custo, é muito importante!

— Já anotei.

— Não sei quanto tempo eu tenho, mas muita coisa depende disso, Marie. Por favor, passe a ele essa mensagem!

— Você não consegue ingressar no nosso mundo?

— Eu não posso — respondi. — Diga que eu o amo muito, muito, por favor!

Quando terminei de falar com Marie, levantei-me e caminhei de volta para a escuridão. Meus olhos se abriram e se depararam com o mensageiro sobre mim.

— O que aconteceu? — perguntou ele. — Você não conseguiu entrar?

— Não. Ainda tentei algumas vezes, mas o sistema acusa uma mensagem de bloqueio. Não consigo ingressar.

PARTE DOIS
Mundo virtual

CAPÍTULO 29

DIA DA FESTA DE INAUGURAÇÃO DO REALONE

Quando o clarão da entrada cedeu, a visão de Adam foi invadida por outro tipo de claridade, a dos painéis iluminados dos edifícios da Times Square, que sincronizavam uma contagem regressiva para a inauguração do RealOne. Era dali, no centro do mundo virtual, que ele apertaria o grande botão vermelho posicionado em um palanque no meio da avenida, inaugurando um novo capítulo na história da humanidade: o do "VeritaVerso".

Adam era um homem meticuloso e não deixaria que nada desse errado. Havia pensado em cada detalhe, mas ainda assim, nos raros momentos em que não era abordado por alguém, acusava um embrulho no estômago como se tivesse se esquecido de algo. Era a quinta vez que ele ingressava somente naquele dia, fazendo uma ponte com a sua equipe no mundo real para garantir que tudo funcionaria bem.

A praça já estava cheia de usuários e eles continuavam a surgir a todo o momento. Quando ingressavam, detinham-se por algum tempo embasbacados, observando o cenário e a si próprios. A festa prometia. Vez ou outra, Adam consultava seu menu digital para conferir se Amanda já havia ingressado. Ele sabia que ela se conectaria a qualquer momento e não queria deixá-la perdida no meio da multidão.

O empresário acelerou o passo até o palanque, onde já era esperado. Subiu dois lances de escada até alcançar um camarote. O espaço era amplo, com paredes que intercalavam grandes painéis de vidro, que permitiam ver o movimento da Times Square, com cortinas de veludo vermelho, que davam um toque de sofisticação ao ambiente. O bar estava repleto de bebidas e aperitivos e os avatares tecnológicos circulavam oferecendo iguarias aos convidados.

Do alto dava para se ter uma dimensão da multidão, que se multiplicava a cada hora. Adam sentiu o coração bater forte dentro do peito. Ele havia trabalhado muito para chegar até aquele momento. Um monitor posicionado no centro da sala mostrava imagens de cidades já prontas dentro do RealOne e futuros projetos. Um grupo se espremia à frente dele para admirar aquela nova tecnologia.

— Parabéns, Sr. Goodwin — disse um homem dentro de um terno chique, dando um pequeno tapa em seu braço para chamar a atenção. Estava acompanhado por outros dois homens. Ele se dirigia a Adam com intimidade, ainda que ele não se recordasse do sujeito. — Esse é o prefeito de Nova York — disse o homem, apontando para um senhor ao seu lado.

— Infelizmente não dessa Nova York — brincou o prefeito, adiantando-se para cumprimentá-lo. — Trabalho impressionante você fez aqui.

— Obrigado, Sr. prefeito — respondeu Adam, enquanto balançava a mão do político. — Espero que aprecie a festa.

Adam fez uma nova verificação em seu menu, porém Amanda ainda não havia ingressado. Olhou o horário e notou que estava quase no momento combinado. Ponderou que talvez ela tivesse enfrentado algum contratempo.

— Está quase na hora — anunciou Brandon, outro engenheiro de sistemas do RealOne. Adam estava tão acostumado a vê-lo usando calça jeans surradas com tênis velhos e camisetas geeks, que assim que o viu naquela noite lembrou-se de um personagem de desenho animado, com sua magreza excessiva em seus mais de 1,90 metros, usando um terno que mesmo ajustado às suas medidas, parecia muito maior do que ele. Depois de Thomas, ele era o homem em que Adam mais confiava. Ele deixou seus principais trunfos responsáveis, cada um, por um dos mundos; Thomas ficará encarregado de permanecer no mundo real para qualquer eventualidade e Brandon ingressaria com ele para ajudá-lo no mundo virtual.

— Você precisa subir — disse o homem, apontando para uma pequena escada em caracol que levava ao ponto mais alto do palanque, onde o botão vermelho se encontrava. Lá aguardavam os maiores envolvidos no grandioso projeto.

— Amanda ainda não ingressou. Ela pode ter tido algum imprevisto. Você procura por ela e a traz para cá assim que ela se conectar?

— Pode deixar. Mas é melhor você ir, porque já está na hora! — gritou o homem próximo ao seu ouvido para vencer o barulho ensurdecedor.

Adam seguiu para a pequena escada, aplaudido pelos convidados que participavam da festa naquele camarote. As telas de toda Time Square focalizavam a saída da escada no último piso. Quando ele surgiu devagar, acenando para o público, foi ovacionado pela multidão. Depois, cumprimentou um a um os outros responsáveis pelo projeto. Ele era o mentor e maior responsável por aquele empreendimento, mas dividia espaço com alguns dos maiores empresários de tecnologia do planeta. Microsoft, Meta, NVIDIA, Second Life... Estavam todos lá.

As telas voltaram a exibir a contagem regressiva, que caminhava para seu último minuto. 30, 29, 28, 27... 5, 4, 3, 2, 1...

Adam bateu com força no grande botão vermelho, dando início a um espetáculo jamais visto pelo homem. Um espetáculo virtual de fogos de artifício com possibilidades inimagináveis. A história do homem, desde os seus primórdios até suas maiores conquistas e desafios, foi contada em milhões de pontos luminosos que explodiam no céu. Um Zeus, que ocupava metade do firmamento, dividia espaço com vários personagens mitológicos. Ali também estavam Leonardo Da Vinci, Michelangelo, Einstein, além de outros inúmeros representantes da humanidade. Cenas de guerras chocavam com sua realidade e logo eram substituídas por um novo capítulo da história. O homem descobriu as artes, entre elas o cinema, e chegou à Lua, transformando o céu em uma enorme tela de projeção. Houve o cuidado de representar a maioria dos povos e costumes, em uma tentativa de promover uma apresentação universal em seu conceito mais amplo. Durante mais de uma hora, os habitantes do mundo virtual olharam para o firmamento, em todas as suas cidades recém-desenvolvidas, sem acreditarem em seus olhos. Adam oferecia ao mundo uma pequena demonstração do que o RealOne era capaz.

Tão logo o espetáculo com os fogos acabou, ele retornou ao camarote. Notando a ausência de Amanda, perguntou a Brandon se sabia de algo.

— Ela tentou falar com você algumas vezes, mas não conseguiu, então deixou vários recados pedindo que te avisássemos.

— Aconteceu alguma coisa?

— O pai dela sofreu um acidente de carro, mas, segundo informações, ele está bem. Ela teve que viajar para visitá-lo e não conseguiu ingressar.

Apesar de lamentar muito a ausência da noiva, Adam confortou-se ao saber que seu pai estava bem e que tudo não passara de um grande susto, mas não conseguiu disfarçar sua frustração.

— Assim que eu retornar irei procurá-la — respondeu.

A festa parecia não ter mais fim. Alguns convidados, vencidos pela exaustão, despediam-se para regressar ao mundo real. Adam se sentou em um dos sofás e, pela primeira vez na noite, permitiu-se relaxar por um instante, a festa havia sido um completo sucesso. Fechou os olhos por uma fração de tempo, quando foi cutucado por Brandon. Levou um susto.

— Algo está acontecendo, Adam. As pessoas não estão conseguindo mais retornar. O programa está acusando uma mensagem de erro.

Adam se levantou em um único movimento. Seu coração acelerou e sua boca secou de imediato.

— O sistema deve estar sobrecarregado. Não tem como isso acontecer — elucubrou.

— Eu pensei a mesma coisa, mas já faz uns vinte minutos e ainda não voltou — respondeu Brandon visivelmente abatido.

Adam tentou acessar seu menu digital para sair do programa. Recebeu uma mensagem de erro. Uma falta de ar tomou conta dele ao imaginar que algo fora de seu conhecimento ocorria. Não demorou para ele ser abordado por alguns convidados dentro do camarote. Uma fila de pessoas se acumulava em torno do palanque, forçando caminho para vê-lo. O empresário sentiu uma zonzeira e voltou a se sentar para não cair.

— Sr. Goodwin, o que está acontecendo? — perguntou uma mulher.

— Sr. Goodwin, não estamos conseguindo retornar! Por favor, nos ajude!! — gritou um senhor próximo.

Brandon se aproximou, preocupado.

— Precisamos sair daqui. As coisas estão saindo do controle.

— E vamos para onde? Não posso descer na avenida com todas essas pessoas desesperadas querendo me abordar. Eu não sei como ajudar. Não sei o que está acontecendo...

Brandon o levou até uma sala reservada dentro do camarote e fechou a porta até que pudessem pensar em algo, enquanto o barulho de gritos na entrada do palanque se intensificava.

— Preciso tentar conter essas pessoas — Brandon disse. — Espere aqui por mim. Eu já volto.

Pela primeira vez na vida, Adam percebeu que não tinha controle algum sobre a situação. Encolheu-se em um dos sofás da pequena sala reservada, ouvindo os gritos vindos do lado de fora, paralisado pelo medo. Foi, então, que um senhor entrou no ambiente. Ele não aparentava ser intimidador, a notar pela sua idade avançada. Seus poucos cabelos restantes eram brancos e os óculos de armação redonda conferiam-lhe um ar acolhedor. Mesmo assim, Adam se colocou na defensiva.

— Precisamos sair daqui, Sr. Goodwin — disse o sujeito espiando para fora.

Quem era aquele homem? Por que queria levá-lo dali?, pensou Adam.

— Não temos tempo — disse o homem, abrindo a porta e acenando para que o empresário o acompanhasse. Adam ainda titubeou por um instante.

— Não temos tempo, Sr. Goodwin. Precisamos sair agora!

Não havia opções. Aquela pequena sala seria invadida a qualquer momento, Brandon não havia retornado e Deus sabe o que mais poderia ocorrer. Adam não queria estar ali para descobrir. Levantou-se e seguiu o homem, que abriu uma porta oculta em um dos painéis. A passagem secreta levava a uma escada que somente descia. O homem seguiu na frente. Adam parou desconfiado. Ele não sabia da existência daquela passagem. Para onde ela levava?

— Vamos, Sr. Goodwin, antes que seja tarde.

O barulho de pessoas invadindo o camarote se intensificou, assustando ainda mais Adam, que, receoso por sua segurança, seguiu o sujeito escada abaixo. Fechou a porta do painel atrás de si, abafando o som, que pareceu ficar mais distante. Desceram três lances até darem em um corredor com uma porta em seu final. O homem digitou um código e atravessou na frente indicando o caminho.

— Onde estamos? Não me lembro dessas instalações no projeto inicial.

— Depois conversamos. Precisamos nos apressar! — insistiu o homem.

No extremo final do segundo corredor fortemente iluminado, havia uma nova porta de segurança, com exigências ainda maiores para ser acessada. O homem, após digitar outro código de acesso, colocou sua retina diante de um leitor, liberando um estrondoso barulho da tranca sendo destravada. Atrás dela, algumas pessoas se distribuíam em bancadas com monitores de computador à sua frente. Parecia algum tipo de central de comando. Um dos homens se levantou. Era Gregory Crofton, um dos maiores acionistas do RealOne.

— Gregory? O que está acontecendo? — Adam perguntou surpreso. — Você tem alguma coisa a ver com isso tudo?

— Precisamos conversar. Tenho muito a lhe explicar, Adam.

CAPÍTULO 30

DIA DA FESTA DE INAUGURAÇÃO DO REALONE

Quando Brandon conseguiu se desvencilhar da multidão que tentava invadir o camarote, correu de volta até a sala reservada onde havia deixado Adam. Surpreendeu-se ao encontrá-la vazia. Sentiu um arrepio percorrer o corpo: e se alguém tivesse levado o amigo à força? Ainda procurou por todo o ambiente ao redor até que desistiu. Lembrou que poderia rastrear o amigo pesquisando pelo seu menu digital, mas Adam parecia estar no mesmo lugar, como se não tivesse deixado aquele camarote. Imaginou que o sistema deveria estar com defeito, afinal, nada parecia estar funcionando direito.

Sua sorte era ninguém saber quem ele era e qual era a sua função dentro do programa. Ele conseguiu sair dali em meio ao caos, sem ser importunado, misturando-se com a multidão. Apesar disso, estava perdido, sem a menor ideia do que ocorria nem do que faria a seguir.

———

Diante da desordem, pessoas desorientadas corriam freneticamente, algumas arremetendo contra vitrines de lojas e devastando tudo que encontrassem em seu caminho. Outras, em desespero, pediam por providências, buscando ansiosamente por um responsável. Nesse momento de confusão, uma voz preencheu o espaço, ecoando do mesmo palanque que Adam havia usado para se apresentar. Emergiu, então, a figura de um homem de meia-idade: seus óculos de grau e cavanhaque grisalho atribuíam-lhe uma aura de sobriedade. Utilizando o mesmo sistema de som que o empresário havia empregado para apresentar seu novo mundo à festa, ele se fez ouvir. Embora parecesse um rosto desconhecido, todos os olhares convergiram para ele, como náufragos buscando a luz salvadora de um farol.

— Escutem! Por favor, escutem! Meu nome é Christopher. Acredito que nenhum de nós saiba o que está acontecendo. Todos estamos apavorados, eu sei, mas se quisermos chegar em algum lugar precisamos nos organizar.

— O que está acontecendo? — disse uma voz isolada em um grupo que parou para ouvi-lo. O homem respondeu lá de cima.

— Tudo o que sei é o que todos sabemos. Estamos presos aqui neste mundo. Ninguém consegue retornar. Sou uma vítima disso tudo, assim como vocês, mas prefiro acreditar que houve algum problema técnico que será solucionado em breve. O importante é nos unirmos para buscarmos juntos uma solução. Algum de vocês tem conhecimento em sistemas?

Algumas mãos se levantaram no meio da multidão.

— Vocês poderiam subir até o palanque, por favor? — pediu Christopher.

— Eu preciso retornar — uma voz de mulher foi ouvida em meio ao grupo que se aglomerava mais e mais em frente ao palanque. — Tenho filhos pequenos.

— Eu também tenho filhos pequenos — respondeu Christopher pelo sistema de som, com uma voz tomada pela emoção. — Minha filha está doente e eu sou sua única esperança. Mais do que ninguém, eu sei o quanto é importante sairmos daqui. Por isso peço que vocês me ouçam. Precisamos nos ajudar.

Brandon, agachado no vão de uma loja, estava invisível como um fantasma, esquivando-se do tumulto a sua volta. A princípio, manteve-se calado, receoso de que qualquer reconhecimento pudesse inflamar um rastro de acusações. Mas logo decidiu buscar novamente por Adam em seu sistema. Não o encontrou no camarote onde esperava; ao invés disso,

Adam estava em uma instalação subterrânea, um lugar que Brandon nem sabia que existia. Sem hesitar, pôs-se de pé e disparou em busca do amigo.

A praça não parava de receber pessoas que se aglomeravam para ouvir as palavras do homem no palanque. Brandon, porém, parecia indiferente, concentrando-se em sua recente descoberta. Serpenteou pela multidão, chegando à escada do camarote e, dali, à sala principal. Depois de uma busca minuciosa, encontrou o painel oculto que escondia as escadas para o subsolo. Por que Adam teria ido para lá?

O emaranhado de pensamentos em sua mente intensificou-se ao descobrir o corredor com uma pesada porta de aço no final, protegida por um painel de segurança que exigia códigos para a entrada. Por que todas essas precauções? Ficou claro para ele que Adam tinha envolvimento direto naquele bloqueio e que havia tramado uma encenação para enganá-lo, pouco antes de Brandon deixar o recinto privado onde estavam.

A traição caiu como um soco no estômago. Uma onda de fúria o inundou enquanto ele golpeava a porta de segurança, soltando um grito selvagem. Estava preso naquele pesadelo, assim como todos os outros que corriam desorientados na praça. Foi, então, que o eco distante das palavras de Christopher chegou aos seus ouvidos. As palavras pareciam dissipar a névoa de sua ira e sua indignação. Resolveu que o melhor a fazer era buscar aquele homem.

———

— Me chamo Brandon — disse o engenheiro baixinho para Christopher assim que alcançou o último andar do palanque, onde o homem conversava com algumas pessoas. — Sou um dos engenheiros de sistema do RealOne. Acho que sei quem é o responsável por tudo o que está acontecendo e gostaria de ajudar.

CAPÍTULO 31

ALGUMAS HORAS APÓS A FESTA DE INAUGURAÇÃO DO REALONE

— O QUE VOCÊS FIZERAM? — questionou Adam, dominado pela indignação.

— Espere, Adam. Precisamos conversar — replicou Gregory.

— Conversar sobre o quê? — o empresário vociferou. — Preciso voltar para o camarote. As pessoas precisam ser informadas sobre isso tudo.

Adam virou-se em direção à pesada porta de entrada, parando diante dela em busca de uma maneira de abri-la.

— O mundo está acabando, Sr. Goodwin — disse Alexander, o homem que havia resgatado Adam do camarote. Suas palavras capturaram a atenção do empresário por um instante.

— É a pura verdade, Adam — confirmou Gregory. — O mundo está com os seus dias contados. Estamos na iminência de uma guerra nuclear. Você precisa ouvir o que temos a dizer.

As palavras de Gregory caíram sobre o empresário como um sedativo, deixando-o imóvel, atônito. Gregory, então, puxou-o pelo braço antes que ele pudesse reagir, guiando-o por um corredor, sendo acompanhado por Alexander. Adam caminhava atordoado. Mal notou a imensidão das instalações pelas quais era conduzido. Passaram por laboratórios, áreas comunitárias equipadas com restaurantes, cinemas, quadras esportivas e acomodações que serviam de residência para todos os que ali trabalhavam isolados.

Chegaram a uma porta. Gregory utilizou um cartão que trazia consigo para abri-la, revelando um *living* espaçoso e acolhedor por trás dela. As paredes claras harmonizavam com o piso de madeira escura e o mobiliário de design minimalista, linhas puras e tonalidades sutis.

Vastos monitores, simulando janelas de vidro, cobriam uma parede inteira, banhando o espaço com luz natural e revelando vistas panorâmicas de uma paisagem campestre. Até o ar carregava um aroma suave de madeira e flores, como se plantas estivessem espalhadas pelo ambiente. Um sofá de couro aconchegante, adornado com almofadas macias, posicionava-se diante de uma mesa de vidro. Aquele cenário expunha claramente as intenções daquelas pessoas. Independentemente de suas motivações, não se dariam ao trabalho de pensar em tantos detalhes se não tivessem a intenção de manter Adam ali por um longo período.

Gregory acomodou-se no sofá da sala, seguido por Alexander. Fez um gesto indicando para que Adam se sentasse também.

— Acho que não tive a oportunidade de apresentá-los direito. Este é Alexander, o nosso chefe de pesquisa científica — disse Gregory, apontando para o homem ao seu lado.

— Cientista?

Alexander assentiu.

— O que exatamente está acontecendo? Que ideia é essa de fim do mundo?

Gregory e Alexander trocaram um olhar antes de Gregory se inclinar para frente, apoiando os braços nos joelhos. Ele inspirou profundamente e então começou a desvendar a Adam a história acerca das previsões do Nostradamus.

— Eu sei que isso vai parecer surreal, Adam. Confesso que também tive dificuldade de acreditar pela primeira vez...

———

Já havia algumas horas que Gregory, Alexander e Adam se encontravam naquela sala. Adam ainda tinha suas reservas sobre a narrativa compartilhada, mas não podia deixar de pensar na pichação no muro de Santorini. Se toda aquela história fosse real, alguém mais sabia e já havia tentado alertar a ele e Amanda.

— Se o mundo vai de fato acabar, o que estamos fazendo aqui? E por que eu sou mantido prisioneiro?

— Prisioneiro é uma palavra muito forte — replicou Gregory.

— Desculpe se não encontro outra para justificar o cerceamento da minha liberdade.

— Você pode ir embora a hora que quiser. Ninguém vai te impedir, mas antes gostaria que você soubesse de tudo o que está em jogo.

— O quê? Essa história de final do mundo? — questionou Adam. — Não vejo sentido nisso. Se realmente é verdade, qual é o propósito de estarmos confinados em um subsolo, afastados de tudo?

— Ainda não revelamos o verdadeiro motivo da nossa permanência aqui — declarou Alexander.

Adam espalmou as mãos e fixou seu olhar no homem, aguardando por explicações.

— Criamos este centro de pesquisa com o objetivo de estudar uma forma de prevenir o fim apocalíptico previsto pelo Nostradamus.

— Mas por que precisam permanecer aqui? Não poderiam fazer o mesmo estando em algum outro lugar no mundo real?

Os olhares de Gregory e Alexander se cruzaram novamente.

— Por causa do tempo... — Gregory respondeu.

— Tempo? Como assim?

— Precisamos de mais tempo do que temos para desenvolver as tecnologias necessárias para evitar uma guerra nuclear — explicou Alexander. — Usamos o próprio Nostradamus para nos ajudar nesses cálculos. A única maneira de ganhar esse tempo extra é por meio da "experiência temporal".

Antes que Adam pudesse tomar fôlego, Gregory interrompeu:

— Precisamos da sua ajuda. Você é a única pessoa autorizada para habilitar a "experiência temporal".

— Além disso — acrescentou Alexander —, ninguém conhece o RealOne melhor do que você. Precisamos testar nossas descobertas em um ambiente idêntico ao mundo real, caso contrário, todo nosso esforço será em vão. Você precisa nos ajudar a criar um simulador que torne isso possível.

Essas palavras atingiram Adam como um raio. Agora tudo fazia sentido.

— Então foi essa a razão pela qual nossos mundos foram isolados? Ainda que eu acredite nessa história toda e que vocês tenham as melhores intenções do mundo, não vou cooperar a menos que esse bloqueio seja removido imediatamente! Não posso acreditar que não exista uma alternativa.

Gregory balançou a cabeça em negativa.

— Isso é impossível.

— Então essa conversa se encerra aqui. Vocês não terão a minha ajuda! — Adam vociferou.

— Sr. Goodwin, ninguém tem a capacidade de acabar com esse bloqueio — esclareceu Alexander. — Nenhum de nós, nem qualquer usuário. Quando planejamos nossa estratégia sabíamos que enfrentaríamos resistência e decidimos que não cederíamos a nenhuma pressão.

— Então estamos condenados a permanecer aqui para sempre?

— Não. O sistema foi programado para liberar o bloqueio automaticamente assim que um projeto antimíssil for desenvolvido com sucesso.

— E o sistema é capaz de saber se o projeto dará certo ou não?

— Sim, o computador avalia os resultados e está programado para suspender o bloqueio se os testes forem bem-sucedidos. Estabelecemos essa condição para garantir que o projeto seja desenvolvido. Ele é a única razão de todos nós estarmos aqui.

— E qual é a estimativa de tempo para isso acontecer?

— Cerca de quinze meses.

— Quinze meses?! Vocês enlouqueceram?

Seguiu-se um breve silêncio. Gregory tomou a iniciativa de prosseguir.

— De acordo com os cálculos feitos pelo próprio Nostradamus, precisaríamos de trinta anos para desenvolver as tecnologias necessárias para salvar o planeta. No mundo virtual, em razão da distorção temporal, quinze meses no mundo real correspondem a trinta anos.

— Trinta anos?! — exclamou Adam. — Vocês planejam manter todos esses usuários, incluindo a mim, presos por trinta anos?!

— Se os projetos forem desenvolvidos antes desse prazo, o tempo de permanência será menor...

— Mas se um supercomputador estabeleceu esse prazo, como podemos esperar que seja mais breve? — replicou Adam, visivelmente irritado.

— Sabíamos que haveria consequências indesejáveis — disse Gregory, pressionando os lábios.

Adam estava furioso com a aparente falta de empatia do homem.

— Afastar mais de um milhão de pessoas do convívio das suas famílias sem oferecer nenhuma escolha? E você está me dizendo que isso é só uma "consequência indesejável"?

— Se é para salvar a humanidade, eu diria que não é um sacrifício tão grande. Viver em um mundo repleto de confortos, sem violência ou fome, com inúmeros lugares para explorar... E quando rsetornarmos ao mundo real, um mundo que teremos ajudado a salvar, apenas quinze meses terão se passado. Responda com sinceridade: você não doaria quinze meses da sua vida para salvar aqueles que ama?

Alexander adicionou:

— Nossa única proteção são essas pessoas, Sr. Goodwin. Se fôssemos um grupo restrito, os governos não hesitariam em desligar nossos servidores ou mesmo nossos equipamentos de sobrevivência se percebessem qualquer ameaça.

— Então a solução foi transformar essas pessoas em um escudo humano? — Adam retorquiu, elevando a voz.

Um silêncio desconfortável se estabeleceu no ambiente. Depois de algum tempo, Gregory falou.

— Creio que você precise de um tempo para pensar sobre isso — disse, levantando-se e sinalizando que iria se retirar. Antes que ele chegasse à porta, Adam o questionou novamente.

— Gregory, se eu sou tão essencial, por que não me incluíram no plano desde o começo?

— Você teria concordado? — desafiou o homem.

— E por que acham que vou concordar agora?

— Porque, de uma forma ou de outra, você já está envolvido. Não há para onde correr. Vamos executar esse plano com ou sem sua ajuda. A diferença é que, com sua ajuda, teremos uma chance maior de salvar a humanidade.

CAPÍTULO 32

UM DIA APÓS A FESTA DE INAUGURAÇÃO DO REALONE

Naquela noite, o sono foi um estranho para Adam. Ele se arrastou até o quarto e ali ficou, remexendo-se na cama, as palavras de Gregory e Alexander ecoando como um alarme em sua cabeça. O mundo estava mesmo à beira de um colapso? Num cenário tão assustador, será que os fins poderiam, de alguma maneira distorcida, justificar os meios? Adam fez questão de se opor a esse pensamento e lutou para banir qualquer reflexão que atenuasse a responsabilidade daqueles sujeitos pela dor infligida a incontáveis famílias. Sempre tem outro jeito, ele insistiu consigo mesmo, apesar de ainda não se dar por convencido.

Perceber a passagem do tempo num buraco no chão era um desafio. As telas que se passavam por janelas gradualmente adquiriam traços de luz, como se o dia estivesse amanhecendo. Foi quando um estrondo sacudiu o silêncio do lado de fora de sua porta. Ele pulou da cama como se tivesse levado um choque elétrico, coração disparado e um nó no estômago, como um mau pressentimento. Sorrateiro, aproximou-se da porta e colou o ouvido nela. Dava pra ouvir a agitação de pessoas no corredor. Em seguida, ouviu gritos. O que diabos estava acontecendo? De repente, a porta foi destrancada pelo lado de fora. Ele recuou e, antes que pudesse reagir, Gregory entrou rápido, como um fantasma.

— Precisamos sair daqui.

— O que está acontecendo?

— Uma multidão enfurecida invadiu as instalações. Estão levando todo mundo.

— Para onde? — perguntou Adam, aflito.

Antes que Gregory pudesse responder, os gritos se intensificaram e logo a porta do lugar foi arrombada por um bando enraivecido.

— Encontrei o Sr. Goodwin! — bradou um brutamontes que parecia comandar aquelas pessoas. Ele segurou Adam pelo braço enquanto outro fazia o mesmo com Gregory.

— Calma aí — disse Adam, tentando se livrar do sujeito.

— Melhor você não resistir — ameaçou o homem, puxando o empresário pelo corredor. Nesse momento, foi possível vislumbrar um enorme buraco numa das paredes do complexo, por onde outro grupo entrava. Era como se tivessem explodido uma parte do prédio para facilitar a invasão.

— Espera aí — tentou Adam novamente. — Eu não tenho nada a ver com tudo isso!

Ninguém pareceu dar importância ao que ele dizia. Seguiram em direção à parede destruída, passaram por um túnel recém-construído e logo chegaram à Times Square, onde uma multidão os aguardava. Adam e Gregory foram levados até a presença de Christopher, postado ao lado de Brandon.

— Brandon? — disse Adam surpreso. — Pelo amor de Deus, diga para essas pessoas que eu não tenho nada a ver com isso.

Brandon se limitou a balançar a cabeça, encarando Adam com um olhar de reprovação.

— Temos muito o que conversar, Sr. Goodwin — disse Christopher.

―――

Todos os indivíduos que buscaram refúgio naquele subterrâneo foram transportados para um hotel localizado a apenas duas quadras de distância da Times Square, que tinha sido temporariamente convertido numa prisão. Vários andares do edifício foram isolados e adaptados para acomodar todo o grupo. Um andar adicional foi transformado num centro de inteligência, onde Christopher, junto a alguns colaboradores, selecionava detentos para os interrogatórios.

Adam foi um dos primeiros a ser convocado. Foi encaminhado para uma das salas de conferências do hotel. Lá, Christopher já o esperava, acompanhado de Brandon e de outros indivíduos posicionados em mesas formando um "U", com uma única cadeira vazia ao centro, onde Adam foi convidado a se sentar, evocando a atmosfera de um tribunal do júri.

— Sr. Goodwin, me chamo Christopher. Assim como todos os outros aqui, somos vítimas do que acreditamos ser um ato terrorista. Sabemos que o senhor é um dos responsáveis por ele.

— Eu não tenho nada a ver com o que está acontecendo.

— Então por que o senhor se refugiou junto aos outros naquele subsolo? O que vocês planejavam?

— Eu não me refugiei lá — disse Adam. — Brandon, eu estava com você no momento em que tudo aconteceu!

— Mas depois você desapareceu! — respondeu o engenheiro. — Você estava encenando o tempo todo... Eu me senti traído! Jamais poderia esperar por isso.

— Como assim? Você me conhece há anos. Sabe que eu não seria capaz de te esconder algo dessa natureza.

Christopher interrompeu Adam.

— Sr. Goodwin, nenhum de nós tem qualquer dúvida sobre o seu envolvimento. Esse discurso não vai colar... Sua única saída é acabar com esse bloqueio imediatamente. Os danos serão menores para todos.

— Eu não iniciei esse bloqueio e não tenho nenhum poder para acabar com ele. Por que vocês não conversam com Gregory e Alexander? Eles, sim, são os responsáveis.

— Eles estão sendo interrogados em outra sala neste exato momento. Fique tranquilo — rebateu Christopher.

— Interrogados? O que é isso, afinal? Uma espécie de inquisição?

— Interprete como quiser — afirmou o homem. — Mas não vamos ficar de braços cruzados enquanto nossas famílias estão desesperadas.

— E se eu decidir não colaborar? O que vai acontecer comigo?

— Absolutamente nada — respondeu Christopher, com um rosto impassível. — Se você não tem como nos ajudar não há razão para mantê-lo aqui. Portanto será liberado, como qualquer um que se recuse a cooperar.

Adam estudou o homem à sua frente, duvidando de sua benevolência. O que estava por trás daquela decisão? A resposta veio logo depois.

— Mas eu devo avisar que a recepção nas ruas pode não ser das mais calorosas. Não posso garantir que será bem-recebido.

O que poderia ser mais terrível do que ser jogado nas ruas, no meio de uma multidão furiosa? Seria como ser lançado às chamas do inferno, pois, em ambos os casos, a morte não era uma possibilidade. A única forma de morrer naquele mundo virtual era se o corpo físico, no mundo real, sucumbisse. E, para piorar a situação, a dor, assim como outra sensação física qualquer, era uma realidade palpável naquele cenário. Se Adam fosse expulso para as ruas estaria condenado a um tormento sem fim.

O silêncio tomou conta do ambiente por um instante até ser quebrado por Brandon.

— Não há mais motivos para manter essa farsa, Adam. A máscara caiu, não há para onde correr. A melhor opção é revelar tudo o que você sabe.

— Eu sei que você não acredita em mim, mas eu não tenho envolvimento algum nisso. Tudo o que sei foi o que Gregory e Alexander me contaram momentos antes da invasão das instalações subterrâneas.

— E o que eles te disseram? — indagou Christopher.

— Eles me informaram que o mundo está à beira de uma guerra nuclear. Descobriram isso por meio de um supercomputador chamado Nostradamus, desenvolvido para fazer previsões. Eles me procuraram porque precisavam da minha ajuda. Queriam que eu desenvolvesse um simulador capaz de testar tecnologias criadas no mundo virtual como se estivéssemos no mundo real. A intenção era utilizar essas tecnologias para evitar um apocalipse iminente. Isso é tudo o que sei.

Christopher soltou uma risada cínica.

— Isso é sério! — retrucou Adam indignado. —Todos os interrogados contarão essa mesma história. Eu também não sei se tudo isso é verdade ou não. Tudo que sei foi o que me disseram.

O sorriso no rosto de Christopher se desfez ao considerar a possibilidade de Adam estar falando a verdade.

Ingrid, uma psicóloga que havia conhecido a fama intermediando conflitos nas redes sociais, mantinha um olhar perspicaz e atento na discussão. A mulher, sentada ao centro da mesa, ao lado de Christopher e Brandon, manifestou-se:

— Essa história não faz sentido algum. Mesmo supondo que essa narrativa mirabolante seja verdade, nada justifica estarmos isolados neste mundo. Com qual intenção fizeram isso?

— Essa será a parte mais difícil de acreditar... — iniciou Adam, apertando os lábios. — Eles disseram que precisavam de muito mais tempo para desenvolver essas tecnologias do que seria possível se estivessem no mundo real.

Brandon percebeu o que aquelas palavras significavam: Gregory e Alexander sabiam da "experiência temporal" e contavam com ela para o desenvolvimento das tecnologias. A possibilidade de ver um segredo daquela importância sendo exposto a todos atingiu o engenheiro como um raio, deixando-o aturdido. Ele não conseguiu disfarçar seu desconforto. Quando ergueu o rosto, recebeu o olhar penetrante de Adam sobre si. Engoliu em seco numa reação quase instintiva.

— Acho que será mais fácil, para que todos acreditem, se você esclarecer, Brandon — sugeriu o empresário.

CAPÍTULO 33

UM DIA APÓS A FESTA DE INAUGURAÇÃO DO REALONE

Um silêncio opressivo envolveu o ambiente, com os rostos petrificados em expressões de medo perante o desconhecido. Brandon resistiu de início, mas depois foi bastante persuasivo ao convencer aquelas pessoas da existência da "experiência temporal", porém ter conhecimento dela era uma coisa, vivenciá-la era algo completamente distinto. Como poderiam permitir-se viver uma vida em um tempo tão ampliado em comparação às famílias isoladas em outro mundo? Qual seria o impacto dessa nova vida sobre cada um deles?

— Quem tem poder para liberar esse tal travamento da "experiência temporal"? — perguntou Christopher.

— Somente Adam — respondeu Brandon, olhando para o ex-chefe.

— De quanto tempo estamos falando? — perguntou Ingrid.

Brandon soltou um suspiro.

— Cada hora no mundo real representa um dia inteiro no mundo virtual.

Outro silêncio sufocante.

— Gregory e Alexander falaram alguma coisa sobre o tempo necessário para acabar com esse bloqueio? — perguntou Christopher se dirigindo a Adam.

— Eles disseram que o bloqueio acaba automaticamente quando os projetos antimísseis forem desenvolvidos com sucesso. Disse que o computador tem como avaliar essa condição.

— E quanto tempo calculam que isso vai levar?

— Em torno de quinze meses pelo tempo real. Isso representaria trinta anos, se considerarmos a "experiência temporal".

— Trinta anos?! — rebateu Ingrid.

— Foi o que me disseram...

— Eu não acho correto liberar a "experiência temporal" — antecipou-se Brandon. — Ainda acredito que exista alguma alternativa. Não pretendo viver tantos anos longe daqueles que amo.

— E você, Adam? — perguntou Christopher.

Adam olhou ao redor, procurando identificar as expectativas por trás daqueles olhares.

— Eu ainda não me decidi...

— Como assim? — perguntou Brandon, indignado. — Você acabou de ficar noivo! Você aceitaria ficar trinta anos longe da Amanda? E a sua família! Nada disso interessa?

Christopher espalmou as mãos ao alto procurando acalmar os ânimos.

— Vamos tentar manter a calma. Não vai adiantar nada nos exaltarmos agora.

— Eu entendo... Mas como posso concordar com uma loucura dessas? — justificou-se Brandon.

Christopher se apoiou sobre os cotovelos, inclinando o corpo para a frente.

— Adam, eu deixei uma filha de cinco anos para trás. Sei que todos temos família e sei que a maioria de nossas famílias ficou para trás, mas a vida da minha filha depende do meu retorno. Ela foi diagnosticada com leucemia aguda e eu sou o único doador de medula compatível. Eu não tenho quinze meses e, pior, você consegue se imaginar trinta anos remoendo a perda de uma filha que poderia ter salvado e não foi capaz? Pode parecer que eu estou olhando somente o meu caso, mas conversei com muitas pessoas que estão desesperadas como eu. Ontem mesmo, uma mulher me abordou dizendo que é ela quem cuida da mãe que está com Alzheimer. Quantos responsáveis pelo sustento de suas famílias estão presos aqui agora? Quantas mães desesperadas estão vendo seus filhos presos em um programa de computador? Eu não estou pedindo somente por mim. Você precisa nos ajudar!

— Não fui eu quem criou esse bloqueio, Christopher. Não posso fazer nada para ajudar! — lamentou Adam.

— Mas, pela sua atitude, você parece concordar com ele!

— Quando ouvi essa história pela primeira vez eu tive a mesma reação que vocês estão tendo agora. Mas, então, eu entendi que era preciso analisar melhor as evidências. Se o mundo, de fato, estiver condenado e tivermos a oportunidade de mudar isso, não deveríamos tentar? De que adianta regressar para um mundo que em breve vai acabar?

— Que evidências são essas que se baseiam nas previsões de um computador? — argumentou Ingrid.

— E se elas estiverem corretas?

— E se não estiverem? — vociferou Brandon. — Você suportaria viver com a culpa de ter deixado uma menina morrer e de ter causado tanto sofrimento a tantas pessoas?

— E o que eu posso fazer? Eu já disse que não fui eu quem criou esse bloqueio!!

Christopher balançou de leve a cabeça e, em seguida, em um tom calmo, dirigiu-se novamente a Adam.

— Se você estiver conosco podemos mudar o rumo dessa situação — ele afirmou. Em seguida, lançou um olhar para os companheiros ao seu lado, buscando apoio.

Adam franziu o cenho.

— Não estou entendendo qual é o seu ponto, onde você quer chegar.

— Não acredito que esse bloqueio não possa ser revertido. Ninguém aceitaria ficar preso por tanto tempo sem ter uma porta de saída caso as coisas não deem certo. Até o momento não tivemos sucesso em obter informações com nenhum dos detentos, mas talvez, se formos um pouco mais convincentes... — aventou Christopher.

— Acho que ainda não estou acompanhando. Convincente quer dizer o quê? Vocês pretendem obter essas informações à força? É isso?

Brandon apressou-se em socorrer o novo amigo.

— Você sabe muito bem que as coisas aqui não funcionam assim, Adam. Estamos em um mundo virtual. As pessoas não são afetadas da mesma maneira neste lugar. Nunca haverá danos ao corpo físico.

Adam deixou escapar um riso incrédulo.

— Não posso acreditar no que estou ouvindo! Vocês estão planejando torturar essas pessoas para obter as informações que desejam?

O empresário examinou cada um dos presentes, que evitaram seu olhar, revelando constrangimento.

— Nenhum de nós pediu para estar aqui nestas condições — retrucou Christopher. — Você acha que essas pessoas têm o direito de isolar mais de um milhão de usuários contra a sua vontade, privando a todos de suas vidas? Seja lá o que eles venham a sofrer não é nada comparável a isso.

— Independentemente da motivação, eu jamais concordaria com algo assim. — Adam concluiu indignado.

Em seguida, o empresário levantou-se, em sinal de saída.

— Para mim já basta! A menos que vocês pretendam me torturar também.

CAPÍTULO 34

QUATRO DIAS APÓS A FESTA DE INAUGURAÇÃO DO REALONE

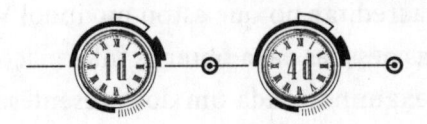

ADAM NÃO FOI MAIS CHAMADO PARA DEPOR, mas também não foi jogado para uma multidão enfurecida como havia prometido Christopher em um evidente momento de blefe. Ao invés disso, ele foi isolado em seu quarto durante os dias que se seguiram, impedido de deixar o local. Pela janela, ele assistia a uma multidão postada em frente ao edifício, aguardando por uma solução. Ele desconfiava que os demais presos não tinham tido a mesma sorte que ele e deveriam estar sendo interrogados de forma mais "convincente", como propusera Christopher.

A única pessoa a quem Adam tinha acesso era Cullen, um rapaz que Christopher incumbiu de assessorar o empresário em suas necessidades básicas. E isso era tudo o que ele fazia. Por mais que tentasse, Adam não conseguia extrair do garoto nenhuma informação que o ajudasse a entender o que se passava nos andares abaixo de onde estava.

Na quarta noite, Adam foi arrancado do sono por um barulho vindo da antessala. Seus olhos se abriram em um estalo, o pensamento a mil por hora, preparado para enfrentar um possível intruso. O caos tinha se tornado a nova normalidade de sua vida, o que o mantinha em constante vigilância, sempre à espreita do inesperado.

Ele levantou-se em silêncio e deslizou até a entrada do quarto, espiando em seguida. Nada. Avançou, então, em direção à porta da sala, que estava trancada. Imaginou que poderia ser apenas sua imaginação, tomada pela precaução, quando percebeu na penumbra, sobre uma mesa de centro, algo que não estava ali antes. Acendeu a luz e viu um quadro de acrílico com letras ao seu redor. Olhou para o objeto com estranhamento e, em seguida, segurou-o para observá-lo melhor. Ele já tinha visto algo semelhante. Era um quadro de comunicação utilizado em pacientes com déficit neurológico. O que aquilo significava? Por que alguém teria deixado algo assim para ele?

Sentou-se no pequeno sofá. Nada daquilo era obra do acaso, com certeza! Um estalo se deu em sua mente: lembrou-se de uma descoberta feita no início dos testes com o RealOne, em que o movimento dos olhos dentro do mundo virtual se repetia no corpo físico. Era apenas um achado e ele nunca tinha dado muita importância a isso, mas ao olhar para aquele quadro entendeu que alguém mais sabia desse detalhe e vislumbrou uma possível comunicação com o mundo real por meio dele. Claro! Ainda que trabalhoso, era possível transmitir alguma mensagem usando o movimento dos olhos. Bastava contar com a sorte e com a perspicácia de alguém como Joana, Thomas e Amanda do outro lado! Quem quer que tivesse deixado aquele objeto para ele, queria se manter no anonimato, mas conhecia muito bem o RealOne e se opunha a tudo o que estava acontecendo. Era bom saber que no meio daquele caos ele tinha aliados.

―――

Qual mensagem transmitir? Tudo o que lhe vinha à mente eram frases e de que elas serviriam? Se usasse frases longas, ninguém notaria um movimento repetitivo dos olhos a ponto de desconfiar de algo. Não... Precisava ser algo simples, talvez uma ou duas palavras. Adam se sentia como um náufrago com uma oportunidade única de enviar uma mensagem em uma garrafa. O que escrever?

De novo Adam recordou-se da pichação no muro de Santorini. Não podia ser uma coincidência. A mesma pessoa que quis alertar a ele e Amanda naquela ocasião deveria ser a responsável por deixar aquele quadro de mensagens no seu quarto, e queria que ele transmitisse a palavra "**Nostradamus**". Não havia outra explicação. Mas quem era e o que pretendia aquela pessoa?

Mesmo sem ter essas respostas, a ideia de transmitir aquela mensagem parecia ser o melhor a se fazer. Se a mensagem chegasse até Amanda, ela também se recordaria de Santorini e saberia que existia algo importante por trás dela.

Adam voltou para o seu quarto e deitou-se recostado em um dos travesseiros com o quadro a sua frente. Bastava buscar as letras uma a uma. Teria que se demorar olhando para cada letra, caso contrário, dificilmente alguém imaginaria que ele tentava se comunicar com os olhos. Foi isso que fez. Olhou para a primeira letra e se demorou algum tempo antes de buscar a segunda, e fez isso até o final. Depois repetiu todo o processo de novo e de novo e de novo.

Já cansado, pensou que poderia aproveitar aquela oportunidade para transmitir outra mensagem, mas o quê? Se Thomas ou Amanda descobrissem sobre Nostradamus era suficiente. Achou que o melhor era repetir todo o processo com uma única mensagem, dia após dia, para que ao menos um deles pudesse perceber.

CAPÍTULO 35

DEZ DIAS APÓS A FESTA DE INAUGURAÇÃO DO REALONE

Ficar ali enclausurado estava tirando Adam do sério. Ele precisava de notícias. *O que estava acontecendo naqueles interrogatórios? Por que ninguém lhe dizia nada?* Mas as coisas seguiriam outro rumo. A monotonia daquele lugar em breve seria quebrada. Brandon atravessou a porta sem se anunciar, mantendo um olhar assustado. Parecia um fantasma.

— O que aconteceu? — perguntou Adam preocupado.

— Alexander... — ele respondeu, parando para recuperar o fôlego.

— O que foi Brandon? Fala logo!

— Ele estava sendo interrogado e desapareceu diante dos nossos olhos.

— Desapareceu como?

— Ele sumiu. Depois chequei no menu digital e o nome dele não constava mais na relação dos usuários. Ele morreu, Adam!

O coração de Adam se acelerou dentro do peito.

— Meu Deus! O que vocês fizeram?

— Isso não poderia acontecer. Nós sabíamos que nada que ocorresse dentro do RealOne seria capaz de ferir alguém fisicamente! Como isso foi possível?

— Porque ele era um velho, Brandon!! — vociferou Adam. — Deveria ter problemas cardíacos e outros problemas de saúde. Submeter um homem como ele a uma tortura?! O que vocês estavam esperando?

— Mas ele não poderia morrer! Não poderia! — Brandon tentou justificar-se com os olhos cheios de lágrimas.

— Pessoas como ele morrem até dormindo!! O coração dele não suportou a descarga de adrenalina que vocês causaram com esses interrogatórios insanos.

— Eu não sabia, eu juro que não sabia!

Adam sentiu raiva do engenheiro, mas saber que o homem carregaria aquela culpa até o último de seus dias fez com que o sentimento transitasse entre a raiva e a pena.

— E houve algum sentido nisso tudo? Vocês descobriram algo com toda essa loucura?

Brandon balançou a cabeça de um lado ao outro, envergonhado.

— Acho que estamos mesmo presos aqui e não há como sair. A história do fim do mundo parece que é verdade mesmo...

— E você vai continuar ao lado dessas pessoas?

Todo aquele sentimento de culpa que o engenheiro carregava em sua expressão se transformou em ódio de um instante ao outro.

— Não me interessa que razão eles tiveram. Eu nunca vou me juntar aos terroristas que isolaram todos dessa forma.

— E vai continuar a torturá-los até que mais alguém morra?

— Não. Isso tem que acabar. Eu vou falar com o Christopher.

Brandon se levantou e estendeu a mão para Adam.

— Eu agora sei que você não teve nada a ver com esse bloqueio. Eu te devo desculpas. Mas eu não posso aceitar que você apoie essas pessoas. Enquanto estivermos neste mundo estaremos em lados opostos... Eu sinto muito.

— Eu também sinto, Brandon.

Quando Brandon deixou aquele quarto, Adam sentou-se no sofá da sala e permaneceu em silêncio, olhando para uma parede a sua frente. Enfrentava um dilema: *o que fazer?* Ele pensou em Amanda, pensou em sua família, mas as coisas estavam saindo do controle e não havia mais razão para ele deixar de fazer aquilo em que acreditava. Após algum tempo, ele acessou seu menu digital e localizou o atalho que procurava. Ainda se demorou um pouco, para criar coragem, depois destravou a "experiência temporal". *Que Deus nos proteja,* pensou.

CAPÍTULO 36

DEZ DIAS APÓS A FESTA DE INAUGURAÇÃO DO REALONE

No final daquela tarde, Adam foi chamado para uma reunião com os líderes. Ao destravar a "experiência temporal", ele sabia que isso ocorreria. Foi levado para a mesma sala de antes e convidado a se sentar no mesmo lugar. Pôde perceber o olhar de fúria sobre ele de alguns dos presentes.

— Você tem ideia do que fez, Adam? — perguntou Christopher. — Queremos que você reverta a "experiência temporal" imediatamente.

— Ou o quê? — retrucou Adam, com um sarcasmo afiado em suas palavras. — Vão me torturar?

A hostilidade que antes se materializava nos olhares se transformou em máscaras de constrangimento. Um silêncio incômodo preencheu o ambiente.

— O que você pretende com isso? — perguntou Ingrid.

— Dar a essas pessoas que vocês estão torturando a oportunidade de tentarem salvar a todos nós, incluindo as nossas famílias.

— Essas pessoas são culpadas, Adam! Um acidente não exime nenhuma delas da culpa que tiveram. Nós não temos a intenção de cooperar com o plano delas — replicou Christopher.

— Bom... Eu não vou reverter a "experiência temporal", então teremos bastante tempo para pensar no que faremos — rebateu Adam, novamente sarcástico.

— Isto não é um jogo!! — Brandon vociferou, a voz estremecendo no ar. — Você não tem autoridade para tomar decisões unilaterais que afetam a todos nós.

Adam manteve-se sereno, aguardando pacientemente enquanto o engenheiro extravasava sua ira.

— Eu tenho uma proposta a fazer — disse o empresário, à medida que a tempestade de Brandon se acalmava. — Vamos revelar toda a verdade aos usuários e, então, realizar uma votação. Isso pode ser facilmente implementado por meio do nosso menu digital. Se a maioria concordar em conceder uma chance a essas pessoas, todos serão libertados e a "experiência temporal" será mantida. Se a decisão for oposta, desativarei a "experiência temporal" e o que acontecerá depois estará nas mãos de vocês.

Se o sentimento predominante naquela sala fosse um indicativo do pensamento geral, a derrota de Adam parecia inevitável. Uma breve troca de palavras entre os presentes foi o suficiente para selar uma decisão.

— Chegamos a um consenso — anunciou Christopher, sua voz ressoando com uma determinação firme. — Permitiremos que os detentos compartilhem sua versão com todos os usuários e, em seguida, realizaremos uma votação. O resultado será acatado, você tem a minha palavra.

———

Adam se acomodou diante do monitor na antessala de seu quarto, seus olhos focados em Gregory e um conjunto de cientistas que pareciam acanhados diante da câmera. Ele tinha estabelecido que não participaria, exigindo que todos os usuários fossem informados de que ele nada sabia sobre o bloqueio.

Gregory deu início à transmissão, a partir de uma das salas de reunião. Após ele, os cientistas tiveram a palavra. Apresentaram imagens, vídeos, documentos e demais provas que corroboravam toda aquela trama e as razões que os motivaram a isolar os mundos. A apresentação se estendeu por horas. Seguindo a sugestão de Adam, abriram canais para perguntas, a serem respondidas pelo grupo de especialistas.

Ao término, dentro do ambiente digital, organizaram uma votação para deliberar sobre o isolamento orquestrado pelo grupo de Gregory. O homem, bem como a maioria dos cientistas, olhava com ceticismo para o resultado aguardado, duvidando que as pessoas pudessem compreender. Contudo foram surpreendidos. A maioria se posicionou a favor dos esforços em prol da salvação de seus entes queridos e do mundo em risco. Foi um choque, mas não foi o único. Assim que o resultado da votação foi proclamado, um contingente expressivo de usuários tomou os canais de comunicação exigindo uma nova votação — desta vez para designar um líder, a figura que conduziria o mundo virtual. Alguém precisava representar todas aquelas pessoas para trazer ordem ao caos, e foi assim que Adam ascendeu à condição de primeiro líder eleito do RealOne.

Antes de libertar todos os detentos, Christopher solicitou uma nova reunião com a presença de Adam. Era notável a decepção no rosto daquelas pessoas.

— Como prometido, iremos libertar todos os detentos.

— Eu agradeço — pronunciou-se Adam, que ainda tentou trazer o grupo para seu lado.

— Precisamos trabalhar todos juntos — disse ele, passando os olhos por todos os presentes.

Ficou patente a desaprovação àquela sugestão.

— Nós já conversamos e definimos que apesar de acatarmos os resultados não queremos conviver com vocês. Brandon vai nos ajudar a construir um local que possa nos abrigar enquanto formos obrigados a viver neste mundo. Nunca desistiremos de encontrar uma maneira de sair daqui. Estenderemos a todos os outros usuários a opção de seguir conosco. Tem muita gente que compartilha desse mesmo sentimento.

— Eu lamento que as coisas tenham que ser assim... — disse Adam, levantando-se em seguida e estendendo a mão ao homem, propondo uma trégua. Christopher se recusou a cumprimentá-lo. Em vez disso, olhou-o nos olhos:

— Não confunda as coisas, Adam. Aceitar esse resultado não significa que irei te perdoar algum dia.

CAPÍTULO 37

UM MÊS APÓS A FESTA DE INAUGURAÇÃO DO REALONE

Um contingente significativo de usuários acompanhou Christopher para um novo lugar, que chamaram de *Exodus*, em uma clara alusão à tradição bíblica de mesmo nome, que narrava a libertação dos israelitas da escravidão no Egito, conduzidos por Moisés. Mesmo no nome escolhido, evidenciavam o firme propósito de sempre buscar um caminho de volta para a vida deixada para trás.

O fosso entre *Exodus* e o antigo mundo virtual era tão profundo que parecia não ter fim. Acessá-lo por meio do menu digital era impossível e as visitas passaram a necessitar do consentimento dos governantes, entre eles Christopher e Brandon.

Adam concordou em governar o novo mundo. Poucos dias após a sua eleição, procurou Gregory para saber como poderia ajudar com o desenvolvimento dos projetos que ajudariam a evitar o fim do mundo. Encontrou o homem em uma casa recém-improvisada, bastante abatido.

— Aconteceu alguma coisa, Gregory?

— Não tenho boas notícias, Adam. Acho que todo o nosso esforço acabou sendo em vão.

— Por que você está falando isso justamente agora que as coisas se ajeitaram?

Gregory balançou a cabeça inconformado.

— Perdemos uma peça-chave... Não conseguiremos desenvolver os projetos sem o Alexander.

Adam olhou para o homem com estranhamento.

— Não acredito que vocês jogaram toda a responsabilidade do

desenvolvimento de um projeto sobre um cientista com idade avançada que poderia nos deixar a qualquer momento.

— Eu sei de tudo isso... Não pense que eu não me culpo todos os dias depois que ele morreu, mas precisaríamos somente de quinze meses pelo tempo no mundo real. Ninguém imaginou que pudesse acontecer algo a ele nesse período, especialmente no momento em que ocorreu.

— E não existe um plano alternativo?

— Sempre existe... Contamos com uma equipe extremamente competente, porém todos estão profundamente abalados. A verdade é que com o Alexander tínhamos a garantia de atingir nossas metas. Agora, já não posso assegurar isso com a mesma convicção.

Adam coçou atrás da cabeça enquanto pensava em alguma solução.

— Bom, agora eu sou o governante deste lugar. Podemos recrutar especialistas entre os usuários que possam ajudar. Não podemos desistir, certo?

Gregory forçou um sorriso.

— Não vamos desistir. Disso você pode estar certo.

———

A perda de alguém importante como Alexander não foi o único problema que Adam enfrentou naquele início de governo. Ele reconhecia que, dada a circunstância de convivência forçada e prolongada entre aquelas pessoas, era crucial garantir uma vida de qualidade, proporcionando oportunidades para estudo, trabalho, entretenimento e sentido de utilidade.

No entanto a realidade se mostrou mais complexa. O respaldo da maioria não assegurava cooperação. No dia após a sua eleição, muitos ainda resistiam a aceitar essa nova realidade. Outros sucumbiram à depressão, perambulando pelas ruas sem propósito, como zumbis. A falta de necessidade de trabalhar para sobreviver, aliada à ausência de vínculos afetivos, agravou a situação, uma vez que se sentiam inúteis e solitários. O mundo persistia, a despeito de sua contribuição, sustentado por avatares tecnológicos. Um último grupo, acostumado com a vida real, recusava-se a trabalhar ou cooperar sem remuneração.

Embora Adam tivesse vislumbrado o trabalho remunerado como uma eventualidade futura, tal ideia ainda não havia se concretizado. Além disso, jamais havia previsto o isolamento entre os mundos. A constatação mais amarga veio ao reconhecer que, ao abrir as portas para tantos, o melhor e o pior da sociedade haviam sido atraídos. Nem todos os usuários escolheram caminhos pacíficos, levando ao surgimento de necessidades inéditas: a criação de uma constituição, de um sistema judiciário para solucionar disputas e de um aparato de segurança para assegurar a execução das leis.

Os desafios eram inúmeros e, em certo ponto, Adam ponderou desistir. Para sua surpresa, foi Gregory quem o desencorajou da ideia, assegurando que as coisas se acomodariam com o tempo. Ele estava certo, mas levou meses até que as primeiras mudanças fossem percebidas, e elas surgiram de forma surpreendente. As pessoas se cansaram de se sentir inúteis e começaram a buscar atividades por iniciativa própria, sem esperarem recompensa. Muitos decidiram estudar visando contribuir com os projetos em andamento.

Diante dessa profunda transformação, Adam resolveu abrir oportunidades de trabalho na construção e no desenvolvimento do mundo virtual. Se estavam destinados a viver ali por um longo período, por que não o tornar o local ideal?

CAPÍTULO 38

UM ANO APÓS A FESTA DE INAUGURAÇÃO DO REALONE
[QUINZE DIAS NO MUNDO REAL]

Adam resolveu morar algum tempo em Paris, muito por influência de Amanda, que amava a cidade. Ajudou a construir um centro de pesquisas com um "simulador de vida real". Foi como apelidaram o projeto que permitia fazer experiências dentro do mundo virtual, como se estivessem no mundo real. A única maneira possível de testar os dispositivos desenvolvidos naquele ambiente e ter a certeza de que eles funcionariam quando fossem utilizados para impedir uma guerra nuclear.

Desde que havia ajudado com a construção daquele simulador, procurava Gregory toda semana para saber como as coisas andavam e para incentivar o amigo a não desistir. Naquela manhã ocorreria um importante teste, que definiria se estavam no caminho certo.

— Você prometeu e veio mesmo! — disse Gregory, caminhando em direção ao amigo tão logo ele atravessou a entrada do centro de testes.

— Eu não perderia esse momento por nada...

— Estamos todos muito otimistas. Se esse teste inicial funcionar, as coisas ficarão mais fáceis depois.

Gregory apontou para que Adam o acompanhasse. Seguiram para uma enorme cúpula, onde ficava o simulador de vida real. Dentro dela, um globo em holograma tomava quase todo o espaço.

— Está vendo aquelas pequenas torres vermelhas? — disse Gregory apontando para uma das regiões do planeta em miniatura. — São os nossos protótipos de antimísseis. O projeto basicamente consiste na distribuição de diversos canhões laser ao redor do planeta, que dispararão contra qualquer míssil que seja lançado.

— Algo parecido com aquele antigo projeto "Guerra nas Estrelas", do Ronald Reagan, não é?

— É... Pode-se dizer que sim. Mas montar um projeto com canhões-laser antimísseis e enviá-lo ao espaço é muito mais complicado do que montá-lo em pontos estratégicos ao redor do nosso planeta. Demoraríamos, no mínimo, o dobro do tempo para desenvolver uma tecnologia como essa.

— E para que serve esse teste de hoje?

— O primeiro passo é desenvolver canhões-laser capazes de destruir um míssil no ar. O passo seguinte é criar um sistema que identifique qualquer lançamento, e um último passo é ajustar um sistema que permita esses disparos com exatidão. Hoje, ainda estamos na primeira etapa.

— Estou ansioso. Vamos lá? — propôs Adam empolgado.

Gregory sinalizou para que iniciassem os testes.

O globo inteiro brilhou intensamente e, num piscar de olhos, um míssil foi lançado, começando a se distanciar da superfície. Assim que entrou no raio de alcance do canhão antimísseis, um feixe potente foi disparado contra ele. Contudo o míssil prosseguiu em sua trajetória, indiferente ao ataque, como se nada tivesse ocorrido. Finalmente atingiu a Terra, deixando em seu rastro um leque de destruição que se alastrava ao seu redor. Adam lançou um olhar rápido para Gregory, que assistia ao teste com uma expressão de profunda decepção.

— É só o começo, Gregory.

— Eu sei... Faz parte — respondeu o homem balançando a cabeça.

Adam deu um tapa em seu ombro.

— Quero que você me chame para o próximo teste, certo? Quero estar presente no momento em que esse míssil for destruído.

———

Adam chegou a Paris ao cair da noite, e sentindo a necessidade de espairecer deixou-se vagar pelas ruas da cidade. Sem perceber, encontrou-se diante do L'Alchimiste. Sua mente foi inundada pelas lembranças de Amanda e dos preciosos momentos que compartilharam ali, despertando nele uma vontade irresistível de entrar. Algum tempo depois foi conduzido à sua mesa, onde o *chef* Bernard o reconheceu de imediato.

— Adam, que bom te ver!

— Eu não poderia deixar de visitar o seu restaurante.

Adam conheceu Bernard pouco tempo depois de iniciar os testes para o RealOne. O famoso *chef* não aparentava ter quase setenta anos. Tinha uma disposição de adolescente e seus olhos brilharam quando foi apresentado àquele novo projeto. Ficou encantado com a possibilidade de desenvolver novas experiências relacionadas ao paladar por meio dos centros sensoriais. Qualquer outro *chef* renomado veria aquele trabalho com ressalvas, menos Bernard. Ele era como uma criança curiosa no corpo de um adulto. As primeiras pesquisas relacionadas ao tema foram acompanhadas por ele. Bernard resolveu se sentar com Adam à mesa e fazer companhia ao amigo. Uma funcionária veio colher o pedido.

— Essa é minha filha, Émie — disse Bernard apontando para a mulher. Ela aparentava ter por volta de trinta anos, era alta e elegante. Mantinha uma postura graciosa, mas ao mesmo tempo confiante. Tinha seus cabelos castanhos ondulados presos em um coque, que deixava escapar alguns cachos suaves. Mirou Adam com olhos grandes e castanhos.

— Olá, como vai? — ela cumprimentou sorrindo, revelando dentes perfeitos.

— Eu não sabia que você tinha uma filha trabalhando aqui com você — comentou Adam dirigindo-se a Bernard.

— Eu não trabalhava — respondeu Émie no lugar do pai —, mas acho que todos nós buscamos nos adaptar, não é mesmo? — ela falou com um leve sotaque francês. O programa havia sido projetado para a tradução imediata dos idiomas, de forma a permitir que o mundo se comunicasse. Émie preferia arriscar com seu próprio inglês.

— Émie é formada em História da Arte — comentou Bernard orgulhoso. — Ela estava trabalhando no museu D'Orsay.

— É verdade? — comentou Adam. — Não tenho ninguém responsável pelos museus virtuais. Quem sabe você convence seu pai a te liberar para conhecer esse projeto?

— Você veio aqui para roubar a minha melhor funcionária? — brincou Bernard.

— Eu adoraria — respondeu Émie.

— Me procure no meu escritório para conversarmos — finalizou Adam. A mulher assentiu sorrindo.

— Bom... Acho que vocês têm muito para conversar. Querem pedir agora? — ela perguntou.

Assim que Émie se afastou com os pedidos, Adam ficou curioso.

— Você ingressou com a sua família, Bernard?

— Fiquei viúvo cedo. Émie é minha filha única, minha família se resume a ela.

A conversa com Bernard fluía fácil. Adam gostava de conversar com ele. O homem tinha uma visão otimista e um espírito jovial que transbordava de suas palavras. Naquela noite, ele propôs que Bernard continuasse os estudos sobre o paladar. Adam sempre considerou esse tema fundamental para oferecer uma experiência inesquecível. Assim como Bernard, também acreditava que ainda poderiam avançar muito nesse sentido. Durante o jantar, combinaram que Adam estudaria a possibilidade de montar um laboratório para que o *chef* pudesse seguir com suas pesquisas.

———

Alguns dias depois, Émie procurou Adam em seu escritório, como ele havia sugerido.

— Émie, que bom que você veio — disse ele, levantando-se para cumprimentá-la. — Como está Bernard?

— Está superfeliz. Não para de falar do projeto que vocês estão desenvolvendo.

— Vamos nos sentar — disse Adam apontando para uma antessala. — Eu pensei muito na possibilidade de você assumir a direção de todos os museus virtuais. Eu não tive tempo de pensar neles e preciso de alguém que tenha conhecimento. O que você acha?

Émie não disfarçou a empolgação. Seus olhos brilharam.

— Nossa, é um sonho poder fazer isso! Depois que conversamos tive mil ideias. Acho que poderíamos trabalhar não somente com o acervo que já conhecemos, mas estimular novos artistas. É um mundo novo, com novas possibilidades... Podemos estar diante de uma oportunidade única.

Adam se impressionou com a euforia da mulher, mas ele também tinha seus momentos de euforia quando o assunto era algum novo projeto para o RealOne.

— Que bom saber que você está tão interessada. Você terá total liberdade para fazer o que quiser e eu darei todo o suporte para a execução dos projetos.

— Você não vai se arrepender! — replicou a mulher.

CAPÍTULO 39

DOIS ANOS APÓS A FESTA DE INAUGURAÇÃO DO REALONE
[TRINTA DIAS NO MUNDO REAL]

—Você vai à inauguração? — questionou Émie, enfiando a cabeça para dentro do escritório de Adam. Estendia ao amigo o convite para a estreia da primeira galeria virtual de Paris, inteiramente dedicada a novos artistas. Graças ao seu estímulo, uma nova geração de artistas despontava. Galerias similares já existiam em Nova York e Roma. A arte adquirira um papel primordial na sociedade.

— Não consigo... Adoraria, mas Gregory realizará um novo teste hoje. Ele está bem decepcionado com o progresso atual. Prometi a ele que estaria lá para apoiá-lo...

Émie, por fim, entrou no escritório e se acomodou à frente de Adam.

— As coisas estão tão complicadas assim?

Adam comprimiu os lábios e confirmou com a cabeça.

Émie parecia não dar muita importância a esse assunto. Inclinou-se para frente e tentou convencer Adam de novo.

— A exposição só acontece à noite... Você poderia fazer um esforço, não é?

— Acho que vou estar exausto após o voo e o acompanhamento do teste. Vou pernoitar em Nova York e volto amanhã cedo.

A mulher ficou em silêncio, encarando o amigo como se ponderasse algo.

— O que foi? — questionou Adam, esboçando um sorriso. Ele já conhecia bem aquela expressão.

— Você é o cara mais inteligente que eu conheço, tem uma capacidade mágica para desenvolver o que quiser neste mundo, e ainda assim perde tempo voando de avião?

— O que você quer dizer...? — perguntou Adam, interessado.

— Você é o arquiteto deste lugar! Por que não cria um meio de transporte mais rápido? Estamos num mundo virtual. Não acho que isso seja tão complexo assim!

— O problema é que eu nunca imaginei que ficaríamos presos aqui, certo? — ele brincou. — Se soubesse disso não teria imposto limites. Minha única intenção era proporcionar uma experiência de vida real e, por conta desses limites, não posso criar nada aqui que não seja possível construir no mundo real.

Émie esboçou um sorrisinho.

— Tenho certeza de que você encontrará uma solução! — Em seguida, ela observou alguns projetos que Adam tinha em cima de sua mesa.

— Ainda está trabalhando na cidade da Amanda?

— Estou concluindo... — ele respondeu, após soltar um suspiro.

— A cidade já tem um nome?

O homem sorriu.

— Sim... Amanda.

— Nossa, você é mesmo muito criativo! — Émie zombou. Após uma pausa, ela perguntou:

— Você ainda pensa muito nela, não é?

Ele preferiu manter o silêncio.

— Vamos ficar neste mundo por um bom tempo, Adam. Você não pode se apegar tanto ao passado. Precisa permitir que a sua vida siga em frente.

Ele a encarou e percebeu um brilho diferente em seus olhos. Émie notou que ele reparava nela e levantou-se meio desajeitada.

— Bom, preciso ir... Vê se dá um jeito de aparecer na inauguração, tá?

Ao desembarcar do avião, Adam seguiu diretamente para Nova Jersey para acompanhar o teste de Gregory. Assim como nas ocasiões anteriores, foi recebido pelo amigo na entrada.

— Hoje tudo vai dar certo, Gregory! Estou com um bom pressentimento.

Após várias tentativas malsucedidas, o amigo já não compartilhava do mesmo otimismo.

— É o que todos esperam — respondeu ele, num tom carregado de preocupação. — Vamos?

Seguiram rumo à cúpula que abrigava o laboratório de testes. Enquanto Gregory se ocupava dos preparativos, Adam discretamente cruzou os dedos atrás do corpo para que o amigo não percebesse.

— Bem, vamos lá... — disse Gregory, dando o sinal para o início dos experimentos.

De novo, o globo se iluminou enquanto um míssil despontava da superfície do planeta. Mais uma vez, os canhões de laser dispararam um feixe de luz, que rastreou a trajetória do míssil por algum tempo. Adam apertou ainda mais os dedos, mas de nada adiantou. O ensaio fracassou novamente.

Gregory fitou o chão, devastado.

— Você não pode desistir, Gregory.

— Não vamos prosseguir com os testes — declarou o homem, erguendo a cabeça e encarando o amigo.

— Você não está falando sério, está?

— Peço desculpas, Adam. Eu sei que você se esforçou ao máximo para ajudar, mas nós falhamos. Não conseguimos sem o Alexander. Tentamos por dois anos e não avançamos nada durante todo esse tempo. Alexander era quem mais conhecia todas as fases do processo. Nós tentamos...

— Mas o que será de nós agora?

Gregory estendeu as mãos à frente do corpo, num gesto de impotência.

— Não posso exigir que essas pessoas prossigam em um projeto que não levará a lugar algum. Não é justo deixar que experimentem um fracasso atrás do outro. Todos temos uma vida a viver...

— Então vamos simplesmente assistir ao fim do mundo? É isso?

— Nós demos o nosso melhor, Adam. Precisamos saber aceitar a derrota. Fomos vencidos!

— E vamos ficar aqui para sempre? Não podemos desistir, Gregory!!

O amigo balançou a cabeça, desolado.

— Eu entendo sua frustração. É ainda mais doloroso para mim. Eu fracassei e vou ter que carregar esse fardo pelo resto de meus dias. Sinto muito, Adam!

— E as pessoas que confiaram em nós? Todos desejam retornar um dia...

— Eu... Eu simplesmente não sei o que dizer...

Quando Adam deixou o complexo, sentia-se ainda mais arrasado que o amigo. Uma profunda sensação de desamparo o invadiu. Afinal, o que significava aquele imenso sacrifício? Sua mente vagou até a vida que havia deixado para trás, em particular, Amanda. Ele jamais a veria de novo. O mundo estava destinado ao fim e eles seriam meros observadores virtuais dessa catástrofe.

Vagou sem rumo pelas ruas de Nova York por algum tempo. A ideia de retornar ao hotel e ter que enfrentar seus pensamentos durante uma longa noite era insuportável. Pensou em Émie e desejou muito estar na presença da amiga, com sua personalidade despreocupada e vibrante. Checou as horas. Daria tempo para pegar um voo e chegar à inauguração da exposição dela. Rapidamente, mudou de direção e acenou para um táxi:

— Aeroporto, por favor!

CAPÍTULO 40

DOIS ANOS APÓS A FESTA DE INAUGURAÇÃO DO REALONE
[TRINTA DIAS NO MUNDO REAL]

A FESTA DE INAUGURAÇÃO da galeria virtual de Paris estava em pleno andamento no amplo saguão do edifício. O espaço era ornamentado com paredes de vidro que funcionavam como monitores digitais translúcidos. Cada painel exibia as criações dos novos artistas, unindo o concreto ao abstrato numa simbiose de arte e tecnologia.

Émie não era somente a curadora do evento, mas a idealizadora de todo aquele projeto. Ela tinha uma visão distinta para essa ocasião. Sonhava em criar um ambiente onde os visitantes pudessem não apenas contemplar, mas também olhar através da arte. Assim, cada peça exibida nas paredes de vidro translúcido era tanto um objeto de apreciação quanto uma janela para outra realidade, uma nova perspectiva, que permitia que a arte assumisse uma nova dimensão, adquirindo profundidade e presença singulares.

Em meio à sofisticação da galeria, Émie cintilava, uma força da natureza envolta em um vestido preto decotado de seda, que acentuava as curvas de seu corpo esguio. Sua maquiagem destacava seus olhos e seus cabelos soltos cobriam parte de seu decote.

Adam chegou à exposição com o peso do mundo em seus ombros. O dia havia trazido notícias inimagináveis e um futuro de desesperança. Uma premonição sombria se abrigava em seu coração: jamais veria o mundo real de novo. Uma dor tão aguda que fez seu peito doer ao respirar.

Ainda assim, ali estava Émie, o centro gravitacional de toda a galeria, atraente, hipnótica, com uma energia que era quase palpável. Ela notou Adam de imediato. Quando reconheceu o amigo, seus olhos brilharam e ela se aproximou, cruzando o espaço entre eles com uma elegância que se desdobrava com naturalidade em cada movimento. Segurava uma taça de champagne.

— Você veio! — ela o cumprimentou, sua voz clara soando como um alívio para seus pensamentos atormentados.

— As obras estão magníficas, Émie — ele conseguiu dizer, sentindo um rastro de perfume floral suave no ar.

A mulher segurou Adam pela mão, antes sequer que ele tivesse tempo de reagir, e o levou pelo salão.

— Quero te mostrar tudo!

Eles passaram todo o tempo em que estiveram naquela inauguração mergulhados em conversas casuais, no entanto a atração que pairava entre eles era o visitante indesejado na sala, algo que ambos reconheciam em seus corações acelerados, mas escolhiam guardar no silêncio confortável que haviam construído. Ao mesmo tempo, a angústia de Adam era um fantasma, uma lembrança incômoda de um futuro que lhe havia sido roubado. Mas naquele momento, naquela bolha preciosa de tempo, ele se permitiu uma trégua, deixando-se levar pelo brilho fascinante dos olhos de Émie. Pelo menos por uma noite permitiu-se viver um sonho. A realidade poderia aguardar até o amanhecer.

Quando saíram dali, Émie sugeriu que fossem caminhando até seu apartamento. Deixaram-se levar pelas ruas de pedra de Montmartre, seus passos curtos e lentos ecoando na calmaria noturna do bairro, como se quisessem alongar cada instante daquele encontro.

— Você permaneceu em silêncio sobre os experimentos de hoje... Correu tudo bem?

Adam demorou um instante para responder.

— Estranho você ter perguntado... Você nunca se mostrou interessada nesse assunto...

As palavras ditas por ele flutuaram no ar como um enigma a ser decifrado. Por que a indiferença de Émie? Talvez ela visse o isolamento sob uma luz diferente, uma perspectiva que poderia aliviar a angústia que ele sentia. Foi, então, que ele fez uma pausa, voltou-se para ela e a encarou nos olhos.

— Como você consegue se manter distante disso tudo?

Ela deu de ombros e prosseguiu:

— Por que você decidiu construir este mundo?

A pergunta de Émie pegou Adam desprevenido.

— Porque eu desejava que as pessoas tivessem a chance de viverem seus sonhos em um lugar mais acolhedor, que possibilitasse isso tudo.

— E não é isso que estamos fazendo? Não estamos experimentando uma vida melhor num lugar assim?

— Mas se não fizermos nada, o mundo lá fora vai desaparecer... Como você consegue dissociar as coisas dessa maneira?

— Sei que pode parecer um clichê, mas se você descobrisse que está com uma doença terminal e que lhe restassem apenas alguns meses de vida, o que faria?

Apesar de sua indagação soar comum, Adam aceitou considerar a hipótese e refletiu por um momento antes de responder.

— Eu nunca pensei nisso... Vou te responder com outro clichê: eu tentaria fazer a diferença, tentaria encontrar uma cura ou algo do tipo — disse ele.

Émie sorriu com uma delicadeza sutil, seu olhar profundo, enigmático.

— E se não houvesse cura, Adam? Se tudo o que você tivesse fosse o agora, o que faria?

Adam hesitou. Ele pensou no mundo que havia criado, um mundo que existia para oferecer uma vida melhor, um refúgio seguro.

— Acho que... eu viveria. Desfrutaria do que restasse do tempo, com pessoas que amo, em um lugar que amo.

A resposta de Adam pareceu satisfazer Émie, que acenou com a cabeça.

— Então talvez seja isso que estamos fazendo. Estamos vivendo. E talvez o mundo lá fora esteja em seus últimos dias... Mas não é por isso que devemos desistir da vida que temos aqui. Ainda mais quando somos meros espectadores.

Adam permitiu que as palavras de Émie penetrassem em silêncio, absorvendo-as enquanto retomavam a caminhada. Ele poderia não estar em total sintonia com as crenças dela, mas a crua realidade e a falta de alternativas que agora pesavam sobre eles o levavam a reconhecer e aceitar essa nova circunstância.

Ao chegarem à porta do edifício de Émie eles se despediram.

— Obrigada por ter vindo. Foi uma noite incrível — disse Émie, com um sorriso sincero iluminando seu rosto.

Ele assentiu, com o coração disparado. Havia algo em Émie que o puxava, como um imã que não podia ser ignorado.

Movido por essa força irresistível, Adam se aproximou, fechando a distância entre eles. Gentilmente, ele selou um simples toque de lábios. Foi um beijo repleto de promessas e mistérios, uma antecipação do que ainda estava por vir.

Depois de um momento que parecia ter congelado no tempo, ele se afastou, um sorriso leve em seu rosto e uma nova determinação em seu olhar.

— Boa noite, Émie. Até amanhã.

CAPÍTULO 41

TRÊS ANOS APÓS A FESTA DE INAUGURAÇÃO DO REALONE
[QUARENTA E CINCO DIAS NO MUNDO REAL]

Finalmente, a cidade em homenagem a Amanda estava pronta. Adam tinha posto outros projetos em espera para realizar a promessa que fizera a si mesmo de concluí-la. Mas agora, caminhando por aquele cenário inspirado na praia de Springs, tudo parecia sem sentido. Ele até chegou a construir uma réplica fiel de sua casa do mundo real... Sentado em uma das poltronas de madeira voltadas para o fogo, imaginava quantas vezes Amanda não teria feito o mesmo do outro lado. Estaria ela lá naquele exato momento? Seus olhos se encheram de lágrimas. Ele não podia mais se punir daquela maneira. Murmurou baixinho:

— Perdoe-me, Amanda.

Foi estranho se despedir de Amanda na mesma cidade que ele criou para homenageá-la. Após um longo período de conflitos internos, ele finalmente decidiu que viveria com Émie.

Naquela tarde, Adam retornou ao seu apartamento em Paris. A cidade de Amanda não ficaria deserta por muito tempo. Adam havia se dedicado tanto a esse projeto que logo após sua inauguração houve uma grande procura de pessoas interessadas em se mudar para lá, e em poucos meses suas ruas estavam cheias de usuários. A casa que ele tanto amava, uma réplica de sua residência em Springs, não teve a mesma sorte. Permaneceu fechada e vazia, em um final melancólico.

Adam havia convidado Émie para jantar; queria surpreendê-la. Foi buscá-la em seu apartamento.

Émie surgiu estonteante na porta do edifício, usando um vestido vermelho com um corte elegante que se ajustava com delicadeza ao seu corpo antes de cair em uma saia fluida até os joelhos. Usava um batom vermelho que combinava com o vestido.

— Para onde vamos? — ela perguntou após dar-lhe um beijo, achando graça no fato de tê-lo surpreendido.

— Para um restaurante novo que abriu há pouco.

— É mesmo? Onde? — ela perguntou desconfiada. Émie estava super inteirada das novidades da cidade e não tinha ouvido falar sobre um novo lugar.

— Aqui perto. Vamos andando...

Émie arqueou uma sobrancelha, confusa. Ali, perto de sua casa?! Eles percorreram um par de quarteirões até se depararem com um fenômeno estranho. Um enorme cano colorido subia do chão, contorcendo-se como uma serpente de um parque de diversões.

— O que é isso? — questionou Émie, perplexa.

O canto da boca de Adam se curvou num sorriso contido.

— Vamos descobrir... — ele sugeriu, mantendo um tom enigmático.

— Adam! Eu te conheço. Isso tem sua mão. Fala a verdade!

— Calma, Émie. Vem comigo.

Ao se aproximarem da estrutura, depararam-se com uma tela semelhante aos painéis digitais dos terminais de ônibus. Destacavam-se apenas algumas rotas, e um nome lhes chamou atenção... Nova York.

— Nova York?! O que está acontecendo?

— Lembra da ideia de substituir os aviões que você sugeriu uma vez? Este aqui é o SubMax. Seremos os primeiros a utilizá-lo.

Antes que ela tivesse a chance de reagir, um veículo de design futurista surgiu do tubo e parou diante deles, suas portas se abrindo de maneira convidativa. A estrutura do teto era de vidro, formando uma cúpula transparente. Com um gesto, Adam sinalizou para que Émie entrasse antes de segui-la. O interior acomodava quatro confortáveis assentos, alinhados em pares, um de frente para o outro. Quando se ajeitaram, a porta se fechou com um clique suave e todo o interior do vidro da cúpula se transformou em uma extensa tela.

O veículo lançou-se para frente com uma velocidade que deixou o coração de Émie aos pulos. Ela apertou os braços do assento enquanto uma luz que lembrava o túnel de entrada do RealOne ziguezagueava em um borrão ao lado deles. Em questão de instantes, o veículo desacelerou e emergiu na superfície. Estavam diante do Central Park.

— Não posso acreditar!! O que é isso? — exclamou Émie ao desembarcar do veículo, completamente extasiada.

— Um tipo de metrô, que terá conexões em todos os lugares. Ele é capaz de atingir velocidades extraordinárias.

— Você me assegurou que nada poderia ser desenvolvido neste mundo que não pudesse ser feito da mesma forma no mundo real. Como isso é possível?

— A tecnologia para construir um metrô como esse que cruza oceanos com uma velocidade surpreendente existe no mundo real!

— Então por que nunca a implementaram?

— Por causa dos custos. Um projeto desse tamanho levaria anos para ser finalizado e teria um custo tão elevado que seria impossível de ser viabilizado. São problemas que não existem neste mundo.

Adam sinalizou para que Émie caminhasse à sua frente.

— Vamos?

—

Desde o início, a relação entre Adam e Émie oscilava entre momentos de paixão intensa e períodos de incerteza. As memórias de Amanda atuavam como uma barreira invisível que impedia Adam de mergulhar de cabeça no novo relacionamento. Quando a intimidade parecia prestes a atingir um novo patamar, ele se retraía, o que sempre gerava o descontentamento de Émie. Ela não conseguia entender como um breve relacionamento com alguém que ele nunca mais veria podia minar o que estavam construindo juntos. Adam, por sua vez, sabia que, no fundo, Émie estava certa, mas resistia a aceitar essa realidade... até aquela noite.

    Eles tinham como destino o Virtua, um restaurante recém-inaugurado em Nova York que já atraía um grande público. Situado no coração do Central Park, um caminho de luzes suaves guiava os visitantes até sua entrada. Ao chegarem, foram recepcionados pelo maitre, que os conduziu até uma mesa na varanda, com uma vista panorâmica do lago. Adam solicitou um champanhe, adicionando um toque de elegância àquela noite, que prometia ser memorável.

    — Qual a razão para tanta surpresa? — perguntou Émie, curiosa, mantendo sua postura elegante, com o queixo repousando sobre as mãos entrelaçadas, uma luz suave refletindo em seus olhos. O maitre se aproximou e abriu o champanhe com um estalo, servindo o líquido espumante em duas taças.

    — Eu gostaria que morássemos juntos — disse Adam, os olhos fixos nos dela.

    Émie segurou o olhar dele, um sorriso astuto brincando nos cantos dos lábios. Estavam sentados tão perto que era possível sentir a delicada fragrância do perfume dela.

    — É isso o que você quer?

    — Sim, é — ele respondeu, ainda hipnotizado pelo magnetismo dela.

    — Eu aceito — Émie disse, pegando a taça de champanhe à sua frente e erguendo-a em um brinde. — A que vamos brindar? — ela desafiou, com um olhar provocador. Émie era uma mulher perspicaz, que sabia escolher as palavras certas e adorava quando faziam o mesmo com ela. Ele levantou sua taça, encontrando a dela.

    — À coragem de amar sem medo — disse ele.

    — E à ousadia de arriscar sem hesitar — ela complementou.

CAPÍTULO 42

QUATRO ANOS APÓS A FESTA DE INAUGURAÇÃO DO REALONE
[DOIS MESES NO MUNDO REAL]

Quando saiu de seu escritório no final da tarde, Adam foi abordado por uma garota que tinha por volta de seus vinte anos. Era loira, com traços delicados, e tinha uma aparência simples, como se fosse do interior. Apresentou-se com um sorriso acolhedor.

— Adam Goodwin? Me chamo Marie Levesque. Recebi uma mensagem de Amanda Buckland para lhe entregar urgente.

Adam demorou um tempo para superar o impacto daquela notícia. Marie se assustou com a sua reação.

— Está tudo bem? — ela perguntou, com seus olhos verdes arregalados.

— Sim, sim... Me desculpe. Você disse que tinha uma mensagem para mim?

— Disse, de Amanda Buckland. Até anotei em um papel — respondeu, entregando a Adam um bilhete. Como Amanda poderia ter entrado em contato com ela?

— Como você recebeu essa mensagem? Você conhece Amanda Buckland?

— Não — ela respondeu. — Também achei estranho. Eu estava na minha cidade, no campo, perto de casa, quando ouvi alguém chamando o seu nome.

— O meu nome?!

— Isso. Olhei ao redor e não havia ninguém. No começo achei que fosse alguma brincadeira de um dos garotos, depois fiquei assustada.

A pessoa voltou a chamar seu nome. O som vinha de toda direção, era muito estranho. Aí a pessoa se identificou como sendo Amanda Buckland e me pediu que eu te entregasse essa mensagem, com urgência — disse apontando para o papel que acabara de entregar. — Ela falou que estava no túnel de entrada do RealOne, mas que não poderia ingressar.

— Por que ela não poderia ingressar?

Marie deu de ombros.

— É só isso que eu sei...

Adam abriu o bilhete:

"Thomas está esperando por Adam Goodwin na dark web no endereço <u>RealOneSalvation</u>"

Thomas havia encontrado uma maneira para que pudessem se comunicar! Adam sentiu seu coração disparar enquanto era tomado por uma euforia. Abraçou Marie e deu um beijo em sua bochecha.

— Obrigado, Marie! Obrigado!

— A garota estranhou a reação do empresário, dando um passo para trás, afastando-se dele. Adam atravessou animado a porta de entrada do edifício e, ao entrar no elevador, a imagem de Émie lhe veio à mente. Como ela reagiria se ele contasse? Quando o elevador chegou em seu andar, apertou o botão para que ele descesse de novo, buscando ganhar mais tempo para pensar melhor no que fazer.

Émie não entenderia o fato de Amanda estar tentando se comunicar, isso estava claro. Mas Adam não imaginava qual seria a reação dela. Preferiu não arriscar até saber um pouco mais. Guardou o bilhete em seu bolso e voltou a pegar o elevador. Antes de entrar em casa, ensaiou uma expressão comum para não chamar a atenção do olhar aguçado da mulher.

— Émie?

Ela se aproximou e deu-lhe um beijo rápido, vestia um avental.

— Estou improvisando alguma coisa para comermos — justificou enquanto voltava rápido para a cozinha. Ela havia herdado as aptidões do pai e o cheiro da comida estava incrível. — Como foi no escritório? — perguntou.

Adam caminhou até a entrada da cozinha e parou apoiado no batente. Política não era um dos assuntos favoritos de Émie.

— Você quer mesmo saber? — brincou. Ele já sabia a resposta. Émie voltou o rosto em sua direção e franziu o nariz, negando com a cabeça enquanto mostrava um sorrisinho. — Você põe a mesa e escolhe um vinho para a gente? Estou quase terminando.

Assim que terminou de pôr a mesa, Adam escolheu uma garrafa de Bordeaux que sabia que Émie adorava e se sentou. Não demorou para ela vir com seu prato com uma apresentação digna do restaurante do pai, depois buscou o dela e se sentou à sua frente. Adam serviu o vinho nas taças.

— Ao nosso primeiro ano juntos — ele disse erguendo a taça em um brinde.

— Achei que você não tinha lembrado — ela respondeu sorrindo.

Quando terminaram de jantar, sentaram-se no sofá e Émie se deitou de lado, com o corpo sobre o colo de Adam, abraçando-o. Um acústico de Imany tocava, criando um clima de expectativa no ar, enquanto trocavam olhares carregados de desejo. Ele acariciou de leve o rosto dela, sentindo a suavidade de sua pele. Émie fechou os olhos e se inclinou na direção dele. Trocaram um beijo suave e doce, os lábios se tocando em um encontro perfeito. O mundo parecia ter desaparecido. O beijo se prolongou por alguns instantes até se separarem com os olhos ainda fechados, saboreando o gosto um do outro. Quando ela voltou a abri-los havia um brilho diferente neles.

— Foi o melhor ano da minha vida — ela confidenciou.

A imagem de Émie naquela noite acompanhou Adam por algum tempo. Ele não queria magoá-la, mas precisava entrar em contato com Thomas. Naquela manhã, esperou ela sair antes dele e acessou o computador da casa. Ele sabia o que precisava fazer, não parecia ser nada complicado. Quando entrou na *dark web* e digitou o endereço escrito no bilhete, uma tela se abriu à sua frente em um quadro branco de mensagens com um cursor piscando em seu interior. Seu coração batia tão forte que precisou se levantar por um instante para tomar ar. Quando voltou a se sentar, começou a digitar:

"Thomas, recebi a mensagem. Estamos todos bem. Muita coisa mudou por aqui...".

Por um instante, suas mãos paralisaram sobre o teclado. Soltou um suspiro e continuou:

"Me dê notícias de Amanda. Como ela está?".

CAPÍTULO 43

QUATRO ANOS E VINTE DIAS APÓS A FESTA DE INAUGURAÇÃO DO REALONE
[POUCO MAIS DE DOIS MESES NO MUNDO REAL]

O PERÍODO DE ESPERA FOI ÁRDUO. Adam, numa tentativa de compreender o atraso, construiu inúmeras narrativas em sua mente que justificassem essa demora. Émie percebeu a mudança em seu comportamento, embora presumisse que estivesse ligada a assuntos políticos relacionados ao RealOne, assuntos dos quais ela preferia manter distância.

O hábito de consultar o seu computador na busca incessante por uma resposta de Thomas tornou-se uma obsessão nos escassos momentos livres de que Adam dispunha. Após uma angustiante espera de vinte dias, finalmente a resposta chegou. Seus olhos fixaram-se nas linhas daquela mensagem. Não era possível descrever o tamanho da emoção que teve.

"Que saudades, meu amigo! Você não imagina o quanto é bom poder conversar com você. Após o isolamento, procurei por Amanda e nos aproximamos para investigar o que havia ocorrido, até que recebemos a sua mensagem (Nostradamus). Conhecemos um físico chamado Harold, que sabia de toda a história ligada a ela. Parece que ele está envolvido até não mais poder. A sua ideia foi ótima, mas descobrir sobre o fim do mundo tirou o nosso chão! Para piorar, após o isolamento começou uma perseguição a todas as pessoas ligadas ao RealOne, como uma verdadeira caça às bruxas por aqui. Eu mesmo tive que me esconder para evitar ser preso, mas Amanda não teve a mesma sorte. Faz alguns dias que soube que ela foi detida e está em uma unidade militar. Não sei como ela conseguiu enviar a mensagem que permitiu esta comunicação. Achei que isso só

aconteceria se ela ingressasse. Me passe mais detalhes de como estão as coisas aí. Bom saber que poderemos nos falar agora. Vamos tirar vocês todos daí".

Adam ainda permaneceu algum tempo em frente à tela. Quase tinha se esquecido da mensagem que havia enviado por meio do movimento de seus olhos. Não imaginou que desse certo e nunca descobriu quem havia deixado aquele quadro de comunicação. Logo depois que soube de toda a verdade, achou que aquela informação pouco importava. O que importava, de fato, era saber que Amanda estava presa. Aquela notícia o chocou. Pensou em tudo o que ela passava por sua causa enquanto ele vivia um novo romance. E mesmo que relutasse, ainda guardava por Amanda os mesmos sentimentos de quando se separaram.

Quando Adam deixou aquela sala, um plano formou-se em sua mente. Precisava encontrar Gregory, e com urgência. O recente estabelecimento de um canal de comunicação entre os mundos abria um universo de possibilidades, incluindo a retomada dos projetos suspensos. Com o auxílio de Thomas, uma equipe de especialistas do mundo real poderia fornecer a assistência necessária para resolver as dificuldades que Gregory enfrentava.

Porém nem todas as consequências dessa descoberta eram positivas. O desafio que se apresentava era revelar a Émie a mensagem e a prisão de Amanda. Nesse aspecto, Adam sabia que não teria vida fácil.

Já se passavam vários dias desde o último encontro de Adam com Gregory. Naquela ocasião, encontrou o amigo desolado, arrastando uma existência sem sentido. Ao surgir novamente à sua porta, deparou-se com um homem de olhar vago, abatido, a barba descuidada. A expressão de alegria no rosto de Adam o pegou de surpresa.

— O que aconteceu, Adam? Está aqui para me convidar para seu casamento? — o homem ainda conseguiu brincar.

— Vamos nos sentar, Gregory. Precisamos conversar.

A reação séria de Adam alarmou o amigo.

— O que houve? — ele questionou, o cenho franzido.

— Thomas fez uma descoberta. Conseguiu estabelecer um canal de comunicação entre nossos mundos.

— O quê?! — exclamou Gregory, agarrando instintivamente o braço de Adam.

— É isso mesmo! Thomas estabeleceu uma conexão conosco. Podemos retomar nossos projetos. Conseguiremos a assistência necessária do outro lado!

A expressão de Gregory vacilou entre o choque e o espanto. Ficou em silêncio por alguns segundos, digerindo a nova realidade, antes de reagir:

— **Estamos salvos, Adam!** — ele finalmente exclamou, abraçando o amigo. — **Estamos salvos!**

———

Após algumas horas debatendo a nova realidade, Adam e Gregory combinaram que retomariam o projeto antimísseis no dia seguinte. Adam passou a ele todas as orientações para contatar diretamente Thomas, mas pediu ao amigo que ainda aguardasse um pouco antes desse primeiro contato. Precisava explicar a Thomas o que acontecia, senão o engenheiro ficaria confuso. Enquanto isso, Gregory podia começar a pensar em possíveis colaboradores que poderiam ajudar no projeto sem despertar a atenção indesejada dos governos.

Já recuperado, Gregory parecia outro. Até a cor havia voltado ao rosto do amigo. A barba por fazer era a única lembrança da sua aparência anterior. No fim da conversa, ele encarou Adam por um momento.

— Como Émie vai reagir a isso tudo?

— Vou falar com ela esta noite... Acredito que ficará empolgada quando souber que os projetos serão retomados. O problema vai ser quando ela descobrir que a Amanda tentou se comunicar comigo.

O amigo coçou a barba por fazer e criou coragem para perguntar.

— E você ainda pensa na Amanda?

Adam ficou em silêncio por um momento e depois respondeu a Gregory com outra pergunta.

— Você deixou alguém para trás?

— Sim, deixei... — respondeu Gregory com uma expressão distante.

— E qual é o sentimento que você guarda por essa pessoa?

— O mesmo, como se a tivesse deixado apenas algumas poucas semanas atrás. É curioso você perguntar isso...

— Conversei com muitas pessoas. Todos expressam sentimentos semelhantes. Não sei se é porque nossas memórias estão vinculadas ao nosso corpo físico, que vive um tempo muito mais curto, mas todos concordam que os sentimentos que tinham por seus entes queridos nos dias que antecederam nosso isolamento permanecem inalterados. Aqui, parece que o tempo não tem o poder de curar as feridas.

— Nunca havia pensado nisso... — admitiu Gregory. Depois de um momento, voltou-se para Adam novamente. — Acho que isso responde à minha pergunta, não é?

Adam apenas assentiu.

— Deve ser uma situação complexa amar duas mulheres ao mesmo tempo — ponderou Gregory.

— Uma situação que eu não desejo para ninguém... Às vezes, quando penso sobre isso, sinto como se minha mente e meu coração estivessem divididos em duas partes, uma real e uma virtual, cada qual com suas próprias emoções, cada uma amando uma mulher diferente.

Gregory observou o amigo em silêncio, imaginando como ele deveria estar sofrendo. Antes de ir embora, Adam se recordou de algo importante.

— Tem mais uma coisa que preciso te contar: Thomas mencionou um físico que sabia de toda a história por trás do Nostradamus... Harold, se não me engano.

Gregory arregalou os olhos.

— Harold?! Como Thomas chegou até ele?

Adam se assustou com a reação do amigo.

— Não faço ideia, Gregory.

Após pensar um pouco, o homem continuou:

— Harold está do nosso lado, Adam. Ele é um dos responsáveis por todo esse projeto e poderá nos ajudar muito. Peça a Thomas que o procure e conte tudo o que está acontecendo. Ele saberá o que fazer...

Adam sabia que não havia maneira de se preparar para o que iria enfrentar. A situação era ainda pior, porque saber da prisão de Amanda o fragilizou ainda mais. A vontade dele era regressar para tentar libertá-la e, se fosse possível, era exatamente o que faria.

Quando ele chegou em casa, parou em frente à porta de seu apartamento para tomar ar. Qual seria a reação de Émie? Imaginou até que poderia estar se preocupando à toa. Émie poderia surpreendê-lo ao receber a notícia, afinal, eles já estavam juntos havia algum tempo e não havia mais motivo para ela ainda ter ciúmes da ex-noiva dele.

Ao abrir a porta, Émie foi recebê-lo com um beijo carinhoso, porém não precisou mais do que um minuto para perceber que ele estava diferente.

— O que aconteceu? — ela perguntou desconfiada.

Adam pediu para que ela se sentasse e sentou-se em seguida. Ainda se demorou, procurando as palavras certas.

— Consegui me comunicar com um grande amigo no mundo real. O nome dele é Thomas. Ele é o melhor engenheiro de sistemas do RealOne e meu melhor amigo também.

— Nossa, Adam! Que boa notícia!! — Émie comemorou.

— Sim! E graças a isso poderemos retomar os projetos do Gregory. Já até falei com ele. Ficou superanimado.

— Ele acredita que será possível terminar os projetos antimísseis?

Adam assentiu sorrindo.

— Isso é ótimo! — ela disse. Apesar de feliz, Émie não demonstrava muita empolgação com a novidade. — Mas como seu amigo conseguiu abrir esse canal de comunicação? Sempre ouvi dizer que isso era impossível...

Adam deu um suspiro e apertou os lábios.

— Uma mulher veio até mim com uma mensagem de Amanda. Ela me disse que Amanda estava presa no túnel de entrada e conseguiu conversar com ela. Eu não sei como isso foi possível. A mensagem dizia que Thomas aguardava por mim em um endereço na *dark web*.

O rosto de Émie se contorceu em uma mistura de raiva, tristeza e desespero, enquanto as lágrimas começavam a escorrer pela sua face.

— Amanda enviou essa mensagem? Ela tentava ingressar, é isso?

— Eu não sei...

— Você ainda ama essa mulher?

— Eu te amo, Émie. Você sabe disso só de olhar para mim, mas Amanda foi presa por minha causa e eu me sinto mal por isso.

— Adam, não estamos falando de um relacionamento que você mantinha com alguém do outro lado do país. Nós estamos em mundos e tempos diferentes. Qual a dificuldade que você tem em aceitar que somos felizes como estamos? Você não está feliz? Não está realizando um sonho?

Em seguida, Émie segurou o rosto de Adam para que ele a olhasse nos olhos.

— Eu não te faço feliz?

— Eu sou feliz ao seu lado. Não é possível fingir sentimentos dessa forma. Mas não consigo compreender a maneira como você encara esse nosso isolamento. Você parece não se importar com o que acontece no mundo real!

— Eu não me importo! A nossa vida é aqui!!

— Mas não podemos viver como se estivéssemos em um conto de fadas!

— **Mas eu estou vivendo em um conto de fadas, Adam!!** — ela gritou e levantou-se em seguida, entregando-se em um choro doloroso. A reação dela pegou Adam desprevenido, que congelou e foi transformado em um mero espectador. Émie caminhou até o sofá em frente e sentou-se cobrindo o rosto com as mãos como um escudo. Ainda se demorou algum tempo até o choro ceder, depois, já mais calma, lançou sobre ele um olhar abatido, com os olhos vermelhos.

— Chama-se "Síndrome do QT longo"... Que ironia! Toda a minha vida depende de um atraso no tempo — comentou, balançando a cabeça, inconformada. — O meu coração demora mais tempo para se recuperar após cada batida. Herdei isso de minha mãe. Ela tinha quase a minha idade quando morreu subitamente. Arritmia cardíaca, disseram. Quando eu vivia no mundo real, eu acordava todos os dias e me perguntava se seria o último. Pensava no meu pai, como ele reagiria se eu morresse. Sei que estou sendo egoísta, eu sei disso, mas viver neste mundo foi o maior presente que a vida me deu; e ela me devia! Eu nunca fui tão feliz. Eu ganhei tempo para viver sem me perguntar se haverá um dia seguinte. Estou realizando sonhos que imaginava impossíveis e, além de tudo, eu te conheci... O que mais eu posso querer?

A revelação de Émie deixou Adam sem ação. Ele a amava... Não porque ela poderia não estar ao seu lado no dia seguinte, mas porque ele gostaria que ela estivesse. Ele caminhou até ela e acomodou-se ao seu lado. Segurou as suas mãos e olhou em seus olhos.

— Eu não vou te deixar.

CAPÍTULO 44

DOZE ANOS APÓS A FESTA DE INAUGURAÇÃO DO REALONE
[SEIS MESES NO MUNDO REAL]

Bastava olhar ao redor para entender a capacidade de adaptação do ser humano. O RealOne se tornou a casa daquelas pessoas e, se não fosse pelos parentes e amigos deixados para trás, era possível dizer que poucos desejavam deixá-lo. Ainda assim, havia momentos de inegável melancolia, particularmente durante o Natal e o Ano Novo, quando a ausência das famílias era sentida com intensidade.

Apesar de toda essa adaptação, existiam poucas datas celebrativas, mas uma delas se sobressaía. O bem-sucedido teste inicial do projeto antimísseis, realizado alguns anos antes, foi divulgado ao público, resultando em uma comemoração grandiosa que passou a se repetir anualmente. A data ganhou o título de "Dia da Esperança", transformando-se em um evento bastante aguardado por todos os usuários.

— Émie, vamos logo! Estamos atrasados! — alertou Adam.

— Calma, Adam! É uma festa, não há necessidade de estresse — ela respondeu enquanto adentrava a sala, pronta para partir.

Ao deixarem o prédio, foram envolvidos pelo mar de pessoas que se movia em direção à Torre Eiffel, o coração da festa em Paris. Eram saudados pelos rostos familiares que passavam, sentindo o calor da comunidade que se formou ao longo dos anos.

— Deixa eu amarrar o lenço em seu braço — disse Émie, enrolando o tecido branco no braço de Adam. Ninguém sabia como essa tradição tinha surgido, mas, ao longo dos anos, tornou-se um costume amarrar lenços brancos nos braços de todos os usuários nesse dia especial.

— Você vai discursar comigo? — Adam perguntou.

Émie franziu o cenho.

— Não preparei nada, Adam! Você só me diz isso agora?

— Não há necessidade de preparar. Todos te adoram. Fale o que tiver vontade.

Émie era uma das mulheres mais ativas no mundo virtual. Sua paixão pelas artes e seu apoio a novos artistas tinham se estendido à música e a quase todas as outras atividades culturais. Ela era admirada por todos.

— Está bem, eu vou! — respondeu Émie, soltando um bufado fingido.

Adam e Émie eram esperados em um palco instalado ao pé da Torre Eiffel, onde uma multidão pulsante se reunia. Com a chegada da noite, a torre brilhava com cascatas de luzes brancas, resplandecendo em homenagem à ocasião festiva. Assim que Adam pisou no palco, foi interceptado por Gregory, que ostentava uma expressão perturbada.

— O que houve, Gregory? Algum problema? — indagou Adam, preocupado. — Pensei que você fosse passar a festa em Nova York...

Gregory inclinou-se para falar ao ouvido do amigo, elevando a voz para superar o ruído do ambiente.

— Aconteceu algo importante. Preciso que você venha comigo.

Adam franziu o cenho.

— Agora?

Gregory deu um aceno de concordância. Pelo olhar de preocupação no rosto dele, era evidente que se tratava de algo realmente sério. O homem jamais interromperia uma celebração como aquela com um pedido tão urgente sem motivo. Adam conduziu Émie até um canto mais calmo para que pudessem conversar.

— Émie, preciso ir com Gregory. Aconteceu algo importante, ele pediu para eu acompanhá-lo até o centro de testes.

— Mas e o seu discurso? Todos estão à sua espera...

— Vou precisar que você assuma por mim. Gregory não iria me perturbar sem uma boa razão.

— Está certo — respondeu Émie, claramente inquieta. — Assim que souber de algo você me informa, combinado?

No decorrer do trajeto até o SubMax, que os conduziria em uma viagem até Nova York, Gregory atualizava Adam:

— Recebi uma mensagem de Thomas. Uma usuária despertou.

Adam pensou ter entendido errado.

— Uma usuária despertou? Isso é impossível!

— Eu também pensava da mesma maneira. Assim que soube, corri para te contar. Ainda não tenho todos os detalhes.

O coração de Adam acelerou. Esse era o pior pesadelo que eles poderiam enfrentar. Ao chegarem a Teterboro, apressaram-se para o escritório de Gregory, onde abriram a mensagem de Thomas para que Adam pudesse ler:

"Gregory, uma mulher que estava no RealOne despertou. Não sabemos nada sobre ela, sequer o seu nome, mantiveram tudo em segredo. Ela está detida, não sabemos onde, só sei que ela estava em um dos centros para cuidados de usuários na Turquia. Estamos todos preocupados com o que ela possa revelar. Converse com Adam. Precisamos saber o que faremos".

— Puta merda! — Adam deixou escapar baixinho. — Como ela pode ter despertado? É possível ter ocorrido alguma falha no sistema?

— Não sei, mas se fosse uma falha do sistema, por que somente uma usuária teria sido afetada?

— E como podemos descobrir o que aconteceu?

Gregory coçou o queixo sem saber o que fazer. Adam se antecipou.

— Thomas disse que a mulher estava em um centro para cuidados de usuários na Turquia, não é verdade? Tem como investigar isso melhor? Precisamos descobrir quem é essa usuária.

— Você tem razão — concordou o amigo, sentando de frente ao seu computador. — Vamos pesquisar todos os usuários que ingressaram pela Turquia e vamos comparar com aqueles que não estão mais no sistema.

Gregory levantou a lista original dos usuários e depois a última, já sem aqueles nomes que haviam falecido durante o tempo em que viviam no RealOne e que por esse motivo foram desconectados. Depois filtrou as entradas pela Turquia. Havia somente uma mulher turca que ingressara e não estava mais na relação atualizada: chamava-se Zeynep Yilmaz.

— Existe uma só mulher nessa condição — disse Gregory apontando para o nome na tela. — Mas tem um problema... Ela residia em *Exodus*. Não conseguiremos obter nenhuma outra informação sobre ela.

— *Exodus*?! — replicou Adam pensativo.

— Que foi, Adam? — perguntou Gregory, notando o amigo distante.

— Me lembrei de uma das últimas frases de Christopher. Ele disse que jamais desistiriam de encontrar uma forma de sair daqui. Será que eles têm algo a ver com isso?

— Você acha que o regresso dessa mulher pode ter sido resultado de uma experiência buscando uma porta de saída?

Adam assentiu.

— E por que não ocorreu uma debandada em massa? — perguntou Gregory.

— Talvez eles sequer saibam que obtiveram êxito. Nós sabemos do retorno dela porque mantemos contato com alguém no mundo real que nos forneceu essa informação. Eles podem estar navegando às cegas.

— Mas se eles estão conduzindo tais experimentos às cegas, é provável que tenha havido inúmeras tentativas fracassadas, possivelmente culminando na morte de muitos usuários... — ponderou Gregory, quase como se estivesse falando consigo mesmo.

— Nesse caso, a taxa de mortalidade de *Exodus* seria muito maior do que a nossa, não seria? — aventou Adam.

— Sim... — respondeu Gregory, voltando a mexer em seu teclado. — Mesmo com todo esse isolamento de *Exodus*, temos como consultar as pessoas que faleceram lá e podemos comparar com os nossos números.

Adam se inclinou ainda mais em direção à tela, seus olhos fixos em Gregory enquanto o amigo se aprofundava em sua pesquisa. Não demorou muito para o homem localizar o que procurava, reagindo com a expressão alarmada de quem acabara de ser surpreendido.

— Há uma diferença grande em nossas taxas de mortalidade, Adam. Não há outra explicação para esse fenômeno; eles estão, de fato, conduzindo experimentos com os usuários em busca de uma rota de escape!

— Meu Deus! — reagiu Adam. — Mas por que eles estão colocando essas pessoas em risco sem saber se serão bem-sucedidos ou não? Não faz sentido...

— Talvez eles não precisem saber se serão bem-sucedidos. Eles devem estar contando com o fato de acertar uma única vez e esse usuário que escapou levar informações ao mundo real, o que vai ajudar a tirá-los todos daqui.

Adam voltou a ficar pensativo por um momento.

— O que foi agora? — perguntou Gregory, que conhecia bem o amigo. — O que você está planejando?

— Se tudo isso for verdade, se Christopher e Brandon encontraram uma maneira que possibilitou que um usuário regressasse sozinho, eu poderia tentar negociar com eles essas informações e retornar para tentar libertar a Amanda...

— Você não está falando sério, está? — perguntou Gregory incrédulo.

— Sim, estou!

— Você está louco, Adam? O que você está falando? Isso está fora de questão — ele retrucou com um tom ríspido.

— O que está fora de questão: procurar o Christopher ou tentar libertar a Amanda?

— Você é um homem inteligente, não preciso explicar o óbvio. Mesmo que, contra todas as probabilidades, consiga persuadir Christopher, você não poderia, em hipótese alguma, retornar.

— Você tem medo de que eu seja forçado a revelar sobre a "experiência temporal" e os projetos antimísseis? Mas não acha que Zeynep fará isso de qualquer maneira?

— Primeiro, não temos certeza de que ela realmente revelará algo. Ela pode ter outros objetivos. Nós não sabemos o que o Christopher e o Brandon planejaram nesses anos todos isolados. Além disso, não podemos arriscar inúmeras vidas por causa de um simples capricho.

— Capricho? Você considera a prisão da Amanda um capricho? Ela está sendo tratada como uma terrorista. Acha justo que ela sofra as consequências por algo que não cometeu?

Gregory contra-atacou na mesma moeda. Ele já conhecia o amigo tempo suficiente para saber como lidar com seus impulsos. Ele congelou seu olhar em Adam e disparou:

— E você pretende deixar Émie para sempre? Porque, se regressar, muito provavelmente não conseguirá se reconectar de novo.

É curioso perceber como o fato de conhecer tão bem uma pessoa permite alcançar o cerne das questões sem fazer rodeios, como se um míssil teleguiado fosse disparado em sua direção. Gregory desmontou o amigo com um único comentário. Adam deixou aquele centro de pesquisas atordoado. Ele sabia que não teria coragem de deixar Émie, mesmo que fosse para libertar Amanda, e pensar nisso doía.

CAPÍTULO 45

DEZESSEIS ANOS APÓS A FESTA DE INAUGURAÇÃO DO REALONE
[OITO MESES NO MUNDO REAL]

Gregory e Adam combinaram de guardar segredo sobre o retorno de Zeynep, temerosos de como os outros usuários reagiriam a tal informação. Mas o peso dessa descoberta afetou Gregory de forma avassaladora. A notícia se alojou em seu peito tal qual uma premonição sombria, como se uma catástrofe estivesse prestes a desabar sobre eles.

Em contrapartida, Adam escolheu adotar uma perspectiva mais otimista. Ele enxergava um propósito oculto nos passos de Zeynep, convencido de que ela estava ciente das consequências que enfrentaria ao arriscar seu retorno.

Enquanto isso, Thomas e Harold permaneciam em alerta, consumidos pela busca incansável de informações. Eles vasculhavam a internet atrás de pistas sobre Zeynep e qualquer sinal de outros retornos inexplicáveis, mas, até o momento, nada disso havia ocorrido. Era curioso notar como a mídia se esforçava para encobrir o despertar de Zeynep, como se ele nunca tivesse acontecido. Restava-lhes apenas uma opção: aguardar. E foi exatamente isso que todos fizeram, em uma tensa espera, até aquele dia...

Era uma quarta-feira comum, nada além do usual. O céu estava carregado de nuvens cinzentas, projetando um clima sombrio e desolador sobre o dia. Adam levantou-se cedo para preparar o café da manhã e, em seguida, despertou Émie para que partilhassem da primeira refeição do dia juntos.

— O que acha de visitarmos a nova exposição após a sua palestra? — Émie propôs, servindo-se de um pedaço de torrada coberto com geleia de morango.

— Eu prometi ao seu pai que iria almoçar com ele no L'Alchimiste...

— Às vezes acho que ele gosta mais de você do que de mim — brincou ela.

— ÉÉÉmie...

Ela sorriu fazendo uma careta zombeteira.

— Na última vez que nos vimos achei que ele estava um pouco deprimido — continuou Adam.

— Ele está cansado, Adam. Se somarmos os tempos dos nossos mundos, ele está trabalhando com restaurante há mais de cinquenta anos...

— É verdade... Outro dia ele me disse que estava pensando em deixar o L'Alchimiste para o seu *sous chef*. Disse que queria viajar um pouco, conhecer novos lugares... Vou passar lá para tentar animá-lo um pouco.

Émie assentiu e deu um gole em seu café.

— O que você acha de convidarmos o Paul e a Victoria para jantarmos? — ela propôs. — Podemos ir ao Vórtice, em Madri, que acha?

— Acho ótimo — respondeu Adam.

Na era pós-SubMax, as limitações geográficas tornaram-se obsoletas. As pessoas se habituaram à nova liberdade, permitindo-se estar onde desejassem, em qualquer lugar do mundo, como se fossem extensões naturais de suas próprias casas. Almoçar em Nova York e jantar em Madri tornaram-se atividades triviais, como se essas metrópoles estivessem a apenas alguns passos de distância, em um mesmo bairro.

— Nos encontramos mais tarde — disse Émie, levantando-se apressada e dando um beijo nele.

— Divirta-se! — Adam retribuiu, observando-a atravessar, apressada, a porta de saída.

Adam desceu no SubMax de Roma. Ia dar uma palestra sobre arquitetura virtual na universidade da cidade. Nos últimos anos ele havia diminuído muito o ritmo de construções dentro do RealOne. Já havia cidades suficientes no mundo virtual e não havia tantos usuários assim para poder ocupá-las. Por causa disso, ele aproveitava esse tempo extra para dar cursos e estimular outras pessoas a assumirem aquelas funções no futuro.

Fazia frio na cidade italiana. Ele ajeitou sobre o ombro um casaco que carregava enquanto caminhava a passos largos. Vez ou outra era cumprimentado por alguém, já estava acostumado com essa rotina.

Subiu as escadarias da universidade e foi recebido por uma mulher que o acompanharia até o auditório onde era aguardado. Ao chegarem ao local, Adam estranhou o movimento anormal de pessoas interessadas em sua palestra. Um grupo aglomerado na porta de entrada aguardava por ele, e quando o viram, todos correram em sua direção.

— Sr. Goodwin, é verdade que o fim do mundo foi antecipado pelo Nostradamus? — perguntou um rapaz.

Adam ficou sem reação. Não esperava por isso.

— De onde você tirou essa ideia?

— Muita gente está comentando... — replicou uma mulher.

De onde teria surgido aquele boato? E por quê?

— Eu não tenho nenhuma informação sobre esse fato — justificou Adam, tentando se desvencilhar.

— Mas e se isso for verdade? O que vamos fazer? — outro homem perguntou.

— Não sei, pessoal... Isso não me passou pela cabeça. Para que se preocupar com um boato? — Adam respondeu, voltando-se em direção ao auditório. — Peço que vocês me desculpem, algumas pessoas estão aguardando pela palestra.

Não foi fácil se concentrar na apresentação com a cabeça voltada para a nova realidade. Será que havia alguma gota de verdade nela? Quando terminou, saiu apressado para não ser abordado de novo. Tomou o SubMax de volta a Paris enquanto conversava com Gregory.

— Fui abordado por umas pessoas dizendo que o fim do mundo foi antecipado — ele disse preocupado. — Você sabe de alguma coisa?

O amigo ficou em silêncio do outro lado. Dava para ouvir sua respiração ofegante.

— Não sei de nada, Adam. Estou chegando agora no centro de testes e te aviso se souber de algo.

Adam revolveu ir direto para casa. Avisou Bernard que não conseguiria almoçar com ele. Abriu a porta de seu apartamento apressado e correu direto para o computador. Precisava falar com Thomas. Assim que abriu o *chat*, encontrou uma mensagem dele.

"Queridos amigos, não trago boas notícias... Eu daria tudo para estar aí, ao lado de vocês agora, para poder abraçá-los, como ninguém fez comigo. Tentarei ser breve e direto. Não há mais nada que possamos fazer para salvar o mundo. Por algum motivo, o regresso daquela mulher, Zeynep, alterou as previsões do Nostradamus. Harold acredita que o fato de alguns países tomarem ciência sobre a 'experiência temporal' e o projeto antimísseis levou-os a crer que os Estados Unidos estão envolvidos com essa tecnologia, que daria a eles vantagens inimagináveis. Isso acabou por acelerar as engrenagens que culminarão em uma guerra nuclear. Infelizmente, amigos, não temos mais o tempo que tínhamos para a conclusão de nossos projetos. O Nostradamus reviu a previsão para uma guerra nuclear para daqui a cinco meses. Mesmo que ele esteja errado e o prazo seja um pouco superior a isso, precisaríamos de mais tempo do que dispomos para a implantação das medidas desenvolvidas. Conversei longamente com Harold e ele está arrasado. Ninguém previu essa possibilidade. Eu lamento muito; por todos nós."

Aquela notícia deixou Adam anestesiado. Dezesseis anos. Estavam isolados havia dezesseis anos com um único propósito e alguém vinha agora e dizia que tudo havia sido em vão?! Eles não foram capazes de salvar o mundo, seus parentes, amigos... Adam sequer foi capaz de libertar Amanda. Ela provavelmente assistiria ao fim dos seus dias dentro de uma prisão... sozinha.

Antes que tivesse tempo para pensar na repercussão daquilo tudo, recebeu uma ligação de Gregory.

— Você recebeu também? — perguntou o amigo com a voz embotada.

— Sim, acabei de ler...

— Alguém leu a mensagem aqui no centro de testes antes de mim. As pessoas têm acesso ao *chat* de mensagens para poder conversar com o Thomas sobre o projeto. A notícia se espalhou...

Não bastasse ter que lidar com algo tão desolador, ainda teriam que lidar com o fato de a notícia ter se espalhado para todo o canto?

— Thomas disse que a previsão para uma guerra nuclear é para daqui a cinco meses. Pelo nosso tempo ainda temos dez anos. Não dá para antecipar o desenvolvimento do projeto antimísseis?

— Ainda estamos muito longe do final, mas estamos dentro do nosso cronograma. Se nos esforçarmos muito, ganharíamos no máximo um ou dois anos pela nossa "experiência temporal", mal chega a um mês no mundo real. De que isso nos adiantaria?

Gregory deu um suspiro, como se recusando a aceitar.

— Como abordaremos todos os outros usuários? Todos já estão sabendo. Não temos como esconder.

Adam se limitou a responder baixinho:

— Não sei, Gregory. Sinceramente, eu não sei o que fazer.

Mal havia acabado de falar com o amigo, Émie entrou em casa, afobada.

— É verdade o que estão dizendo?

Adam confirmou com a cabeça, mantendo um olhar aflito.

— E agora? Meu Deus... O que vai acontecer?

— Não sei, Émie...

Ela não queria aceitar.

— Mas se o Nostradamus errou uma vez, ele pode ter errado de novo, não pode? — Émie falava rápido e mantinha uma expressão assustada.

— Ele não errou da primeira vez — Adam tentou explicar. — O algoritmo é alimentado por novos acontecimentos globais. Isso, sim, pode mudar as previsões. Não era possível imaginar o que aconteceu... — Adam concluiu. Após algum tempo, Émie pareceu cair em si, apoiou-se na mesa do escritório e fitou o chão desolada.

— Nós chegamos tão perto... — ela disse baixinho para si mesma. — Não é justo. Não é justo!

CAPÍTULO 46

DEZESSEIS ANOS E TRÊS MESES APÓS A FESTA DE INAUGURAÇÃO DO REALONE
[POUCO MAIS DE OITO MESES NO MUNDO REAL]

Confirmar a todos os usuários que os boatos sobre as novas previsões do Nostradamus eram reais não foi uma tarefa fácil. A revelação gerou muita revolta entre as pessoas e o pior problema foi que muitas delas queriam retornar para passar seus últimos dias ao lado das pessoas que amavam. Outras queriam trazer seus familiares para o RealOne, de forma a poderem viver um pouco mais ao lado deles. Como satisfazer esses anseios?

Adam ficou muito abalado. Sentia-se inseguro em conduzir aquelas pessoas ao que seria o fim da humanidade. Era muito peso sobre as suas costas. Pensou em abdicar de sua função de governante, mas foi desencorajado por todas as pessoas próximas a ele. Não era certo abandonar aquele navio no momento de seu naufrágio. Sendo assim, após refletir por vários dias, ele tomou uma decisão que comunicou a Émie durante o jantar:

— Émie, eu vou procurar Christopher — Adam falou, esperando pelo pior.

Émie congelou com o garfo no ar e depois o devolveu ao prato, sem tirar os olhos de Adam, que prosseguiu:

— Eu preciso! Christopher descobriu uma forma de permitir o regresso das pessoas. Eu tenho que obter essas informações com ele e estender a todos os outros usuários. As pessoas têm o direito de sair daqui para poderem passar seus últimos dias com os seus familiares.

— Nós ainda temos dez anos aqui, Adam. Se você fizer isso vai acabar com todo o mundo virtual!

— Mas essas pessoas nunca escolheram estar aqui. Elas concordaram porque existia um propósito que agora não existe mais... Não é certo. Se existe alguma maneira de permitir que todos regressem, temos que descobrir.

— Mas essa não é a única razão, é? — Émie perguntou, alterando seu tom de voz, lançando para Adam um olhar desconfiado. — Você também pretende retornar para salvar Amanda, não pretende?

Um arrepio correu pela espinha de Adam. Ele engoliu em seco.

— Se ninguém fizer nada, ela vai assistir ao fim do mundo dentro de uma prisão, Émie — ele falou baixinho.

— **Eu sabia!!** — interrompeu Émie, levantando-se da mesa aos prantos. — Você prometeu que nunca iria me deixar. Você mentiu para mim!!

Adam se levantou e tentou envolvê-la em um abraço. Ela se desvencilhou dele e continuou seu acesso de ira:

— Você disse que me amava!!

— Mas eu te amo, Émie!

— **Mentira!** Você nunca esqueceu essa mulher.

— Ajudar a retirá-la de uma prisão não quer dizer que eu tenho a intensão de manter relações com ela. Eu só quero corrigir um erro. Ela está presa por minha causa!

Émie não estava disposta a ouvir mais nada. Ela levantou o indicador na direção de Adam e ameaçou:

— Se você for atrás dessa mulher estará fazendo uma escolha. — Em seguida, entrou no quarto deles e bateu a porta.

Adam permaneceu imóvel na sala, relembrando de toda a cena. Ele conhecia Émie tempo suficiente para saber que ela falava sério. Ainda andou de um lado ao outro pensando, depois sentou-se de frente ao seu computador, abriu o *chat* de mensagens e digitou:

"Thomas, preciso que você levante para mim algumas informações... É importante!".

CAPÍTULO 47

DEZESSEIS ANOS E QUATRO MESES APÓS A FESTA DE INAUGURAÇÃO DO REALONE
[POUCO MAIS DE OITO MESES NO MUNDO REAL]

Quando Adam resolveu que iria procurar Christopher, Gregory tentou de todas as maneiras dissuadi-lo, sem sucesso. O homem estava decidido. Era a primeira vez em todos aqueles anos isolados que alguém visitava *Exodus*. O continente estava apartado do resto do mundo virtual e somente era possível ir até lá usando os meios de transporte que já haviam caído em desuso no novo mundo, como o avião.

Antes de viajar, Adam abriu um canal de comunicação com Christopher, sem saber se ele o receberia. Após alguns dias foi autorizado a viajar.

O avião pousou à noite em meio a uma movimentação enorme. Alguns carros militares aguardavam ao lado da pista, com seus giroscópios ligados, deixando que uma luz azul se alternasse com uma luz vermelha, iluminando todo o lugar. Quando Adam desceu do avião foi cercado por um grupo de homens fardados empunhando um tipo de arma. Adam estranhou, porque não existiam armas naquele mundo... Eles deveriam ter desenvolvido algo.

Christopher foi recebê-lo junto a Brandon, que caminhava ao seu lado. Ele era exatamente o mesmo homem que Adam havia visto dezesseis anos antes, uma das peculiaridades daquele mundo tão singular.

— Olá, Adam — disse o homem sem estender-lhe a mão.

— Olá, Christopher.

Adam olhou ao redor. Os prédios pareciam saídos de um lugar sombrio qualquer do mundo real. Eles não haviam se preocupado em modernizar nada, mais uma evidência de que tinham outras prioridades em mente. Christopher indicou o caminho para que Adam o seguisse. Durante o trajeto, o empresário tentou abordar o ex-amigo.

— Há quanto tempo, Brandon.

Recebeu de volta um olhar pouco amistoso.

— Não sei por que você veio! Você nunca será bem-vindo aqui — devolveu Brandon.

Assim que deixaram o aeroporto, seguiram de carro em direção ao que parecia ser o centro do poder governamental. O local estava sob forte vigilância, uma circunstância que Adam não experimentava desde antes de sua entrada no RealOne. Os mundos contrastavam em todos os aspectos. Os edifícios, com suas linhas retas e estruturas sombrias e opressivas, lançavam uma sombra sobre o ambiente. As pessoas perambulavam pelas ruas, cabeças baixas e ombros curvados. Não havia vestígios de alegria naquele lugar, apenas sofrimento.

Adam foi direcionado para um salão austero, cuja atmosfera fria e desprovida de vida causava arrepios. Uma mesa, imponente e solitária, repousava no centro, quase como um monolito em meio ao chão de concreto. Quando ele e Christopher ingressaram no lugar, uma pesada porta fechou-se atrás deles, com um estrondo que reverberou pelo espaço vazio, deixando-os a sós.

Christopher sentou-se primeiro, de um lado da mesa, e aguardou que Adam fizesse o mesmo.

— Por que você veio, Adam?

— Porque eu preciso da sua ajuda.

O homem reagiu com um sorriso sarcástico, olhos nublados pela frieza.

— E por que eu deveria te ajudar?

Adam se aproximou da mesa, como se a confidenciar algo.

— Eu sei que vocês estão fazendo experimentos com os usuários, tentando mandá-los de volta.

— E o que você tem a ver com isso? — reagiu Christopher com austeridade. — Todos esses usuários são voluntários.

— Porque eu sei que vocês obtiveram êxito em uma oportunidade...

Christopher foi surpreendido. Por um momento observou Adam em silêncio, procurando interpretar seus sinais.

— E como você soube disso?

— Porque nós conseguimos abrir um canal de comunicação com o mundo real e soubemos que um dos usuários despertou.

— Quem é esse usuário?

Foi a vez de Adam soltar uma risada sarcástica.

— Você não acha que eu vim aqui só para te dar essa notícia, acha? Eu quero negociar essa informação. Eu posso te dizer quem é essa pessoa, aí você saberá qual dos seus experimentos funcionou e poderá utilizá-lo de novo. Você conseguirá libertar quem quiser.

— E o que você quer em troca?

— Que você compartilhe conosco essa tecnologia que usou com esse usuário.

— Você nunca quis retornar, Adam... Qual o motivo desse interesse súbito?

— Porque a situação mudou, Christopher. Esse usuário que você mandou de volta revelou segredos que não poderia, como a "experiência temporal" e a defesa antimísseis. Os governos reagiram com desconfiança, o que acabou por antecipar as previsões de fim do mundo. Por sua culpa, todo o nosso plano para evitar uma guerra nuclear foi por água abaixo. Nada mais faz diferença agora. Eu quero dar a oportunidade a todos os usuários de retornaram para que possam passar o tempo que lhes resta ao lado de suas famílias.

— Você continua acreditando nessa fábula de previsão de fim de mundo. Agora que acha que tudo mudou vem tentar colocar a culpa em mim.

— Eu não estou aqui para discutir isso com você. Eu vim para negociar uma solução.

O homem observou o empresário por um instante.

— E você, Adam? Pretende retornar também?

— Sim — ele respondeu apreensivo, sem saber qual seria a reação do homem a sua frente.

Ao perceber Adam fragilizado, os olhos de Christopher brilharam por um instante, imaginando o que estava por vir.

— Por quê? — ele perguntou e engoliu em seco, tamanha ansiedade.

— Porque minha ex-noiva está presa em uma penitenciária e eu preciso libertá-la.

Christopher tentou se controlar, mas não conseguiu. Foi tomado por um acesso de raiva. Deu um tapa na mesa e inclinou-se em direção a Adam.

— Como você tem a audácia de me pedir ajuda para resgatar sua noiva presa, quando deixou minha filha perecer, mesmo eu implorando por exatamente a mesma coisa?

— Você sabe que eu não tinha o controle sobre o bloqueio. Além disso, como eu disse antes, a situação agora é outra. Se nada tivesse mudado, eu não estaria aqui agora te pedindo isso.

— A culpa disso tudo é sua, Adam! Você é o responsável por toda a desgraça que nos assolou esses anos todos. **Você matou a minha menina!!** — gritou o homem descontrolado. — Eu vou pedir que você retorne para aquele mundinho de faz de conta que você criou — replicou o homem tentando controlar o tom de voz. — Eu não estou nem aí para o que vai acontecer com a sua noivinha. Se depender de mim, ela vai morrer naquela prisão!!

Depois de um silêncio desconcertante, Adam se ergueu e caminhou lentamente até a porta de entrada, os ecos de seus passos preenchendo o vazio. Em seguida, fez meia-volta, apoiando-se nos calcanhares, e fitou Christopher, cujo rosto estava contorcido pelo ódio.

— Sua filha está viva, Christopher.

Num piscar de olhos, a expressão de raiva no rosto daquele homem cedeu lugar a um misto de choque e perplexidade. Ele permaneceu imóvel, aguardando ansioso as próximas palavras de Adam.

— Sua esposa deu entrada em um processo para que você pudesse doar sua medula mesmo estando em coma. A cirurgia foi bem-sucedida e a notícia correu o mundo. Sua filha se tornou um ícone de resiliência. Você a salvou.

Nem as cicatrizes de um ódio de dezesseis anos foram capazes de amparar aquele homem naquele instante. Seu corpo desabou na cadeira e ele chorou com a intensidade de uma criança, observado por Adam, que aguardou até que ele recuperasse o fôlego para fazer uma última abordagem.

— Agora, mais do que nunca, você precisa voltar. Eu sei como fazer isso. Tudo o que peço é que você compartilhe essas experiências e me permita regressar alguns dias antes dos outros para libertar minha ex-noiva, apenas isso. Precisamos deixar o passado para trás...

PARTE TRÊS
Transição

CAPÍTULO 48

BASE MILITAR DE LAGUNA NEGRA
Amanda Buckland

— Adam despertou.

Não entendi o que Myles disse e sustentei um olhar vazio, sem esboçar reação. Ele respondeu com um sorriso, o que, tratando-se de Myles, poderia ser comparado a um festival de fogos. Ele era de Kansas City e vinha de uma família de militares. Quando eu o conheci, senti medo dele. Aquele homenzarrão em seu uniforme militar, sempre sério e calado. Mas ele não era assim o tempo todo. Fazíamos uma espécie de jogo em que eu tentava quebrar seu gelo e ele quase deixava; quase... Myles conseguia ser cruel quando queria e isso era o que mais me incomodava nele. Nos "bons momentos", tivemos algumas conversas mais longas em que contei a ele sobre Adam e o dia em que ele me pediu em casamento, mas não contei quase mais nada além disso. Nunca revelei a ele o que aconteceu na sala de interrogatório com Bruce, o mensageiro, e com Mellanie, a mulher misteriosa, cujos nomes vim a descobrir mais tarde.

— Adam despertou, Amanda. Você ouviu? — ele tornou a perguntar, estalando os dedos para chamar a atenção.

Um sentimento adormecido pelo tempo acordou dentro de mim e com ele uma enxurrada de lembranças e preocupações ressurgiram. Como assim? Depois de tantos meses?

— O bloqueio acabou? — perguntei ainda atordoada. Se Adam havia retornado, o bloqueio não existia mais.

— Não. É isso que parece estranho — ele respondeu. — Somente Adam voltou.

Por que Adam teria voltado sozinho? Será que ele e Thomas tinham conseguido conversar por meio daquele endereço na *dark web*?

— Ele foi trazido direto para cá — informou o soldado. — Ninguém sabe que ele retornou, nem mesmo a imprensa.

— Para cá? — perguntei, perplexa. O meu coração disparou só de pensar na possibilidade de eu estar tão próxima a ele.

— Não exatamente para cá — disse Myles, apontando para o chão. Eles haviam levado Adam para o "inferno", que era como eu gostava de me referir ao local que ficava alguns andares abaixo de nossos pés.

Há seis meses minha nova moradia ficava quatro andares acima da anterior. Percebi que quanto mais fundo íamos àquele lugar, mais perto do inferno ficávamos. Minha nova cela se assemelhava aos quartos dos militares — pelo menos foi o que Myles me disse. Tinha um banheiro com porta, vaso sanitário e pia. A água era sempre quente. Eu também tinha uma mesa com cadeira, uma cama confortável e limpa, e no lugar de uma pesada porta de metal havia uma porta comum, que muitas vezes ficava aberta.

— Eu preciso vê-lo, Myles. Preciso falar com ele.

— Você sabe como as coisas funcionam aqui. Isso não vai acontecer.

As lágrimas escorreram pelo meu rosto e meu corpo chegou a tremer.

— Acho que você precisa de um tempo para se recuperar — disse o homem, apático, revelando um olhar sem brilho. Era como se seu rosto fosse uma máscara, incapaz de transmitir emoções ou revelar o que se passava em seu interior. Myles saiu e fechou a porta atrás de si, ignorando, por completo, o meu estado.

Eu precisava me controlar, mas cheguei a pensar na possibilidade de cometer algum delito cuja punição fosse ser mandada de volta ao "inferno". Em tese, estaria mais próxima de Adam, mas existia um porém. Myles havia me contado, durante uma conversa que tivemos, que existiam vários níveis de prisões ali, diferentes "infernos", desde um resort, como era o meu caso atual, até locais de tortura que abrigavam terroristas perigosos. Para qual "inferno" me mandariam? Além disso, eu perderia as "liberdades" que possuía.

Eu ainda aguardava por um julgamento, mas pelo tratamento que eu recebia acreditava que não me consideravam mais uma presa perigosa. Já tinham arrancado de mim todas as informações de que precisavam e, se pensarmos bem, que tipo de ameaça eu poderia representar? Acredito que foi pensando dessa forma que me concederam as tais "liberdades", como, por exemplo, ter uma televisão em minha cela, pela qual eu acompanhava as notícias, inclusive aquelas que se referiam ao meu estranho desaparecimento. Eu não estava sozinha na lista, que aumentava a cada dia e que, além de mim, contava com antigos funcionários da RealOne, pesquisadores, empresários e diversos indivíduos que foram considerados suspeitos de cooperar com o bloqueio do programa e tiveram seus direitos cerceados por uma política de perseguição instaurada no país. A revista em que eu trabalhava conseguiu que um canal de notícias fixasse um painel no canto da tela de sua grade de apresentação fazendo referência ao tempo do meu desaparecimento.

Fiquei de pé e espiei pela janela da cela para ver se notava algum movimento diferente no pátio para o qual ela dava. Tudo parecia normal. Os soldados treinavam, bradando gritos de guerra enquanto corriam em grupo. Eu estava no segundo andar do prédio, minha cela anterior ficava no terceiro subsolo, e no elevador o painel mostrava mais quatro andares abaixo de onde eu ficava. Onde estaria Adam?

Saí para dar uma caminhada pelos corredores do andar, onde eu tinha permissão de ficar e que eu já conhecia em detalhes. Cada janela, cada sala, cada corredor. Secretamente, eu tinha planos de escrever um livro sobre aquela experiência, mas no fundo algo me dizia que não seria possível. Descrever a vida dentro de uma instalação militar de segurança máxima colocaria a nação em risco e eu poderia ser presa por isso.

Os dias que se seguiram foram alguns dos piores de todo o meu tempo naquele lugar. Quando não havia expectativa, a vida seguia seu caminho sem percalços. A partir do dia em que soube da chegada de Adam, passei a contar com a possibilidade de encontrá-lo, mas saber que minhas chances beiravam o impossível me dava uma angústia que estava me matando por dentro.

Eu deixava a televisão ligada na esperança de que algo acontecesse, fosse alguma informação sobre a queda do bloqueio ou mesmo sobre o retorno de Adam, que foi abafado, como se ele não existisse. Quando não assistia inerte àquele aparelho, ficava encolhida na cama, imaginando as torturas às quais ele estaria sendo submetido. Meu maior receio era que seu corpo fragilizado, após tanto tempo em um estado de hibernação, não suportasse.

Myles logo percebeu que eu não estava bem. Eu mal me alimentava, estava perdendo peso e minhas conversas com ele se transformaram em respostas monossilábicas a seus monólogos. Mesmo ele, que se esforçava tanto para parecer distante, não conseguia esconder sua preocupação.

No quinto dia após a chegada de Adam, ele apareceu em minha cela carregando uma bandeja com um pequeno bolo de chocolate com uma única vela acesa espetada em seu centro.

— Para que tudo isso? — perguntei, estranhando a cena. Nos meses em que estava ali nada sequer parecido havia ocorrido antes.

— É nossa despedida. Você vai ser libertada amanhã.

Eu passei muito tempo aguardando por aquelas palavras e agora já não sabia se era o que eu queria.

— Adam vai ser libertado também? — questionei.

Myles arqueou as sobrancelhas e me lançou um olhar desapontado.

— Adam fez um acordo de cooperação com a condição de que você fosse libertada. Ele também conseguiu convencer algumas pessoas importantes sobre a sua inocência. Pelo que eu soube, todas as acusações contra você serão retiradas — ele respondeu.

Sair daquele lugar sem Adam não era a minha intenção. Eu preferia permanecer presa e próxima dele a estar livre e longe de notícias suas.

— Eu não quero sair daqui sem ele, Myles.

— Não é uma escolha sua. Aproveite a sua liberdade, procure seu pai, retome sua profissão e... esqueça Adam.

— Se eu sair daqui vou contar sobre ele e tudo o que eu sei. Não vou deixar que Adam sofra para me libertar.

O rosto de Myles endureceu rapidamente, resgatando o soldado que eu conhecia bem. Ainda assim, ele se controlou. Respirou fundo e deixou que eu terminasse de me exaltar para depois concluir.

— Você sabe que, se fizer isso, só vai piorar as coisas, tanto para você quanto para ele. Além disso, nada mais importará.

Senti que ele me escondia algo. Por que nada mais importaria? O que pretendiam fazer? Temi por Adam, mas Myles tinha razão. Nada que eu fizesse poderia ajudá-lo, e deixar que o mundo soubesse sobre a "experiência temporal" poria em risco todo o mundo virtual. Eu estava de mãos atadas.

— Amanhã cedo você deixará as instalações. Eu te acompanharei até a saída do prédio. Depois, você será levada para a base aeronáutica, onde pegará um avião de volta aos Estados Unidos.

— Para onde me levarão?

— Pelo que soube, Nova York.

CAPÍTULO 49

Na manhã do dia seguinte, Myles foi até minha cela, como havia prometido, e me acompanhou até a saída do prédio, onde uma van me aguardava para me levar até a base aeronáutica. Depois de muito tempo, eu fazia o caminho de volta para casa. Ainda perguntei por Adam, mas ele se limitou a balançar a cabeça. Antes que eu entrasse no veículo, ele retirou um celular do bolso e me entregou.

— Você precisa avisar alguém para te buscar no aeroporto de La Guardia.

Peguei o aparelho de suas mãos e lembrei das inúmeras vezes que desejei fazer uma única ligação para meu pai; aquele tempo na prisão me fez repensar muito nossa relação. Disquei o número dele e me afastei devagar para ter um pouco de privacidade. Ele atendeu no segundo toque.

— Pai? Sou eu, Amanda.

— Meu Deus! Amanda? Onde você está? Você está bem?

— Eu estou bem, fique tranquilo. Estava detida em uma unidade militar, mas acabei de ser libertada. Estão me levando para o aeroporto de La Guardia.

— Ótimo. Preste atenção, eu não conseguirei te encontrar, mas o Thomas vai te receber.

— O Thomas?

— Sim, desde que você desapareceu nos comunicamos com frequência. Faça tudo o que Thomas te orientar, está certo? Você pode confiar nele.

Ele falava com um tom apreensivo na voz.

— Falando desse jeito eu fico preocupada. Aconteceu alguma coisa?

— Não, conversamos mais tarde. Mas é importante você ouvir o Thomas, está bem?

Aquela conversa me deixou ainda mais ansiosa. Aproximei-me de Myles e devolvi para ele seu celular.

— Acho que isso é um adeus, não é?

— Tenho certeza de que você não vai sentir saudades — ele respondeu.

Soltei uma risada.

— Nem um pouco!

Entrei no carro e sentei-me no banco de trás, com um soldado ao meu lado. Myles fechou a porta de correr do carro e se despediu com um aceno de mão. Foi a última vez que tive notícia dele. Em poucos minutos chegamos à base aeronáutica, onde uma aeronave nos aguardava. A viagem de volta pareceu bem mais rápida do que a de ida, que, para mim, pareceu demorar uma eternidade. O avião sobrevoou Nova York. Senti uma mistura de alívio e preocupação. Não tirava Adam da cabeça, imaginando se ele teria bolado algum plano para escapar daquele lugar.

A escada do avião baixou e desci dele acompanhada por dois militares. Fui encaminhada ao saguão do aeroporto. Quando olhei para trás, os homens haviam desaparecido. Eu estava, enfim, livre. Não me deixaram nenhum celular para falar com Thomas. Pensei em ligar de um telefone fixo para ele, mas no caminho ouvi-o gritar o meu nome. Corri em direção a ele e me joguei em seus braços. Meu corpo tremia sem parar.

— Thomas! Que bom te ver!

— Você não imagina como eu estou feliz. Temos muito para conversar, mas precisamos sair daqui agora — ele falou baixinho, olhando para os lados. Nós nos dirigíamos até a saída do aeroporto, quando ele me segurou de leve pelo braço.

— Vamos pegar um táxi até Teterboro.

— Não vamos para o meu estúdio? — perguntei. Thomas acenou em negativa.

— Precisamos pegar o avião de Adam.

— Para onde vamos?

— Para Nebraska.

— Nebraska? Você está louco? O que nós vamos fazer em Nebraska?

Thomas parou por um segundo e voltou-se para mim.

— Você precisa confiar em mim. Não posso te explicar agora, mas conversamos durante o voo.

Lembrei-me de meu pai dizendo que eu devia confiar em Thomas. Com certeza, ele sabia de algo importante. O engenheiro ficou calado durante todo o trajeto até o aeroporto, o que me deixou ainda mais ansiosa. Ao chegarmos, atravessamos uma entrada para os hangares, após nos apresentarmos. Quando nos aproximamos do avião, o piloto e Suzan nos aguardavam do lado de fora. Entramos rapidamente.

— Eu precisava pegar algumas coisas em meu estúdio — argumentei. — Não tenho roupa, nada. Não posso viajar assim...

— Para onde vamos você não vai precisar de nada disso. Confie em mim.

Não me restava outra alternativa. O avião taxiou na pista e em poucos minutos eu sobrevoava de novo Nova York.

— Agora você precisa me dizer o que está acontecendo! — intimei Thomas, que estava sentado em uma poltrona de frente para mim.

— O bloqueio do RealOne caiu nesta manhã. Não se fala de outra coisa.

Thomas pegou seu celular e acessou um canal de notícias. Falavam sobre a queda do bloqueio e que algumas pessoas retornavam do RealOne enquanto outras ingressavam no programa. Ele virou a tela para mim, para que eu pudesse ver.

— Te trouxe para cá porque precisamos ingressar no RealOne.

— E não poderíamos fazer isso em meu estúdio? Para que viajar até Nebraska?

— Porque seu estúdio não é mais seguro. Muitas coisas aconteceram, Amanda. O Nostradamus antecipou as previsões do fim do mundo. Não há mais nada que possamos fazer.

Aquela notícia me pegou desprevenida. Foi um choque. Nos últimos meses, eu parecia caminhar em um campo aberto de guerra, onde tudo o que eu fazia era me desviar de projéteis que vinham em minha direção. Mal escapava de um e já tinha que me contorcer toda para não ser alvejada por outro, mas a notícia de Thomas teve o efeito devastador de uma bomba caindo sobre mim. Não havia mais para onde fugir ou do que desviar. Olhei pela janela do avião observando a cidade, que aos poucos ficava para trás. Lembrei-me dos filmes apocalípticos com prédios em ruínas e a selva invadindo o que havia sobrado da humanidade. Será que era esse o futuro que nos aguardava?

— Se ao menos os projetos tivessem dado certo... — completou Thomas baixinho, como se falasse consigo mesmo.

— Que projetos são esses, Thomas? Do que você está falando?

— Esse bloqueio foi promovido por Harold e um grupo de cientistas. Eles queriam usar a "experiência temporal" para ter mais tempo para desenvolver projetos que ajudariam a evitar o fim do mundo.

— Harold estava envolvido o tempo todo? Que desgraçado mentiroso!

— Também fiquei assim da primeira vez que soube, mas acabei me aproximando dele. Ele é do bem, Amanda.

Era muita informação para absorver de uma vez só.

— E o que você pretende fazer? Quais são seus planos? — perguntei.

— Montamos uma base em Nebraska, onde poderemos ingressar no RealOne. Lá estaremos seguros. Mesmo que uma guerra nuclear se inicie, dificilmente nos alcançará.

— O plano, então, é abandonar o nosso mundo e se esconder no RealOne, é isso?

— Você prefere viver em um mundo pós-apocalíptico?

A imagem da cidade destruída surgiu de novo em minha mente.

— Não.

— Então não temos escolha. Podemos viver muitos anos no RealOne, ainda mais se contarmos com o fato de estarmos em outra "experiência temporal".

— E Adam?

— Temos um plano em andamento para tirá-lo de lá. Esperamos

que dê certo. De qualquer maneira, ele me deixou incumbido de te convencer a ingressar.

— Mas estaremos seguros no RealOne agora que o bloqueio acabou? Os próprios militares não poderão ingressar nele para sabotá-lo?

Thomas apertou os lábios.

— A queda do bloqueio é provisória. Se ingressarmos será uma viagem somente de ida... Ficaremos isolados para sempre do mundo real.

A imagem de ficar presa dentro de um programa de computador me tirou o ar. Sem querer, imaginei-me enclausurada, como Houdini, tentando escapar de correntes debaixo d'água.

— Não tenho a intenção de morar para sempre no RealOne.

— Só existem dois caminhos: ficar e assistir ao fim do mundo ou ingressar e viver muitos anos em outra realidade. Não existe uma terceira opção.

O avião deu uma sacudida e depois uma estranha calmaria tomou conta do ambiente. Olhei de volta para Thomas.

— E meu pai? — perguntei, como se não me importasse muito.

— Seu pai deve estar indo para um lugar seguro para se conectar neste exato momento.

Depois que falou, Thomas me observou em silêncio.

— Você já conseguiu perdoá-lo?

Eu balancei de leve a cabeça.

— Não sei te responder...

— Sabe, Amanda... Fiquei muito próximo dele nesse período. Seu pai não teve responsabilidade alguma na morte de sua mãe. Ele fez todo o possível. Ela optou por não seguir com o tratamento experimental oferecido porque exigiria uma mudança para outro estado e ela não desejava se distanciar de você. Sua mãe pediu que ele guardasse esse segredo para evitar que você se sentisse culpada...

CAPÍTULO 50

O AVIÃO POUSOU no que parecia ser uma pista de uma fazenda, isolada de tudo. No final da cabeceira havia uma espécie de galpão, para onde a aeronave se dirigiu devagar. Quando paramos, Thomas voltou a ficar agitado.

— Vamos! Precisamos correr!

— O mundo não vai acabar hoje, Thomas. Por que essa pressa toda?

Ele voltou a me mostrar a tela de seu celular, com imagens dos militares se aglomerando ao redor do prédio do RealOne em Manhattan. Fiquei ainda mais confusa.

— Mas se o exército pretende invadir a sede do RealOne, poderão destruir os servidores e o programa não vai mais existir... Ingressar agora é suicídio!

— Isso é o que eles imaginam. Eu não iria nos expor a uma situação dessas, não acha? Vem, me acompanha.

Eu já não sabia de mais nada e Thomas não ajudava muito com explicações. Tive que confiar nele. Corremos pela pista em direção ao galpão, seguidos por Suzan e o piloto do avião. Quando entramos nele, Thomas correu para uma pesada porta de ferro, que levava para uma escada que descia alguns andares. De fora não dava para ter uma dimensão real do lugar. Após descermos uns cinco lances, atravessamos outra porta de segurança, que Thomas trancou ao passar. Depois dela, um corredor no subterrâneo levava a uma série de salas, cada qual com quatro câmeras de hibernação e alguns equipamentos que eu não sabia para que serviam. Thomas apontou para uma delas, deixando que eu entrasse na sua frente. Suzan e o piloto seguiram para outra mais adiante. Dentro da sala, duas câmeras de hibernação encontravam-se abertas. As outras duas pareciam ocupadas, mas não era possível ver ninguém dentro delas porque um vidro escuro impedia.

— Quem são essas pessoas?

— Construímos alguns lugares como este ao redor do país. Outras pessoas fizeram o mesmo em outros países. São pessoas que se candidataram para ingressar, como seu pai, eu e você.

Olhar para aquela cena me deu medo. Parecia um filme de ficção científica em que eu seria congelada e acordaria séculos mais tarde.

— Não sei se tenho coragem, Thomas.

Ele me abraçou por um instante e depois me olhou de um jeito que só ele sabia.

— Você já passou por coisas piores — ele comentou, dando um sorriso. A expressão dele serviu para me acalmar. O que poderia ser pior do que ficar presa em Laguna Negra? Respirei fundo e subi um pequeno degrau, colocando as minhas pernas para dentro daquele cubículo, como se entrasse em um caiaque. Thomas me ajudou. Quando eu terminei de me acomodar, ele se aproximou de mim, posicionou o meio-arco em minha cabeça e me deu um beijo em cada olho.

— Bons sonhos!

Assim que terminou de falar, uma porta se fechou sobre mim. Foi uma sensação horrível. Meu coração disparou e minha vontade era sair correndo dali, mas não demorou mais do que um minuto para a luz do túnel de entrada surgir a minha frente. Eu sabia que nunca mais veria o mundo real de novo.

PARTE QUATRO

Novo mundo

CAPÍTULO 51

Amanda Buckland

À MEDIDA QUE MINHA VISÃO RETORNAVA, minha mente se impregnava por um rebuliço que me deixou atordoada por um momento. Não sabia onde estava. Dadas as suas dimensões, lembrava um hangar. Pessoas apareciam do nada ao meu lado a todo o momento e olhavam embasbacadas ao redor ainda mais baratinadas do que eu. Senti um toque em meu braço, virei-me, era Thomas.

— Precisamos sair daqui.

— O que está acontecendo?

Ele me puxou em direção ao que parecia ser a saída do local.

— Todas as pessoas que estão ingressando no RealOne foram direcionadas para cá.

Acelerei o passo para acompanhar Thomas me desviando de pessoas que desequilibravam e caíam quando tentavam caminhar e outras que gritavam buscando por parentes ou amigos. Era um cenário de guerra.

— Onde estamos? — perguntei, já quase correndo.

— Não sei. Tentei me localizar pelo sistema, mas nada está funcionando. Acho que o programa está sobrecarregado.

— Não tem como você saber se Adam e meu pai ingressaram? Se todos foram encaminhados para cá, eles devem estar por perto.

— Não dá para tentar encontrá-los no meio dessa multidão, mas não se preocupe que tudo deve se normalizar em breve.

Não valia a pena discutir com Thomas naquelas circunstâncias, mas pedir para não me preocupar era como tentar apagar um incêndio com gasolina. Atravessamos um grupo que se esforçava para colocar ordem no caos e demos de frente com um grande portão, por onde entrava a luz do sol vinda de fora. Thomas acelerou ainda mais o passo.

— Estamos quase lá. Vamos!

Atravessamos a entrada que dava para uma rua comum. Estávamos em um hangar afastado de tudo. Não se via nada no horizonte. A impressão que passava era a de ser um cenário ainda inacabado, que fora adaptado para receber aquelas pessoas.

— Melhor esperarmos as coisas se normalizarem para procurarmos Adam e meu pai, não é?

— Não sei te dizer, Amanda. As coisas estão muito confusas. Acho que o sistema não está suportando tanta sobrecarga. São muitas pessoas ingressando ao mesmo tempo, quase todos novos usuários.

— Você acha que o programa corre algum risco de cair?

— Não sei — ele respondeu, olhando ao redor e buscando alguma solução.

— Não seria melhor sairmos daqui?

— Nem se quiséssemos conseguiríamos. Nada está funcionando, nem transporte, nem outra coisa qualquer.

Algumas pessoas começavam a sair do hangar ainda desorientadas. Às vezes, éramos abordados por alguém pedindo ajuda. Respondíamos sempre o mesmo, que não sabíamos de nada. Thomas pediu para que eu o acompanhasse por um caminho lateral ao edifício, para nos afastarmos um pouco da confusão que se formava. Sentamo-nos em um gramado.

Permanecemos naquele local por muito tempo, em silêncio e com medo. Não havia nada que pudéssemos fazer, senão esperar, e isso assustava. Nunca vi Thomas tão preocupado. Sabia que ele evitava falar para não me impressionar ainda mais.

Um grito surgiu no meio da multidão. Um homem caiu ao chão e, como por instinto, Thomas segurou meu braço. Logo em seguida, uma mulher também caiu, e outra depois dela.

— O que está acontecendo? — perguntei assustada.

— Não sei — respondeu Thomas com o olhar vidrado na multidão.

Algumas pessoas correram dali sem direção, assustadas com a situação. O fenômeno alcançou algumas delas, que corriam em plena fuga. Eu fiquei desesperada.

— Thomas, eu estou com medo!

Ele se levantou e estendeu a mão para me ajudar a levantar também.

— Vamos sair daqui!

Corremos na direção contrária ao evento, para um local descampado e deserto. Nunca imaginei que pudesse correr tão rápido. Meu coração parecia querer sair pela boca quando minha visão passou a ficar embaçada. Diminuí o passo, acompanhada por Thomas que, pela reação, demonstrava sentir o mesmo. Uma sensação de desmaio tomou conta do meu corpo e caí sobre meus joelhos ouvindo ao longe Thomas chamar meu nome.

— Amanda! Amanda!

CAPÍTULO 52

Permaneci imóvel. Eu estava em uma cama confortável, deitada de costas, isso eu sabia. Mexi os dedos dos pés e os dedos das mãos, e mesmo sem ter qualquer lembrança, tinha uma sensação de que aquele estado era transitório e que tudo voltaria ao normal em pouco tempo. Não foi tão rápido assim. Levantei-me e sentei-me na beirada da cama. *Onde estou?* Na minha frente, um espelho refletia minha imagem. Era como se eu olhasse para outra pessoa, como um animal que não identifica sua própria imagem espelhada. Quando levantei para me dirigir até a porta, fiquei tonta e me apoiei em uma das paredes para não cair. Nesse momento, minha mente foi invadida por memórias de todo meu passado de uma só vez. Estava no quarto de Adam, na casa de Springs. *Como era possível?* A última recordação que eu tinha era a de estar em uma espécie de hangar no RealOne. Olhei ao redor. Algo estava diferente. A praia que eu enxergava através da janela do quarto não era a praia de Springs. Era uma sensação estranha.

Desci a escada e me deparei com a mesma sala da casa de Springs. A casa era a mesma, mas não estávamos nos Hamptons. Atravessei a porta que dava para o jardim da piscina e caminhei até a praia, que parecia uma extensão de um cenário tropical. A areia era a mais branca que eu já tinha visto e os tons do mar eram mais profundos do que os do mar de Springs. A vegetação também era diferente, com plantas tropicais como coqueiros, que se inclinavam sobre a areia à beira-mar. Fiquei confusa. Onde eu estava?

Olhei para os dois lados procurando por alguém, mas o lugar estava deserto. Tive a ideia de acionar o comando de pesquisa do RealOne para saber se estava no mundo virtual. Quando pensei nas palavras

"Ok Meta", o menu surgiu em minha mente. Estava mesmo no mundo virtual. O mais provável era que Adam tivesse construído uma casa idêntica à casa de Springs em algum outro local, mas onde ele estaria? Teria conseguido ingressar? E Thomas? Ele estava ao meu lado no momento em que desmaiei naquele cenário de guerra.

Sentei-me na areia e acessei o menu de pesquisa. Sabia que, por intermédio dele, conseguia localizar qualquer pessoa no RealOne, mas minhas habilidades com aquela tecnologia não iam muito além de escolher roupas e saber sobre lugares, afinal, nunca precisei mais do que isso no tempo que passei com Adam.

O menu parecia ainda mais complexo do que eu imaginava. Passei um tempo procurando por alguma informação útil entre as muitas possibilidades até que desisti. Levantei-me. Quando me voltei para retornar à casa, enxerguei ao longe uma silhueta que eu nunca deixei morrer em minhas lembranças. Era Adam. Corremos um em direção ao outro e quando nos encontramos no meio da areia ele me deu um abraço me tirando do chão, e antes mesmo que pudesse dizer uma palavra, entreguei-me em um beijo... E foi quando eu notei que algo havia mudado.

A mulher tem sentidos que o homem desconhece por completo. O beijo de Adam era apaixonado, mas, de uma forma sutil, esbarrava em um obstáculo que o impedia de ser pleno: a culpa que ele carregava. Não comentei nada. Quando nos desvencilhamos por um momento, percebi que ele estava diferente. Não sei por que, no tempo que passei naquela prisão eu romanceei que Adam me esperaria. Como poderia? Não dava para ignorar que eu o havia visto pela última vez há alguns meses, mas paradoxalmente, ele havia me visto pela última vez há muitos e muitos anos. Seria ingenuidade de minha parte esperar que ele ainda me amasse da mesma maneira que eu o amava.

Adam não percebeu nada e eu precisava entender melhor a situação antes de julgá-lo. Esforcei-me para transformar aquele momento em um reencontro dos sonhos.

— Você conseguiu! — eu disse. — Tive medo de que você não conseguisse escapar daquela prisão.

— Para falar a verdade, eu também — respondeu sorrindo.

— Como você conseguiu? — perguntei.

Adam segurou minha mão e caminhamos de volta à casa enquanto ele falava.

— Nem todos os militares apoiam o que está sendo feito. Conseguimos alguns aliados. Um deles foi me buscar em minha cela para que eu fosse interrogado em outro lugar, mas, ao invés disso, me levou para uma sala onde estava o equipamento que retiraram de Springs. Acabei ingressando por lá, com a ajuda desse militar.

— E o que farão com o seu corpo? Você pode ser executado a qualquer momento...

— Era um risco que eu precisava correr. Não havia outra alternativa. Além disso, eu valho mais em coma do que morto, afinal, estando em coma ainda posso regressar a qualquer momento.

Recordei-me das palavras de ameaça do mensageiro e da mulher. Eles eram imprevisíveis e eu não compartilhava da mesma tranquilidade de Adam quanto à sua integridade. Apesar disso, nada adiantava levantar essa preocupação agora, isso só iria deixá-lo preocupado sem necessidade. Quando nos aproximamos da casa, fiquei curiosa.

— Você construiu uma casa igual à de Springs, mas o lugar é outro. Onde estamos?

— Em Amanda.

Achei estranho.

— Amanda? É alguma praia?

— É uma cidade que criei em sua homenagem — respondeu ele. — Construí também uma cópia fiel da casa de Springs.

Que homem construiria uma cidade em homenagem a uma mulher se não a amasse? Será que eu estava sendo enganada pelos meus sentidos?

— Temos muito o que conversar — ele disse. Caminhamos até a piscina e, de lá, pegamos a trilha na mata que dava para a clareira com o fogo de chão. Nós nos sentamos um ao lado do outro. Eu não conseguia tirar os olhos de Adam; era como se tivéssemos voltado àqueles dias que passamos juntos em East Hampton. Eu tinha tantas dúvidas que não sabia nem por onde começar, mas o que mais importava naquele momento era saber se meu pai havia ingressado. Antes que eu tivesse tempo de perguntar, Adam se antecipou.

— Seu pai ingressou — disse ele. — Acabei de checar.

Abracei Adam e fechei os olhos, deixando meu corpo relaxar em seus braços. Era como se tivesse vivido um pesadelo que agora chegava ao fim.

— Onde ele está? — perguntei.

— Ele e todos os recém-ingressados foram levados a um centro de recepção. O sistema estava sobrecarregado...

— Eu ingressei nesse lugar também. Estava com Thomas, mas aí desmaiei e apareci aqui. O que aconteceu?

— Os servidores sofreram um atentado e foram destruídos pelo exército americano.

As palavras de Adam não faziam sentido.

— Eu sempre soube que morreríamos se os servidores fossem destruídos, afinal, nossos corpos estão ligados a eles, não estão?

— Você tem razão — respondeu Adam. — Mas há muito tempo imaginávamos que isso poderia acontecer. Por esse motivo, construímos servidores *backup*, que seriam acionados na eventualidade dos servidores principais serem desligados ou atacados, e foi o que aconteceu. Tão logo os servidores do edifício de Manhattan foram destruídos, todo o programa passou a ser rodado em outro servidor. Por isso aquela sensação de desmaio e ter despertado em outro lugar sem se recordar de nada. Era o programa que estava sendo reinicializado.

— Vocês tinham um sistema *backup*? Desde quando?

— Praticamente desde o início do RealOne. Não podíamos arriscar todo esse projeto deixando todos os servidores no mesmo lugar. Eles poderiam sofrer atentados, como sofreram. Espalhamos alguns deles em locais estratégicos ao redor do mundo.

— Mas se os servidores do edifício de Manhattan foram destruídos, quais garantias vocês têm de que os outros também não sofrerão o mesmo destino?

— Não é tão simples assim. Primeiro, porque eles estão em diferentes países. Os governos da maioria desses países não apoiariam uma medida tão radical como a adotada pelo exército americano. E construímos algumas centrais para abrigar esses servidores. É quase impossível conseguirem acabar com todas elas. Estamos seguros aqui, pode acreditar.

Eu permaneci em silêncio tentando compreender a dimensão daquilo tudo.

— Mas não vamos falar sobre isso agora — ele disse, tentando quebrar um pouco o clima. — Vamos esperar pelos outros.

— Outros? Quem mais ingressou?

Adam sorriu.

— Muita gente ingressou — respondeu ele —, inclusive Joana.

— Até a Joana? — indaguei, soltando uma risada e cobrindo a boca.

— Mal posso esperar para encontrá-la. Foi Thomas quem convenceu a ela e ao seu pai.

— Quanta coisa aconteceu, meu Deus!

Uma lembrança de todo o tempo que passei na prisão sem conseguir ajudar ninguém me veio à mente.

— Fiquei tanto tempo presa...

— Sua ajuda foi fundamental para estarmos aqui agora — disse Adam, percebendo a frustração em minha voz. — Especialmente aquele dia em que você esteve no túnel e pediu que me informassem o endereço de Thomas para fazermos contato com ele — completou, já que eu estava visivelmente confusa.

— Thomas me falou a mesma coisa. Mas quase não consegui conversar com ele. Foi tudo muito rápido. E depois ingressamos em um hangar cercado de pessoas perdidas como nós. Foi tudo muito estranho...

— Eu sei... Thomas está bem. Mais tarde nos encontraremos todos para conversar. Harold também virá.

— Conversei com Harold muito rapidamente enquanto eu e Thomas investigávamos o bloqueio. Thomas me disse que ele está envolvido com isso tudo...

Adam assentiu.

— Harold foi mais importante do que você imagina.

— Às vezes parece que não estamos falando da mesma pessoa — retruquei, negando-me a acreditar que ele se referia ao professor.

Adam sorriu, balançando a cabeça.

— Você vai conhecê-lo melhor em breve. Enquanto isso, vamos falar de outras coisas — ele propôs. — Tenho tanto para te contar...

Adam passou a me relatar todos os acontecimentos, desde o dia da festa de inauguração. A surpresa do bloqueio, o que sentiu quando percebeu que eu não havia ingressado, o subsolo para onde ele foi levado, Gregory e os cientistas. Contou sobre Christopher e o lugar criado por ele: *Exodus*. Depois me contou como foi a reação das pessoas e a retomada da vida, as melhorias nas cidades, a mudança dos hábitos. Ele falava muito de Paris. Contou-me de Bernard e da enorme ajuda no aprimoramento do programa que ele deu. Disse que havia aprendido a cozinhar com o *chef*. Eu não quis interromper e atrapalhar. Ele descreveu sua vida com tamanha empolgação que senti uma enorme frustração por não estar ao seu lado, mas não me falou de ninguém em especial. Seria possível ele ter vivido tantos anos, realizado tantas coisas e não ter se apaixonado?

— Você conheceu alguém?

Meu coração disparou dentro do peito. Eu quase sabia a resposta, mas guardava uma pequena esperança, que morreu no momento seguinte, com o olhar que ele me devolveu.

— Sim.

As lágrimas desceram pela minha face sem que eu me desse conta. Um buraco se abriu em meu peito e a dor foi tão intensa que me segurei para não me inclinar sobre meus joelhos. Adam percebeu.

— Você está bem, Amanda? — ele perguntou, preocupado comigo.

Respirei fundo procurando me acalmar.

— Sim, estou.

Depois de uma pausa quis saber mais, mesmo imaginando o quanto aquilo iria me machucar.

— Quem é ela? Você a ama?

Adam fitou o chão para evitar me encarar.

— Ela se chama Émie. É a filha de Bernard. Morávamos juntos em Paris. Nos separamos quando eu decidi que iria retornar para ajudar a te libertar.

O olhar dele se entristeceu. Meus sentimentos ficaram confusos naquele instante. Não tinha como não ser grata a ele por ter regressado, mas experimentava uma mistura de ciúmes e raiva por outra pessoa ter vivido tantos anos ao seu lado.

— Obrigado por você ter retornado...

Adam apertou os lábios e acenou com a cabeça.

— Você ama essa mulher?

Ele demorou um pouco para responder.

— Sim.

Assim que soube que os travamentos da "experiência temporal" tinham caído, passei a fazer exercícios mentais em que me forçava a imaginar que Adam havia refeito a sua vida. Tentava me acostumar com a ideia de perdê-lo, já que achava difícil ele não conhecer outra pessoa após tantos anos longe de mim. Agora, a dor causada por aquelas palavras me levavam a crer que todo aquele esforço havia sido em vão.

Enquanto ainda tentava me recompor, Adam girou seu rosto em minha direção e me encarou.

— Você pode não acreditar, mas eu nunca deixei de te amar.

Adam tentava me convencer de que amava nós duas ao mesmo tempo?! Me senti ultrajada. Eu não esperava aquilo dele.

— Você tem razão... Não dá para acreditar.

Ele balançou a cabeça e me lançou um olhar decepcionado.

— Eu compreendo. Eu também não acreditaria.

Eu precisava ser forte. Levantei-me e bati a mão em minha roupa para tirar o pouco de areia que havia se acumulado nela. Depois, postei-me em frente a Adam.

— Vamos entrar?

Ele fechou os olhos, fazendo com que uma lágrima escorresse, e assentiu de leve com a cabeça. Logo em seguida, levantou-se para me acompanhar. Meu coração estava destroçado.

CAPÍTULO 53

UM DIA APÓS A DESTRUIÇÃO DOS SERVIDORES

Após decidirmos ficar em casa, Adam sugeriu preparar um jantar para os amigos que chegariam mais tarde. O primeiro convidado chegou e bateu à porta. Acompanhei Adam para recebê-lo. O hall não era grande, então fiquei atrás dele aguardando a minha vez. Era Thomas. Quando se viram, deram um abraço apertado, como se estivessem distantes há anos — e para eles, de fato, era assim. Trocaram tapas tão fortes nas costas que parecia que um deles desmontaria a qualquer momento. Depois de se cumprimentarem, Thomas se virou para mim e me abraçou, levantando-me do chão.

— Nós conseguimos! — exclamou ele. — Nós conseguimos!

— Temos muito para conversar — repliquei, sorrindo.

Acomodamo-nos na sala e Adam preparou um drinque para nós. Logo depois, ouvimos outra pessoa na porta. Era Harold. Adam o recebeu com um abraço caloroso, como se fossem amigos há anos. Assim que Harold me viu, abriu um sorriso e estendeu a mão para me cumprimentar

— Agora posso te cumprimentar decentemente — disse ele, apertando a minha mão e balançando com força.

Deixei escapar um comentário ácido:

— Achei que você não pudesse ingressar...

Ele parou por um momento, observando-me em silêncio.

— Mas agora estou aqui e é isso que importa, não é?

Assim que me cumprimentou, Harold entrou e se dirigiu a Thomas e também o abraçou.

— Deu certo, Thomas. Conseguimos!

A noite se estendeu com outras surpresas. A próxima a chegar foi Joana. Ela não aguentou de emoção quando viu Adam e saltou em seu pescoço, apoiada nas pontas dos pés. Logo depois foi minha vez de abraçá-la forte.

— Não acredito que você entrou naquela geringonça — brinquei.

— Culpa do Thomas — disse ela. — Eu não queria mesmo, Deus é minha testemunha, mas ele me convenceu.

Quando as palavras de Joana alcançaram meus ouvidos, meu olhar rapidamente se voltou para Thomas, que exibia um sorriso orgulhoso. Só faltava meu pai para completar aquele momento tão especial. Minha boca seca mal permitia que eu me comunicasse com os outros devido à ansiedade que me consumia. E então, pouco tempo depois, alguém bateu à porta. Com um impulso, corri à frente de Adam para abrir e me deparei com ele. Lembrei-me de cada palavra que Thomas havia compartilhado comigo durante o voo. Havia ainda muitas questões a serem esclarecidas entre nós, mas, após tanto tempo, um sentimento de reencontro invadiu meu ser. Ficamos imóveis por alguns preciosos segundos, nossos olhos se encontrando, tentando eternizar aquele momento. E então, num gesto impulsivo, envolvi-o em um abraço, inundada por uma mistura de saudade e alívio. A única coisa que eu conseguia fazer era expressar minha gratidão.

— Obrigada, obrigada...

— Eu sabia que te veria de novo — ele disse. — Agora estou aqui e não vamos mais nos separar.

É interessante observar quantos céus e infernos habitam entre a claridade da manhã e a escuridão da noite. Saber que todos nós éramos sobreviventes e, ainda assim, ter as pessoas mais importantes da minha vida ao meu lado transformou aquele jantar em um momento inesquecível. Como imaginar que apenas algumas horas antes eu sofrera a maior decepção amorosa da minha vida?

Adam preparou os pratos mais espetaculares que eu já havia experimentado até então. Depois de tanto sofrimento, restou-me relaxar e aproveitar aquele momento. Quem não pareceu muito satisfeita foi Joana. Ela demonstrou ciúmes, sem entender como aquilo era possível.

— Eu não sei onde o senhor aprendeu isso tudo, Sr. Goodwin.

— Joana, eu não sou mais o Sr. Goodwin, sou o Adam — retrucou ele. — E eu aprendi com um amigo *chef*. O nome dele é Bernard.

Joana estava descontente porque Adam não queria que ela trabalhasse mais na casa e achava que ele não se importava mais com ela. Notei que Joana estava um pouco mais calada do que o normal e suspeitei que talvez ainda estivesse pensando nisso.

— O que foi, Joana? Não está feliz de estar aqui? — perguntei.

Ela assentiu. Depois, criou coragem para perguntar algo que a incomodava.

— É verdade que não podemos mais retornar?

Todos se entreolharam. Percebi que somente ela não havia entendido ainda as implicações de estar ali naquele momento.

— É verdade, Joana — respondeu Adam.

— Minha filha vai ficar preocupada comigo. Não tem como o senhor trazê-la para cá, Sr. Goodwin?

Adam ficou cabisbaixo e balançou a cabeça de um lado ao outro, solidarizando-se com ela em silêncio. Como dizer para aquela mulher que sua filha estava condenada a assistir ao fim do mundo e que não havia nada a se fazer? Será que ela teria feito a escolha de ingressar se de fato compreendesse as consequências? Eu nunca mais esqueci as palavras sussurradas por Joana e ela nunca mais se esqueceu aquela noite e da tristeza que passou a carregar desde então.

O jantar se estendeu por várias horas. Adam pediu que Joana ficasse na casa o tempo que desejasse, tempo esse que se estendeu muito. A felicidade dela era estar ali cercada por todos. Ofereceu também a casa ao meu pai, para que se hospedasse quanto tempo achasse necessário.

Meu pai foi logo deixando claro que era provisório. Já havia se habituado a viver sozinho desde a morte da minha mãe. Assim que os dois se recolheram aos seus respectivos quartos, Thomas, Harold, Adam e eu fomos até a beira da piscina, carregando algumas garrafas de vinho. A noite estava especialmente bonita. Ajeitamos as cadeiras em uma roda, de forma a podermos conversar melhor. Fui a primeira a quebrar o silêncio.

— Acho que temos muito para conversar — falei.

Os homens se entreolharam.

— Eu sei que você está confusa — comentou Adam. — São muitas informações mesmo.

Thomas, Harold e Adam passaram algumas horas me atualizando sobre tudo. Contaram-me sobre o retorno de Zeynep, como ele havia antecipado o final do mundo e do porquê de estarmos todos ali, isolados em definitivo do mundo real. Quando Harold começou a falar, fez uma revelação surpreendente, ao explicar como havia tomado ciência do RealOne e da "experiência temporal":

— Eu recebi um e-mail com informações sobre o RealOne e sobre a "experiência temporal" — ele confidenciou.

Thomas reagiu com uma careta.

— Você não está falando sério, está? Quem te enviou esse e-mail?

— Isso que é o pior... Eu não sei — respondeu Harold. — Era um e-mail anônimo.

— Anônimo?! Como você acreditou em um e-mail anônimo? Eu nem abro esses e-mails... — continuou o engenheiro inconformado.

— Sei que parece estranho, mas ele já fazia referência ao Nostradamus no próprio título. E quando abri, falava sobre o projeto do supercomputador e suas previsões. Fui surpreendido! Como alguém poderia saber sobre ele? Era um projeto secreto! Mas ia além, falava sobre o RealOne, sobre a "experiência temporal". Citava até o nome de um engenheiro que eu precisava procurar: Peter Lynch.

— Você não sabe quem te enviou esse e-mail? — perguntou Adam.

— Eu tentei descobrir de todas as formas que você pode imaginar.

Eu nunca descobri. Só sei que era alguém que conhecia bastante sobre o RealOne.

— Será que não pode ter sido o próprio engenheiro, o Peter? — perguntei.

— Não posso descartar essa possibilidade, mas, se foi ele, é um grande ator, porque ficou muito surpreso quando foi abordado.

— Que coisa estranha... — comentei.

Thomas e Adam pareciam ter a mesma impressão. Harold se limitou a espalmar as mãos à frente do corpo. Eu já não pensava mais direito. Minha mente parecia sobrecarregada de informações. Tinha sido um dia exaustivo e eu sentia que precisava descansar. Na verdade, todos nós precisávamos.

Apesar de Adam já ter oferecido sua casa para meu pai ficar alguns dias, eu não me sentia confortável em me hospedar lá. Estava esperando uma oportunidade para abordar Thomas e pedir para ficar com ele por um tempo até que encontrasse outro lugar para morar. Quando ele se levantou para ir à cozinha para buscar mais bebidas, decidi segui-lo. Foi quando ele falou comigo em um sussurro.

— Você e Adam não estão bem, não é? Eu percebi...

Assenti.

— Ele me contou sobre seu antigo relacionamento. Era isso que eu queria conversar com você. Não posso ficar aqui. Queria ficar uns dias na sua casa até encontrar outro lugar para ficar.

Quando entramos na cozinha, Thomas sentou-se em uma das cadeiras altas e pediu que eu fizesse o mesmo.

— Você pode ficar comigo quanto tempo quiser, mas você precisa saber de algumas coisas antes...

Olhei para ele com estranhamento.

— Adam nunca deixou de te amar. Nem por um segundo.

— Você também, Thomas? — disse, indignada, como se ele estivesse somente defendendo o amigo.

— Amanda, eu troquei muitas mensagens com Adam. Para mim foram meses, para ele, anos, mas ele nunca deixou de se preocupar com você. Ele queria te tirar da prisão de qualquer maneira. Ficava inconformado. Teve inúmeras brigas com sua antiga mulher por esse motivo. Ele confessou que ainda te amava muitas vezes.

— Ele te disse isso?

— Sim, muitas vezes.

— Se ele me ama como você diz, não conseguiria ter se envolvido e amado outra mulher e ele me confessou isso.

Thomas ainda tentou argumentar, mas aquele não era o momento nem o lugar para eu pensar no que ele me dizia.

— Eu sei que você quer o meu bem, Thomas. E o de Adam também, mas eu preciso de tempo...

— Eu entendo. Mas só quero que você pense a respeito e te peço um outro favor...

Ele brincou comigo, lançando-me um olhar suplicante e juntando as palmas das mãos.

— Não vá embora hoje. Amanhã você decide o que fazer, está bem? Se você quiser poderá ficar na minha casa.

Com um sorriso, eu me aproximei de Thomas e dei um beijo em seu rosto, agradecida por sua amizade e seu companheirismo.

— Está bem, obrigada.

CAPÍTULO 54

DOIS DIAS APÓS A DESTRUIÇÃO DOS SERVIDORES

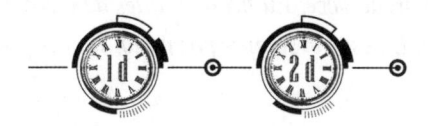

No dia seguinte, acordei e me demorei um pouco para me ambientar. Olhei ao redor e reconheci o quarto de hóspedes da casa de Adam. O sol trilhava frestas através de uma cortina e iluminava parte do quarto. Sentei-me na beirada da cama, ainda de ressaca pela noite anterior. Fomos nos deitar tarde quando já quase amanhecia. Ouvi barulhos na cozinha. A memória de Joana cozinhando fez com que eu me aprontasse rápido e descesse. O cheiro inconfundível de seu café da manhã me alcançou já na escada. Por mais que Adam dissesse que não queria mais que ela trabalhasse na casa, lá estava a mulher fazendo o que mais dava prazer a ela, agradar aos outros.

— Dormiu bem, Srta. Buckland?

Cruzei os braços parada na entrada na cozinha e mostrei uma expressão desaprovadora.

— Amanda! Eu disse Amanda! — Joana respondeu achando graça.

Sentei-me na cadeira da bancada.

— Alguém já acordou? — perguntei de maneira casual, embora eu estivesse ansiosa para saber se Adam já estava acordado. Joana virou-se para mim com um olhar desapontado.

— O Sr. Goodwin saiu mais cedo. Acho que ele não volta mais. — Joana caminhou na minha direção e me estendeu uma carta escrita por Adam.

— Ele deixou esta carta sobre a bancada... Eu sinto muito — ela lamentou.

"Amanda,

Eu sei que você já deve estar cogitando possibilidades de se mudar, no entanto, gostaria de pedir que reconsiderasse e permanecesse na casa. Quando a concebi, juntamente à cidade, nunca passou pela minha cabeça a ideia de que outra pessoa pudesse morar nela além de você. Eu acordei antes de todos e já retornei para meu apartamento em Paris. Eu estarei sempre por perto, se você precisar de mim.

Adam".

Não foi fácil encarar a carta de Adam. Embora soubesse que ele estava certo, a ideia de nos separarmos de vez pesou muito em mim. No final, acabei concordando em ficar na casa para fazer companhia para Joana e meu pai.

Logo depois de ler a carta, caminhei por alguns dos cômodos da casa, recordando de Springs. Não demorou para eu me sentir sufocada. Eu precisava sair. Não estava com cabeça para escolher algum lugar, então decidi explorar a cidade de Amanda. Preferi enfrentar a possibilidade de contemplar Adam em cada esquina projetada por ele a enxergá-lo em cada canto daquele ambiente, o que estava me deixando louca.

———

Se eu soubesse como projetar uma cidade, ela seria exatamente como Amanda. Um lugar de praia com um dos litorais mais exóticos que já vira. O centro histórico era um verdadeiro festival de cores e movimentos, com o aroma do mar se espalhando pelo ar. Altas palmeiras ladeavam calçadas de pedra, que serpenteavam entre edifícios charmosos de arquitetura colonial, com fachadas em tons pastel e janelas ornamentadas.

As ruas não tinham carros; na verdade, elas estavam mais para passeios. De vez em quando, um cano colorido emergia do chão e se estendia por alguns metros antes de desaparecer novamente, como uma cobra de brinquedo. Mais tarde descobri que eram chamados de *SubMax*, uma espécie de metrô que levava a qualquer lugar que se desejasse.

No coração da cidade, uma paisagem parecia saída de uma pintura. Uma ampla praça com um gramado verde-claro e bem cuidado, com um imponente carvalho emergindo do centro. Bancos de praça cercavam a árvore majestosa. Uma mulher, sentada em um deles, contemplava a cena, distraída. Fiquei atraída por aquele lugar de uma forma inexplicável. Sentei-me em um banco vazio ao lado do banco da mulher. Admirava encantada aquela paisagem quando ela se dirigiu a mim:

— Você é uma das recém-ingressadas, não é?

Demorei um pouco para voltar a mim.

— Desculpe, não entendi.

— Recém-ingressada. Você é nova neste nosso mundo, certo?

Estranhei a pergunta. Como ela sabia?

— Sim, sou.

— Eu percebi pela forma como você ficou parada, admirando... É a primeira vez que você se depara com uma "Praça dos Ausentes"?

— O que é isso, "Praça dos Ausentes"? Algum tipo de memorial?

— Sim. Quase todas as cidades têm uma praça como esta para homenagearmos as pessoas ausentes.

— As pessoas que faleceram enquanto estavam no RealOne?

— Não somente elas, mas também os amigos e parentes que deixamos para trás no mundo real.

— A propósito, me chamo Ruby — apresentou-se a mulher, esticando o corpo para estender sua mão em um cumprimento.

— Amanda — eu retribui da mesma forma.

— O nome da nossa cidade... Que coincidência!

— Sim... — eu respondi. Senti uma curiosidade para saber mais sobre o lugar. — Você mora aqui há muito tempo?

— Desde que o Sr. Goodwin inaugurou a cidade. Era uma promessa que ele havia feito a si mesmo. Uma homenagem à sua noiva, que ficou isolada no mundo real. Sempre achei essa história linda...

— É verdade... Mas pelo que eu soube, ele se casou com outra mulher, não foi?

— Émie... Não sei se se casaram de fato, mas vivem juntos há muitos anos. Ela é muito querida por todos os usuários. É uma grande incentivadora das artes.

— E como ela reagiu à criação desta cidade, uma homenagem feita pelo seu companheiro à ex-noiva?

A mulher deu uma risada.

— Parece que o projeto dessa cidade foi anterior ao relacionamento deles, mas ela nunca gostou daqui. Nunca colocou os pés nesta cidade. Não veio na inauguração... nada. O Sr. Goodwin até tentou amenizar a situação. Ele construiu um edifício para que ela abrigasse uma de suas exposições aqui, mas ela não aceitou. O prédio está vazio até hoje. Fica logo ali depois do centro — disse a mulher apontando para o lado.

— Como você sabe disso tudo?

— Não existem tantos usuários assim neste mundo. As pessoas se conhecem, sabem a história de cada um...

Voltei a olhar ao redor. O lugar estava quieto, parecia um santuário.

— Você perdeu alguém? — eu perguntei.

— Perdi um filho... Já faz muitos anos. Eu deixei uma placa para ele na árvore e venho sempre que posso para prestar homenagem.

— Placa?

A mulher apontou para o tronco do carvalho.

— Foi a maneira que encontramos para homenagear as pessoas queridas. Amarramos uma placa com o nome da pessoa e uma frase que nos liga a ela.

Quando olhei para o tronco percebi as placas fixadas nele. Nem havia me dado conta antes.

— Nossa, não tinha reparado...

— O Sr. Goodwin também deixou uma placa lá para a ex-noiva — comentou a mulher, que olhou para mim com um sorriso malicioso preso entre os dentes.

— É mesmo?

— Logo ali, abaixo daquele nó na árvore. Consegue ver? — disse apontando para o lugar.

— Sim... — respondi, sentindo uma poderosa atração para me aproximar. Levantei-me e caminhei em direção ao tronco. Em torno dele existiam diversas plaquetas metálicas com nomes e datas. Cada uma delas era acompanhada por uma frase ou citação. Segurei a placa de Adam em minhas mãos:

> Amanda Buckland
> 28/10/1996 DC - ?
> "NOSSAS MEMÓRIAS SÃO COMO AS ESTRELAS, QUE BRILHAM NO CÉU DA NOSSA VIDA: IMUTÁVEIS E ETERNAS."
> — *Adam Goodwin*

— Linda, não é? — perguntou a mulher.

Assenti emocionada. Deparar-me com aquela homenagem foi um choque. Percebi o quão imersa eu estava na escuridão. Eu não conhecia aquele mundo e não sabia como os sentimentos se comportavam naquela nova realidade. Uma dúvida surgiu dentro de mim: e se Adam estivesse dizendo a verdade? E se ele realmente me amasse?

A revelação dos sentimentos ocultos de Adam mexeu demais comigo. Não estava certa de que seria capaz de perdoá-lo, mas tampouco me parecia correto simplesmente descartá-lo. Desejava fitar seus olhos mais uma vez, agora sob uma lente reformulada.

Foi o que fiz. Após alguns dias pensando a respeito, resolvi procurá-lo em seu apartamento. De cara, fui surpreendida pelo meio de transporte que ele criou, o tal *SubMax* — era incrível. Ao desembarcar em uma estação de Paris, percebi que a própria cidade parecia ter sido reconfigurada. A ausência de carros saltava aos olhos. As ruas, antes dominadas pelo caos automotivo, haviam se transformado em charmosos passeios destinados a pedestres, ciclistas e outros meios de transporte que eu nem sabia o que eram. Árvores repletas de flores cresciam no centro desses caminhos. Percorri dois quarteirões, encantada com essa metamorfose urbana.

Parei em frente ao edifício de Adam e procurei por um interfone ou algo do tipo, até perceber que a entrada estava aberta; mais um sinal das diferenças entre os nossos mundos. Ao chegar ao andar dele, detive-me diante da porta do apartamento e toquei a campainha. Quando Adam surgiu, pareceu congelar ao me ver. Atrás dele, escutei uma voz feminina:

— Está esperando alguém, Adam?

A mulher se aproximou, revelando-se familiar. Era Émie. Como eu sabia? Qual mulher não teria investigado sobre a outra que, supostamente, havia roubado seu amor? Eu já sabia bastante sobre Émie mesmo sem nunca ter cruzado com ela. Postada a minha frente, ela era ainda mais bela, tingida de uma elegância europeia inconfundível.

— Amanda?! Desculpe, eu... eu não esperava ninguém — Adam gaguejou, parecendo ter visto uma assombração. Ao ouvir meu nome, Émie avançou ainda mais.

— Então você é a Amanda? — Que prazer em conhecê-la. Ouvi tanto falar de você... — disse ela, estendendo a mão na minha direção. — Meu nome é Émie — apresentou-se, lançando-me um olhar que somente nós, mulheres, conseguimos interpretar. Era um aviso sutil de delimitação de território.

— Gostaria... Gostaria de entrar? — perguntou Adam, visivelmente nervoso.

— Não, obrigada. Não quero incomodar... — repliquei, já recuando da entrada.

— Tem certeza? — insistiu Émie.

Assenti. Lancei um último olhar para Adam antes de me afastar daquele lugar.

E assim se desenrolou o que era para ser um encontro. Não foi nada romântico, eu sei. Talvez você esperasse um desfecho diferente para essa história. Eu confesso que eu também! Depois desse dia, Adam ainda me procurou em duas oportunidades na casa da cidade de Amanda, mas pedi que Joana dissesse que eu não desejava mais vê-lo.

CAPÍTULO 55

UM ANO APÓS A DESTRUIÇÃO DOS SERVIDORES

Continuei morando na casa da cidade de Amanda. Eu amava aquele lugar e já que tinha perdido tantas coisas na minha vida, pelo menos queria saborear um pouco dessa vitória. Meu pai e Joana ainda moraram comigo por um tempo, até perceberem que tinham mais coisas em comum do que apenas o mesmo espaço físico que dividiam. Ambos estavam sozinhos e ainda tinham muita lenha para queimar, como costumam dizer. Fiquei feliz quando eles decidiram morar juntos em uma casa próxima dali.

Trabalhar como jornalista em um mundo virtual não era exatamente o que eu tinha em mente. Thomas sempre me dizia para voltar a estudar tecnologia, foi quando me aproximei de Harold — acredite se quiser! Um dia convidei Thomas para tomar café da manhã comigo em casa e ele veio com esta conversa:

— Vou te levar para a universidade para conversar com Harold — disse ele entre um gole e outro de café.

— Harold? Ah não, Thomas! Até hoje ainda não consegui superar aquele dia na casa do lago...

— O cara é ótimo, Amanda. — Você teve a chance de conversar com ele algumas vezes... Ele pareceu o mesmo Harold daquele dia?

Neguei com a cabeça.

— Então! Vamos embora. Se arrume para sairmos.

— Deixa eu terminar o café, Thomas!

O homem bufou e cruzou os braços, aguardando enquanto eu terminava de comer. Eu o encarei e dei um sorrisinho com a boca cheia.

— Ontem o Adam perguntou de você de novo...

Eu odiava quando o Thomas fazia isso. Ele soltava uma bomba como essa e ficava me olhando com uma expressão vazia, como se não fosse nada importante.

— Não quero falar sobre ele, Thomas.

— Por quê?!

— Porque ele está com outra mulher! Quantas vezes preciso te explicar isso!

— Eles não estão juntos, Amanda. Não estiveram desde que Adam decidiu voltar para te libertar. Já te disse mil vezes que Émie procurou Adam naquele dia apenas para conversar, nada mais... Eles são adultos, ainda convivem um com o outro. Ao contrário de você...

Levantei-me para encerrar o assunto e fiquei em frente a ele.

— Estou pronta. Vamos?

Thomas levantou-se resmungando, deixando claro ter sido contrariado. Depois, seguimos até a Universidade da Califórnia, onde Harold escolheu continuar suas pesquisas após ingressar no novo mundo. Encontramos o homem em seu laboratório no departamento de física. O cenário que Harold ocupava parecia ter sido retirado de um filme de ficção científica, repleto de dispositivos complexos e luzes piscantes. Ao perceber minha chegada, interrompeu o que estava fazendo e se aproximou de mim.

— Amanda! Que bom que você veio.

— Olá, Harold. Thomas me arrastou até aqui — respondi, lançando um olhar de canto de olho para ele.

— A culpa é minha. Fui eu quem insistiu tanto com ele... Preciso de alguém como você para me ajudar nas minhas pesquisas. Alguém com conhecimento e disposição para aprender ainda mais.

Eu observava Harold sem compreender onde ele queria chegar. Pesquisas para quê? O mundo estava condenado ao fim, então de que adiantaria estudar e pesquisar algo que não teria utilidade?

— Eu não entendo nada de física, Harold...

— Você estudou tecnologia. É perfeita.

Soltei um suspiro.

— Desculpe pela franqueza, mas para que todo esse esforço? O mundo vai acabar em poucos anos...

O homem sorriu enigmaticamente e pediu que Thomas e eu nos aproximássemos de sua mesa para nos sentarmos perto dele.

— Eu não posso resolver o problema do fim do mundo, você está certa. Mas estamos em uma realidade temporal diferente, não é mesmo?

Assenti enquanto trocava olhares de estranhamento com Thomas. O professor continuou:

— Pois é nisso que estou trabalhando. Se não há solução, por que não alterar a realidade?

— Que realidade, Harold? — perguntei.

— O tempo, Amanda. Tudo ao nosso redor depende dele. Estamos vivendo em uma "experiência temporal" que nos permite viver vinte e quatro horas enquanto apenas uma hora se passou no mundo real. E se conseguíssemos ampliar essa relação? E se uma hora no mundo real correspondesse, por exemplo, a um mês em nossa percepção temporal? Poderíamos viver uma eternidade antes do fim do mundo!

— Seria uma forma de driblar o nosso fim — empolgou-se Thomas.

— Exatamente! — confirmou Harold.

— E você já avançou em suas pesquisas? Essa mudança será mesmo possível? — indaguei.

Harold fez uma careta.

— Para ser honesto, por enquanto ainda estou apenas no campo teórico. As coisas são mais difíceis do que parecem. O *chip* tende a não suportar velocidades de comunicação maiores do que as atuais e não sei se nosso cérebro suportaria também, mas é um começo, não é? Se você concordar, eu gostaria que você estudasse metafísica. O interesse por esse tema tem aumentado muito e gostaria de ter ao meu lado, alguém com uma outra perspectiva. O que acha?

O inesperado convite soou estranho. Por que um físico tão renomado precisaria de uma jornalista com formação em tecnologia? Voltei-me para Thomas.

— Você está por trás disso, não está? — perguntei, supondo que ele quisesse me manter ocupada de alguma forma.

— Foi ideia minha! — Harold afirmou. — Você é muito capaz, Amanda. Não se subestime!

As palavras de Harold pareciam sinceras. Ele estava certo. Eu costumava me subestimar. Quem disse que eu não seria capaz de obter uma nova formação e contribuir de alguma maneira? Além disso, naquele mundo eu não tinha muitas atividades e estudar metafísica parecia instigante. Mesmo que todo esse esforço não desse em nada, seria uma maneira gratificante de ocupar meu tempo, exatamente do que eu precisava.

— Eu aceito!

— Ótimo! — comemorou Harold. — Vou passar as orientações para que você possa começar logo.

Assim que o professor terminou de falar, sua expressão mudou e ficou mais sombria.

— Essa foi a parte boa. Agora precisamos falar sobre a parte difícil...

— Que parte? — perguntou Thomas, preocupado.

— Adam me pediu para analisar um outro ponto. Algo bastante desagradável... Alguns usuários têm manifestado o desejo de não permanecerem mais no mundo virtual.

— Todos tiveram a oportunidade de retornar, Harold. Todos sabiam que era um caminho sem volta — replicou Thomas.

— Sim, eu sei disso. No entanto essas pessoas também não desejam retornar ao mundo real. Elas simplesmente não querem mais existir em lugar algum, entende?

— Como assim? — perguntei.

— Essas pessoas não têm mais vontade de viver. São indivíduos que não suportam a sensação de uma morte iminente pairando sobre eles, aguardando pelo fim apocalíptico a qualquer momento.

— Isso é pesado, Harold! Você está dizendo que deseja criar algum mecanismo para permitir que essas pessoas possam morrer por vontade própria?

— Eu não preciso criar nada, Amanda. Já existiu um grupo rebelde aqui neste mundo virtual que desenvolveu essa ferramenta. Na verdade, essa descoberta foi um acidente, porque o que, de fato, eles buscavam era uma maneira de regressar ao mundo real. O que Adam me pediu foi que eu analisasse essas experiências para torná-las acessíveis àqueles que desejarem partir.

— Nossa, que coisa mórbida... — comentei.

Harold balançou a cabeça.

— Concordo. Sem dúvida é uma questão complexa e delicada, mas não me cabe fazer uma análise de valores. Adam me garantiu que, ao final, deverão fazer um plebiscito para saber se os usuários concordam com essa medida.

CAPÍTULO 56

DOIS ANOS APÓS A DESTRUIÇÃO DOS SERVIDORES
[UM MÊS NO MUNDO REAL]

Naquele ano que passou, minha vida se resumiu a estudar metafísica e ajudar Harold. Aprendi a gostar do professor. Ele me envolvia em todos os seus projetos, e mesmo sem entender tudo o que ele dizia, eu me esforçava bastante. A contagem regressiva para o fim do mundo ainda continuava e as ideias de Harold sobre uma nova variação de tempo pareciam não levar a lugar algum, mas desistir não fazia parte da rotina dele e, para ser sincera, nem da minha.

Conforme Harold havia prometido a Adam, ele disponibilizou as novas ferramentas que possibilitavam a "partida" dos usuários — uma expressão que escolhi usar em vez de "morte voluntária", que foi a forma como ela foi aprovada em plebiscito. Acho que ninguém gostou do termo, porque todos se referiam a ela como "partida". Parecia suavizar o impacto do ato.

Construíram o primeiro Centro de Partida, um local onde o usuário era recebido com todo conforto. Logo na entrada havia um longo corredor de paredes brancas, com painéis exibindo vídeos de várias cidades e progressos alcançados no RealOne. Funcionavam como uma espécie de agradecimento pelo legado deixado por aquele usuário. Após o corredor, existiam algumas salas onde a pessoa se deitava em uma poltrona e colocava um sensor na cabeça, semelhante ao que ocorria ao ingressar no mundo virtual. Logo em seguida, a pessoa simplesmente desaparecia; sem dor, sem sofrimento. Do outro lado, no mundo real, seu corpo físico deixava de viver.

Aquela tarde, em especial, deixou um gosto amargo em minha boca. Foi quando a primeira partida ocorreu. A primeira candidata a "partir" foi uma mulher japonesa de cinquenta anos. Seu marido havia falecido algum tempo antes e ela estava só desde então. Não tinham filhos e ela não sabia mais nada sobre a família que havia deixado para trás. Antes de deixar o RealOne, ficou definido que o usuário deveria passar por uma avaliação psiquiátrica para afastar depressão ou outras patologias que poderiam interferir na tomada de decisão. Yumi passou por todos os testes. Ela estava bem, só achava que seu ciclo de existência havia encerrado. Eu fiquei indignada com tudo aquilo...

— Não adianta ficar assim, Amanda — disse Harold, percebendo que eu não estava bem.

— Ainda não me conformo! Se estivéssemos no mundo real isso seria considerado eutanásia e seria proibido. Aliás, nem sei por que estou dizendo isso... Eutanásia prevê uma condição de sofrimento físico irreversível e não é essa a nossa situação! Nem sei como chamar essa aberração...

— Você não acha que estar sob a iminência da morte o tempo todo pode ser considerado um sofrimento crônico? Não estamos falando de uma condição comum. As pessoas devem ter o direito de decidir sobre as suas vidas nessa situação.

— Eu não sei, Harold... Às vezes, acho que estamos desafiando as leis da natureza, sabe? Não só por causa desse direito de "partir", mas viver em um mundo virtual em vez do mundo real, e, para piorar, inventamos um outro conceito de tempo... Não tenho certeza de que tudo isso está correto.

— Pode ser... — disse Harold — Mas não temos muitas opções, não é verdade?

Enquanto ainda tentava digerir aquele acontecimento, um dos funcionários da universidade entrou no laboratório assustado.

— Vocês viram o que aconteceu ontem à noite?!

Harold e eu trocamos um olhar perplexo.

— O que aconteceu? — questionei.

O homem estendeu um pequeno monitor para que pudéssemos assistir a um vídeo. Nele, Émie participava de um jantar comemorativo, oferecido aos novos talentos artísticos, um evento para o qual Adam também havia sido convidado apesar de não estarem juntos.

Adam discursava em um púlpito e propôs um brinde. Todos os convidados elevaram as suas taças. A imagem mostrava Émie, a maior homenageada da noite. Durante o brinde, a taça de vinho que ela segurava caiu no ar em um movimento lento e suspensivo. Sua haste quebrou ao tocar a mesa e o vinho se espalhou, tingindo a toalha branca, como se fosse sangue. Émie guardava um brilho no olhar e um sorriso contagiante no rosto até que começou a desaparecer lentamente diante dos olhos de todos os presentes. Ela não percebeu e sustentou a mesma expressão até o último milésimo de segundo antes de sua aura se desintegrar por completo. E aquele último sorriso foi a imagem dela que ficou marcada em minha memória para sempre.

Adam correu para socorrê-la, mas quando chegou, Émie já havia desaparecido. Ele se ajoelhou no chão, chorando desconsolado, com o rosto distorcido pela dor.

— Não é possível. Émie está morta? — perguntei, tomada pela angústia. — Mas por quê?

Harold arqueou as sobrancelhas, parecendo saber a resposta.

— Thomas mencionou certa vez que ela sofria de uma doença cardíaca hereditária. Adam vivia atormentado pela preocupação de que algo pudesse acontecer com ela. Segundo Thomas, Émie perdeu a mãe muito cedo devido ao mesmo problema...

— Eu não tinha ideia... — lamentei, sentando-me para absorver a notícia devastadora.

— Foi uma comoção geral — completou o funcionário pouco antes de sair. — Parece que Adam está inconsolável.

— Não consigo acreditar... Que horror!! — continuei a expressar meu pesar, imaginando a dor que Adam devia estar sentindo.

Harold colocou a mão em meu ombro de maneira solidária.

— Adam precisa de você agora mais do que nunca, Amanda... Você ainda guarda algum sentimento por ele, não guarda?

— Eu estou confusa, Harold...

— Por causa daquela vez que você flagrou a Émie na casa dele?

Em um movimento abrupto, virei minha cadeira para encarar Harold, um desejo irresistível de confidenciar meus pensamentos me dominou.

— Nunca compartilhei isso com ninguém... O verdadeiro problema não foi flagrar a Émie na casa do Adam. A questão é que eu nunca consegui perdoá-lo por decidir ficar com ela enquanto eu estava encarcerada no mundo real.

Harold me observava com um olhar penetrante, como se estivesse mergulhando em minhas emoções.

— Você teria esperado por ele?

A raiva e a frustração que estavam presas dentro de mim há tanto tempo finalmente transbordaram:

— Sabe de uma coisa? Sim, Harold. Eu teria esperado! Eu teria esperado por ele porque era ele. Porque eu o amava. E porque eu acreditava em nós!

— Mesmo sabendo que não seria mais possível regressar ao mundo real?

Mantive-me firme em minha posição.

— Ele teria que esperar por muito tempo. Eu admito que não seria nada fácil. Mas a opção de esperar existia!!

Ele balançou a cabeça.

— Não nesse caso, Amanda. Alguns anos após Alexander morrer, Gregory desistiu dos projetos antimísseis. A partir daí, eles passaram a conviver com a certeza de que estavam condenados a viver no mundo virtual para sempre. Só houve uma mudança quando estabeleceram comunicação com Thomas. Nesse momento, Adam já estava com a Émie e ficou devastado quando soube de sua prisão.

Harold me revelava uma realidade da qual eu estava completamente alheia. Após aquela conversa, suas palavras ecoaram em minha mente por muito tempo, o suficiente para eu decidir que precisava perdoar Adam e, quem sabe, tentar um recomeço.

CAPÍTULO 57

DOIS ANOS APÓS A DESTRUIÇÃO DOS SERVIDORES
[UM MÊS NO MUNDO REAL]

É MIE ERA UMA FIGURA AMADA e respeitada no mundo virtual. Por ela, uma multidão sem paralelos se fez presente na Praça dos Ausentes em Paris, depositando um mar de flores no gramado em seu tributo, enquanto Adam e Bernard fixavam uma placa memorial no tronco do robusto carvalho.

Adam ficou tão abalado com o episódio que se isolou em seu apartamento. Ninguém sabia dele. Minha vontade era procurá-lo, mas precisava respeitar seu luto. Na segunda semana de sua ausência, Thomas e Harold, preocupados, pediram que eu ajudasse.

— Nunca vi Adam desse jeito — comentou Thomas, visivelmente abatido.

— Você é a única pessoa que pode ajudar, Amanda — disse Harold. — Vá visitá-lo em seu apartamento...

— Não sei nem se ele deseja me ver... — argumentei.

— Eu garanto que sim! — afirmou Thomas.

Após refletir um pouco, prometi aos dois que iria, mas sabia que visitar Adam não ia ser nada fácil.

Peguei o SubMax e desci em uma estação de Paris próxima de onde ele morava. Havia algum tempo que eu não visitava a cidade; para ser mais precisa, a última vez havia sido o fatídico dia em que eu fui visitá-lo e me deparei com Émie na sala de seu apartamento. Se eu soubesse de toda a história dela antes acho que não teria nem ido, mas pensar nisso naquele momento não ajudava muito. Eu tinha outras preocupações: como Adam reagiria à minha presença? Afinal, o fato de ele ter regressado para me libertar parecia ter sido o estopim de sua separação.

Quando cheguei à frente do edifício, uma senhora saiu carregando uma sacola. Eu ajudei a segurar a porta para ela e aproveitei para entrar. Peguei o elevador com o coração pulsando na garganta. Minha boca estava tão seca que achei que não conseguiria nem cumprimentá-lo. Quando o elevador se abriu, caminhei pelo corredor frio e parei em frente à porta de seu apartamento, criando coragem antes de tocar a campainha. Quase desisti. Cheguei a dar meia-volta e caminhar devagar pelo corredor, mas fui tomada por um impulso que fez com que me virasse sobre meus calcanhares e retornasse decidida.

Toquei a campainha. Não ouvi nenhum movimento dentro do lugar. Encostei o ouvido na porta... Nada além de um silêncio assustador. Toquei de novo. Uma ansiedade desconfortável tomou conta de mim: será que ele estava bem? Na terceira tentativa, esperei um pouco mais antes de soltar o botão. Passos finalmente ecoaram do outro lado; respirei fundo. Uma sombra cruzou o olho mágico, pausando por um instante, até que eu ouvi o som de uma chave girando na fechadura.

A porta se abriu. Permanecemos um de frente ao outro em silêncio. Adam tinha uma aparência descuidada, com barba por fazer e olhos fundos e avermelhados. Fiquei em dúvida de como agir. Num impulso, esbocei um lento avanço em sua direção, que ele retribuiu com um abraço apertado. Nenhuma palavra foi trocada. Senti que ele chorava sem fazer barulho e, sem resistir, juntei-me a ele. Quando nos soltamos, ele forçou um sorriso constrangido, enxugou as lágrimas dos olhos e me convidou para entrar.

— Desculpe pela bagunça... Não estava esperando ninguém — ele disse, retirando algumas coisas do caminho enquanto eu entrava. Na única vez em que eu estive lá, não consegui reparar direito. Uma estante na sala era tomada por fotos dele e de Émie em diferentes cidades do novo mundo. Senti um aperto no peito. Era como se uma vida tivesse sido roubada de mim. Sentamo-nos.

— Eu acho que te devo desculpas... — eu comecei. — Eu não tinha conhecimento de que houve um momento em que vocês pensaram ser impossível regressar. Além disso, por minha causa você se separou de Émie. Me desculpe.

— Você não tem por que se desculpar. Apesar de todo o sentimento que eu guardava por Émie, nós não concordávamos em tudo. Eu tinha obrigação de te libertar e ela deveria ter entendido isso.

— Mas tomar essa atitude deve ter sido muito difícil, afinal, você a amava...

Sabe quando as palavras saem de sua boca e você se arrepende na mesma hora? Pois é... Por que eu disse aquilo? Adam não esboçou reação. Ficou me observando, enquanto eu experimentava uma sensação desconfortável que transitava entre o constrangimento e a punição. Após um silêncio angustiante, levantei-me para ir embora.

— Bom, acho que vou indo. Só queria que você soubesse que pode contar comigo para o que precisar... — falei, caminhando devagar em direção à porta.

— Espere, Amanda!

Virei-me para ele.

— Você se lembra daquele dia na praia logo depois que você se conectou?

Assenti. Para onde ele queria levar essa conversa?

— Eu te disse naquele dia que ainda te amava da mesma forma. Você duvidou que fosse verdade, afinal, como eu poderia amar duas pessoas ao mesmo tempo, não é mesmo? Eu não tenho todas as respostas, mas eu não menti para você...

Dois anos antes, quando Adam me disse o mesmo, eu me senti ultrajada. Dois anos... E eu ainda amava Adam exatamente da mesma maneira, como se o tempo não tivesse passado. Consegui compreender melhor o que ele me dizia.

— Que tal passar uns dias na casa da cidade de Amanda? — sugeri, surpresa com meu próprio ímpeto. Adam franziu a testa, mas eu persisti:

— Acredito que você precisa mudar de ares. A casa é espaçosa... — eu brinquei, usando o mesmo argumento que ele havia usado para me convencer a ir para a casa de Springs pela primeira vez. Ele recordou-se e sorriu em resposta. — Podemos chamar Joana e meu pai para passar um tempo conosco, reviver os velhos tempos. Conhecendo Joana, sei que ela vai adorar! O que me diz?

Um brilho tímido iluminou o rosto de Adam. Parecia que ele estava considerando a ideia.

— Não sei se eu seria uma boa companhia agora, Amanda...

— Comece a arrumar suas coisas — falei, batendo as palmas duas vezes, como se já tivesse estabelecido seu próximo passo. — Você vai ter bastante tempo para se arrepender depois...

CAPÍTULO 58

DEZ ANOS APÓS A DESTRUIÇÃO DOS SERVIDORES
[CINCO MESES NO MUNDO REAL]

Tenho certeza de que você deve ter se surpreendido ao se deparar com um salto temporal tão significativo nesta história, ainda mais porque ele ocorreu em um momento crucial do meu relacionamento. Tenho razões pessoais para essa omissão! A principal delas é que, no momento em que me encontro, não tenho a energia necessária para retratar aquele período da minha vida. Não porque tenha sido uma época repleta de traumas; pelo contrário, foram os anos mais incríveis que já vivenciei.

De qualquer forma, acredito que não seja justo deixá-los sem saber o que aconteceu, então serei breve.

Adam acabou por fixar residência na casa da cidade de Amanda. Poucos dias após sua mudança, nós dois decidimos dar uma nova chance ao nosso relacionamento. Os anos que passamos juntos naquela casa acabaram por ser os mais felizes que jamais vivi. Foi, então, que assumi o título não oficial de Sra. Amanda Goodwin. Claro, era uma brincadeira interna. Jamais chegamos a nos casar. O trauma de um noivado fracassado ainda era vívido demais para eu sequer cogitar a ideia. No entanto Adam sempre insistiu que, casada ou não, era assim que me via. Com o passar do tempo, cedi à ideia e aceitei o título carinhoso.

Mas nem só de momentos bons foram aqueles anos. Claro que existiram problemas, estávamos longe da perfeição. Enfrentamos diversos desafios, e um dos mais difíceis foi a partida de Bernard, alguns meses após a perda de Émie. Ela era tudo para o pai e a solidão se tornou insuportável apesar de Adam ter sido um amigo leal até o último dia de vida do *chef*. Superamos esse momento doloroso juntos.

Por algum tempo, Joana e meu pai também compartilharam a moradia conosco, e nossa casa se transformou em um ponto de encontro para amigos e familiares. Quase todas as noites nos reuníamos, conversávamos e nos divertíamos até altas horas. Naqueles anos, conseguimos esquecer, ao menos por um momento, que o mundo ainda caminhava em direção ao seu fim.

E falando em fim, infelizmente, Harold e eu não conseguimos encontrar qualquer solução que pudesse evitar o desfecho trágico que se aproximava. Concluí meu curso em metafísica e continuei trabalhando com o professor durante todo aquele tempo. Eu adorava estar ao lado dele.

Após essa contextualização, você deve estar se questionando sobre o porquê de essa narrativa ter avançado até esse momento específico do tempo. A escolha não foi aleatória. No início do décimo ano após a destruição dos servidores, sabíamos que aquele era o "ano do fim do mundo", tal como previsto pelo Nostradamus. Aqueles meses se revelaram uma experiência traumatizante, permeada pela tensão e pela incerteza.

As pessoas saíam de casa e não sabiam se iriam voltar. Famílias evitavam se separar com receio de desaparecerem sem terem a oportunidade de se despedir. Muitos usuários preferiram partir, pois não suportavam a dúvida sobre o que enfrentariam.

Foram dias muito difíceis, mas também um momento em que as pessoas se aproximaram ainda mais umas das outras. Foi uma experiência indescritível! O ser humano, de fato, merece toda a atenção dos estudos dedicados a compreendê-lo melhor.

Conforme o término do ano se delineava, o pânico se intensificava cada vez mais. Com a chegada do Ano Novo, sem qualquer confirmação das previsões alarmantes, um silêncio inquietante se instalou. Alguns mantinham a cautela, alegando ser cedo demais para emitir conclusões precipitadas. Mas passados seis meses do novo ano sem que houvesse qualquer indicativo de uma guerra no mundo real, uma questão tornou-se inevitável: teria o Nostradamus falhado em suas previsões?

As implicações de uma incerteza desse tamanho mexiam com todos e em especial com Gregory e todo o grupo responsável pelo bloqueio inicial. Eles temiam ser julgados pela população por terem feito um juízo equivocado a respeito das previsões do fim do mundo, desde a primeira delas. Eles ficaram tão abalados com essa possibilidade que se isolaram por um tempo, estudando aquele fenômeno, tentando compreendê-lo melhor. Após uma semana, Gregory procurou Adam. Pediu para nos reunirmos todos em nossa casa à noite. Dizia ter descoberto algo importante.

Gregory foi o último a chegar. Na sala aguardávamos Thomas, Harold, Adam e eu. O homem parecia cansado, como se não dormisse direito há algum tempo. Coloquei-me no lugar dele. Devia estar sendo muito difícil. Ele se sentou em um poltrona de frente aos outros, que olhavam para ele preocupados. Eu servi a todos com algumas bebidas e petiscos, procurando quebrar um pouco o pesado clima.

— Descobriu alguma coisa, Gregory? — perguntou Adam.

— Acho que descobrimos o que pode ter acontecido — replicou o homem, apreensivo. — Não achamos que o Nostradamus tenha errado as suas previsões.

Uma sensação estranha tomou conta de mim ao ouvir aquelas palavras. Elas me trouxeram certo alívio, especialmente por Gregory, mas logo percebi que, se o Nostradamus não tivesse errado, ainda estaríamos condenados...

— O que pode ter acontecido, então? — perguntou Thomas. — Se o Nostradamus não errou, por que nenhuma guerra se iniciou?

— Por causa da explosão dos servidores pelos militares americanos.

Todos os presentes olharam para Gregory com estranhamento.

— Eu sei que parece estranho. Quando alguns países souberam, pela Zeynep, sobre a "experiência temporal" e os projetos armamentistas desenvolvidos dentro do RealOne, a notícia se espalhou rapidamente. Isso fez com que o mundo passasse a desconfiar dos Estados Unidos, imaginando que o país estava por trás de tudo aquilo. Foi nesse momento que o Nostradamus previu a antecipação de uma guerra nuclear. No entanto a destruição dos servidores pelo próprio governo americano mudou completamente esse entendimento. Por que o governo americano destruiria um projeto do qual era o mentor? Isso não fazia sentido. Os outros países revisaram suas posições e abandonaram a ideia de uma guerra. Foi por isso que ela não ocorreu.

Fez-se um silêncio na sala enquanto Gregory explicava sua teoria. Seus argumentos eram fortes. Eu passei os olhos pelo rosto de cada um dos participantes e notei que pareciam concordar. Se o que Gregory havia descoberto fosse verdade, poderia significar que estávamos livres de uma guerra. Depois de alguns anos sofrendo, senti um alívio ao imaginar que poderíamos, enfim, viver em paz.

— Então a possibilidade de uma guerra nuclear está descartada? — perguntei.

— Eu não posso afirmar isso com certeza. — respondeu Gregory. — Embora a antecipação da guerra tenha sido descartada, isso não significa necessariamente que ela nunca ocorrerá. E agora que não temos mais acesso ao Nostradamus, não sabemos como ele interpretaria essa nova conjuntura. Tudo o que afirmarmos agora não passará de especulação.

— De qualquer maneira, acho que devemos retomar nosso plano inicial e voltar a trabalhar no projeto antimísseis — propôs Adam.

— Mas não há como regressar, Adam — lamentou Gregory. — Esse novo bloqueio que foi imposto é definitivo. Ele não pode ser desfeito pelo simples sucesso do desenvolvimento do projeto antimísseis, como da primeira vez.

— Eu sei disso, Gregory. Sei que contávamos como certo o fim do mundo e por isso nos isolamos definitivamente. Mas também não havia maneira de regressarmos da primeira vez até que o Christopher e o Brandon conseguiram furar esse bloqueio. Se eles conseguiram uma vez, nós podemos conseguir de novo.

— Adam tem razão — replicou Thomas.

— Acho que nos foi dada uma nova oportunidade! — comemorou Adam.

CAPÍTULO 59

DEZESSEIS ANOS APÓS A DESTRUIÇÃO DOS SERVIDORES
[OITO MESES NO MUNDO REAL]

Naquela manhã, combinei de pegar Adam em seu escritório para almoçarmos juntos. Ele andava empolgado depois que Gregory finalizou o projeto antimísseis alguns meses antes. Toda a nossa energia havia se voltado para buscarmos uma maneira de furar o bloqueio e retornar para o mundo real com uma solução de paz definitiva. Nada podia ser mais animador. Tínhamos certeza de que nosso regresso era questão de tempo. Experimentávamos uma sensação de dever cumprido depois de tanto sofrimento.

Quando Adam desceu até o térreo, dirigiu-se a mim e me deu um beijo. Tinha uma expressão serena.

— Aonde você vai me levar? — ele perguntou.

— Sabe do que eu gostaria? — eu disse fazendo mistério. — Queria me sentar em um café, sem fazer nada, debaixo desse sol gostoso.

— Eu já sei um lugar — Adam respondeu entusiasmado, puxando-me pela mão em seguida. Era difícil caminhar ao lado dele. A todo o momento éramos parados por pessoas que desejavam cumprimentá-lo e aproveitavam para puxar assunto, como se fossem íntimos. Na verdade, depois de tanto tempo naquele mundo as pessoas até tinham certa intimidade mesmo.

Fizemos uma caminhada até Saint-Germain-des-Prés para nos sentarmos nas mesas de calçada do Café de Flore. Para uma americana, nada podia ser mais parisiense, mas algo parecia errado.

— O que foi? — Adam me perguntou ao notar uma expressão diferente em meu rosto.

— Esse lugar... Já estivemos aqui antes... Estou tendo um mau pressentimento!

Adam me olhou surpreso enquanto eu me forçava a lembrar.

— Nós estivemos aqui naquele dia em que perseguíamos aquele vulto, se recorda?

— O dia que você teve aquela estranha sensação?

Mal Adam terminou de falar, o garçom deixou sobre a mesa uma xícara de café e um cappuccino antes de apressar-se para atender outro pedido. Foi nesse momento que ouvimos o som estridente da primeira louça despedaçando-se no chão... E depois de um estranho silêncio vieram os primeiros gritos. Quando fecho os olhos, eles ecoam em minha mente sem parar. Meu Deus... Os gritos!!

Olhei para o lado e vi pessoas se levantando apavoradas. Eu não compreendi... Até que notei uma mulher desaparecendo na mesa ao lado, à semelhança do que havia ocorrido com Émie naquele vídeo perturbador. Os gritos... Agarrei com força a mão de Adam, como se ao fazer isso pudesse segurá-lo naquele mundo. Outra pessoa começou a desaparecer. Mais gritos...

— Vamos embora daqui! — ele disse, puxando-me pela mão que eu havia grudado nele, como uma garra.

Saímos correndo pela rua, envolvidos pelo caos. Gritos, choro, sofrimento. Meu coração acelerado lutando contra a realidade.

— O mundo está acabando?! — eu perguntei apavorada.

— Corre, Amanda, corre!!

Minhas pernas tremiam de tal forma que caí na calçada. Logo ao meu lado, um jovem desaparecia. Diferente de Émie, a morte o alcançou quando ele já havia sido tomado pelo pavor. Ver aquela imagem de pânico congelada em sua face me deu arrepios. Adam me ajudou a levantar.

"Corre, Amanda, corre!!".

"Corre, Amanda, corre!!".

Eu já não sabia se era Adam ou minha própria mente falando comigo. A única certeza que eu tinha era de segurar a mão dele tão forte que ninguém poderia levá-lo de mim, enquanto eu rezava para que a morte não me alcançasse também.

Entramos em uma loja de departamento. Como que por instinto, as pessoas se agacharam no chão, como se estivéssemos sendo bombardeados no mundo real. Ainda não tínhamos a compreensão de que nada que fizéssemos adiantaria. Apavorados, eu e Adam fizemos o mesmo e nos agachamos entre uma arara e outra. O tremor de minha perna alcançou o resto de meu corpo.

— Temos que ter coragem! — ele me disse.

Não consigo precisar quanto tempo ficamos encolhidos naquela loja, esperando ocultos, até que os gritos começaram a rarear, o que para mim pareceu uma eternidade.

— Acredito que já podemos sair — Adam sussurrou, como se houvesse algum refúgio seguro em meio àquela catástrofe.

Saímos devagar. A rua se estendia quase deserta diante de nós, em uma das paisagens mais desoladoras que já tive o desprazer de testemunhar. Uma mulher chorava em pranto no chão, seus braços abraçando o vazio, num gesto que ressaltava a impotência diante da tragédia. Cadeiras e mesas se encontravam atiradas pelas calçadas em desordem caótica. Os gritos de terror cederam lugar a um lamento doloroso, que ecoava de todos os cantos.

— Vamos, precisamos sair daqui...

CAPÍTULO 60

DEZESSEIS ANOS APÓS A DESTRUIÇÃO DOS SERVIDORES
[OITO MESES NO MUNDO REAL]

Meu pai e Joana foram os primeiros a chegar. Abracei a ambos de uma única vez, como se fosse um presente que a vida me havia dado. O sistema não funcionava direito, o que impedia sabermos quem mais havia sobrevivido. Meio que por instinto, sabíamos que todas as pessoas próximas a nós tentariam nos encontrar em casa. Era uma espera desesperadora.

Alguém bateu à porta. Corri para atender, era Harold.

— Graças a Deus! — eu deixei escapar.

O professor estava todo molhado de suor, o que ressaltava ainda mais os olhos arregalados e o rosto sem cor. Entrou na casa afobado, sem dizer uma única palavra, e sentou-se em uma das cadeiras da mesa da sala com o corpo inclinado para a frente para pegar fôlego.

— Você sabe de Thomas? — perguntei assustada.

Ele ergueu uma das mãos à frente do corpo, ainda sem ar.

Peguei uma cadeira e me sentei ao seu lado.

— Fala alguma coisa, Harold!

Ele ergueu a cabeça e respirou fundo.

— Não vi Thomas. Foi muito difícil chegar aqui. Todos os usuários estão em pânico.

Depois de uma pausa ele continuou:

— Será que o Nostradamus acertou as suas previsões iniciais?

— Não pode ter sido outra coisa, algum outro tipo de ataque ou mesmo um ataque aos centros de sobrevivência? — Adam perguntou.

— Não sei te responder, Adam. Acho que só Thomas terá essa resposta.

Não demorou muito para o engenheiro chegar. Logo depois dele, foi a vez de Gregory. Foi um alívio enorme perceber que, pelo menos por hora, nosso grupo de amigos havia sido poupado.

— Conseguiu saber alguma coisa, Thomas?

O homem parecia assustado, o que só me deixou ainda mais apreensiva. Senti meu estômago remexer. O que ele havia descoberto? Após entrar, cumprimentou a todos e se empertigou na beirada do sofá, passando as mãos nas coxas em um movimento de vai e vem, respirou fundo e começou a falar:

— Eu demorei um pouco porque estava pesquisando o desaparecimento dessas pessoas para saber se poderia ter alguma relação com uma guerra nuclear, como é o receio de todos.

— E o que você descobriu? — perguntou Adam.

— Inicialmente, todos os usuários da região de São Francisco desapareceram. Eram os mesmos que estavam em um centro de cuidados especiais para os usuários conectados dessa região. Foram pouco mais de duas mil pessoas, já que esse centro era referência para a região central da Califórnia.

Thomas falava baixo e com dificuldade. Tentava não demonstrar o quanto estava abalado. Ele havia vivido naquela região durante muito tempo e boa parte de sua família ainda morava em cidades próximas dali.

— Mas se foram usuários de uma mesma região pode existir outra explicação — comentou Adam. — O centro pode ter sido sabotado ou algum desastre natural pode ter afetado a região. São Francisco já passou por terremotos antes... Eu sei que as probabilidades são pequenas, mas temos que pensar em tudo, não é mesmo?

Thomas balançou devagar a cabeça de um lado ao outro enquanto ouvia.

— Eu pesquisei o sistema de segurança de todos os servidores e todos acusaram uma ameaça.

— E o que isso significa? — indaguei.

— O sistema de segurança desses servidores tem sismógrafos para detecção de terremotos ou mesmo uma explosão nuclear.

— E com essa informação é possível afirmar o que aconteceu e onde? — perguntou Adam.

— Os sismógrafos têm um padrão de ondas que permite, na maioria dos casos, a diferenciação entre um abalo sísmico e uma explosão. O padrão encontrado neles não deixa dúvidas de se tratar de uma explosão. Algumas horas depois de São Francisco, os sismógrafos acusaram uma explosão na China e outra em Moscou.

— Então as explosões ainda estão acontecendo? — perguntei.

Um silêncio fúnebre tomou conta do ambiente.

Thomas apertou os lábios com os olhos mareados.

— Acredito que sim. Não podemos esquecer que estamos em outra "experiência temporal". As medidas de retaliação estão sendo adotadas neste exato instante. Saberemos, da pior maneira possível, da extensão dessa guerra nuclear que se iniciou.

Reagi deixando escapar um choro precedido por um soluço. Thomas levantou a cabeça e me lançou um olhar de cumplicidade, como se compactuássemos da mesma dor. Adam passou seu braço ao redor dos meus ombros e me aproximou dele, encaixando minha cabeça na curva de seu pescoço. Harold não expressou reação alguma, mas ficou tão pálido que chamou a atenção.

— Você está bem, Harold? — perguntou Adam. Ele suspirou e balançou de leve a cabeça, recostando-se na poltrona.

— E se aconteceu mesmo uma guerra nuclear? Isso significa o fim da humanidade? — questionei.

— O fim da humanidade como a conhecemos — esclareceu Harold. — Uma guerra nuclear será responsável por incontáveis mortes diretas causadas pelas bombas e, além disso, espalhará uma camada de fuligem pela atmosfera do planeta, levando a um inverno glacial que durará alguns anos, com temperaturas abaixo de quarenta graus Celsius negativos. As plantações morrerão, bem como a vida nos oceanos.

Um cenário de fome e desolação restará aos sobreviventes, que ainda guerrearão pelas poucas reservas de alimento do mundo. Bilhões de pessoas morrerão nesse cenário.

— Alguém conseguirá sobreviver? — voltei a perguntar.

— Acho que ninguém tem essa resposta — continuou Harold. — Em um primeiro momento, muitas pessoas devem sobreviver, mas padecerão de fome, frio e doenças, principalmente as causadas pela radiação. Acho difícil a sobrevivência em longo prazo e, se ela ocorrer, será em condições de extrema adversidade.

— Em tais condições talvez seja melhor nem sobreviver — comentou Thomas.

— Existe algo que possamos fazer para ajudá-las? Talvez trazê-las para o nosso mundo?

— Infelizmente não, Amanda. Esses equipamentos foram projetados para manter-nos distantes dessa realidade — explicou Adam.

— E quanto tempo a Terra demorará para eliminar os efeitos dessa guerra? — perguntei.

Harold voltou-se para Thomas imaginando que ele responderia. Ao perceber que ele se mantinha em silêncio, abatido pelo choque, respondeu em seu lugar:

— Depende da extensão dela, mas pode ser que dure algumas centenas de anos.

Adam se levantou, caminhou até a porta de vidro que separava a sala do jardim da piscina e olhou para fora por um momento. Depois, ele se voltou para os amigos.

— O que vamos fazer agora?

— Tudo o que podemos fazer agora é esperar...

Em algumas horas saberíamos se a humanidade havia aberto a caixa de pandora de sua extinção. Restava aguardar. Trocávamos olhares em silêncio, revelando o pavor por trás deles. Nunca me senti tão impotente e tão insignificante.

Os minutos pareciam dias, enquanto aguardávamos naquela sala como se fôssemos animais em um matadouro esperando pelo fim.

Em algumas horas obtivemos a primeira informação do desaparecimento de outros grupos de usuários. Um grupo de alemães e franceses se juntou aos desaparecidos. Depois dele vários outros grupos de usuários sumiram, como em um efeito dominó.

Nunca senti tanto medo em minha vida. Meu corpo e o de Thomas estavam seguros longe de quase tudo. Thomas havia me dito que meu pai e Joana também estavam seguros, mas e Adam? Seu corpo deveria estar em uma unidade militar em Laguna Negra e, portanto, sob risco. E os outros usuários, tantos amigos e conhecidos? Fechei os olhos, aos prantos, segurando tão forte a mão de Adam que ela perdeu a cor.

O tempo parecia não passar. Thomas não suportou aguardar sem fazer nada e entrou no sistema procurando colher informações dos sismógrafos dos servidores para tentar identificar os hipocentros das explosões. Com o passar do tempo e percebendo meu desespero, Adam tentou me acalmar.

— Estou seguro em Laguna Negra, Amanda — ele me disse. — É uma base longe de tudo, que representa pouco risco. Estrategicamente, só serve como uma prisão.

— Adam está certo — reafirmou Harold.

Quis acreditar no que eles diziam. Talvez Adam estivesse mesmo fora de risco. Mas e os outros? Uma angústia crescia dentro de mim a cada minuto que passava.

— Está muito difícil analisar os sismógrafos. As ondas de impacto estão se sobrepondo. Não consigo determinar de onde elas vêm.

— Acho que só nos resta esperar — disse Adam, envolvendo-me ainda mais forte em seu abraço.

Já era dia quando Thomas notou que os impactos haviam cedido. Ainda não tínhamos a estimativa de quantos usuários tinham nos deixado;

sabíamos que eram muitos. Nosso grupo foi beneficiado e todos fomos poupados apesar de não sabermos quais seriam as consequências em médio e longo prazos. Precisávamos juntar os pedaços do que havia restado do nosso mundo.

CAPÍTULO 61
VINTE ANOS APÓS A DESTRUIÇÃO DOS SERVIDORES
[DEZ MESES NO MUNDO REAL]

Passamos pouco mais de quatro anos imaginando todos os dias qual teria sido o impacto daquela guerra no mundo real. Para nós era muito tempo, mas, para o mundo real, passaram-se pouco mais de dois meses e o pesadelo ainda estava só começando. Thomas conseguiu identificar alguns locais afetados e tentar estimar o impacto daquelas explosões virou uma obsessão para ele. De todos os usuários conectados havia restado pouco mais de trezentos mil e muitos continuavam a desaparecer todos os dias. Sabíamos que as consequências daquela guerra ainda levariam muitos de nós.

Eu atravessei um período de profunda tristeza. Adam sempre me apoiou e, juntos, atravessamos essa fase tão difícil. Tentamos retomar as nossas rotinas e fizemos um pacto de viajar a lugares importantes para ambos, mas, apesar disso, notei que nos últimos tempos ele não andava bem. Evitava se envolver com assuntos de política e, não raro, andava pelos cantos da casa pensativo ou caminhava sozinho pela praia, sempre cabisbaixo. Tentei abordá-lo para saber o que acontecia, mas ele evitava falar. Fui procurar Thomas em sua casa, na Califórnia. Ninguém compreendeu quando ele decidiu se mudar para lá após sabermos da guerra. Eu acreditava que ele tentava resgatar o seu passado arrancado dele naquela explosão inicial.

— Adam não está bem, Thomas — disse assim que entrei em sua casa em Santa Bárbara. Thomas estava bastante à vontade, usando uma bermuda e chinelos de dedo. Ele sinalizou para que fôssemos até a piscina. Trouxe duas cervejas, ofereceu-me uma e se sentou próximo a mim.

— Nenhum de nós está, Amanda.

— Eu sei, Thomas. Mas ele já havia superado boa parte do que passamos e até me ajudou também a superar, mas nos últimos tempos está pior, parece que teve uma recaída. Toda vez que toco no assunto ele desconversa e diz que está tudo bem. Ele comentou alguma coisa com você?

— Ele soube que muitos usuários estão partindo por vontade própria.

Franzi o cenho.

— Por quê?

— As pessoas não têm mais expectativas agora que sabem que o mundo está acabando. Acho que todos tinham ainda alguma esperança de retornar, mas, agora, retornar para quê?

Fiquei em silêncio ouvindo Thomas. Ele tinha razão.

— E ainda é pior — ele continuou. — Você sabe como é viver com uma lâmina no pescoço o dia inteiro. A maioria das pessoas não sabe se estará aqui amanhã e não suporta viver com essa sensação. Você não sente o mesmo?

Assenti.

— Mas não podemos desistir. Se fizermos isso, tudo pelo que passamos terá sido em vão...

— Eu não pretendo desistir. Mas entendo quem não tem mais forças para suportar.

— E você acha que Adam pode ser uma dessas pessoas?

Thomas franziu a testa.

— Não sei, é possível... E não podemos nos esquecer de que ele viveu muitos anos sozinho antes de nossa entrada. Se estivesse no mundo real, ele teria bem mais idade e talvez nem estivesse mais entre nós.

Senti uma pontada no peito. Eu sabia que Adam poderia desejar partir a qualquer momento, mas evitava pensar nessa possibilidade para não sofrer.

— Você acha que ele pode ter se cansado de mim? — perguntei.

Thomas deu uma risada.

— A única certeza que eu tenho é que ele te ama muito e não se cansou de você. Talvez até esteja suportando tudo isso por sua causa, porque não quer te deixar sozinha.

— Não sei se eu suportaria viver sem ele...

Thomas me abraçou.

— Acho que vocês precisam conversar abertamente.

— Eu já tentei. Ele sempre se esquiva dizendo que está bem.

— Você precisa abordá-lo de uma outra maneira, dizer o que está sentindo.

Concordei com Thomas, ele conhecia bastante o amigo. Enquanto pensava no que faria, distraí-me olhando ao redor. Sobre uma das mesas ao lado da piscina havia dois copos de bebida e dois pratos com restos de comida, como se outra pessoa tivesse estado ali com ele. Esbocei um sorriso malicioso, apontando com o rosto para lá. Thomas me conhecia tanto que antes que eu tivesse qualquer reação já foi falando.

— Não é ninguém especial, somente um amigo!

— Amigo? Tá bom! Pode me contar tudo, Thomas.

— É verdade, Amanda. É alguém que eu conheci na faculdade. Estamos ainda nos conhecendo melhor. Você vivia me dizendo que eu precisava conhecer alguém...

— E continuo a dizer. Você não pode ficar sozinho a vida toda, não é?

Thomas balançou a cabeça como se concordasse.

— Prometo que se a coisa ficar séria te convido para um jantar para apresentá-lo.

Ainda conversamos sobre outras coisas antes que eu fosse embora. Quando saí de lá sabia como abordaria Adam para que ele se abrisse e me contasse o que o estava incomodando.

No dia em que decidi conversar com Adam, pedi a Thomas que convidasse o amigo para passar o dia juntos. Enquanto isso, aproveitei o tempo para preparar um jantar surpresa para ele. Nesses anos todos de convivência assimilei alguns dos segredos que ele tinha aprendido com Bernard. Nada que se comparasse às habilidades que ele havia adiquirido com o *chef*, mas o suficiente para surpreendê-lo naquela noite.

Montei uma mesa em frente à piscina, na área externa. Distribuí algumas velas pelo ambiente, separei uma de nossas melhores garrafas de vinho e escolhi uma *playlist* que sabia que ele adorava. Eu me arrumei e aguardei sua chegada.

Pouco depois de o sol se pôr ele chegou. Assim que atravessou o hall deu de cara com todo o ambiente montado para recebê-lo e soltou um sorriso, que andava escondido por trás de uma expressão de tristeza.

— Você sempre me surpreendendo! — Adam disse.

Puxei uma cadeira para que ele se sentasse e o servi com uma taça de vinho.

— Às nossas descobertas — repeti o mesmo brinde que nos introduziu naquele novo mundo.

Ele desviou seu olhar do meu por um segundo, depois juntou sua taça à minha. Dei um gole e fui até a cozinha para trazer o primeiro prato. Quando Adam reconheceu uma de suas receitas apertou os olhos e balançou a cabeça segurando um sorriso entre os dentes.

— Aposto que está melhor do que a receita original.

— Tive um bom professor — respondi brincando.

Sentei-me à sua frente. Ele esperou eu dar uma primeira garfada e depois levou seu garfo a boca, demorando-se com os olhos fechados em sinal de aprovação.

— Está perfeito. Ainda bem que Bernard não soube desse seu dom. Ele iria querer te levar para trabalhar no restaurante dele.

— Exagerado! Nem está tão bom assim.

Ele voltou a sorrir. Era tão bom poder ver aquela expressão em seu rosto de novo. Evitei abordar o assunto que tanto me afligia para não estragar o jantar. Deixei para mais tarde. Jantamos sem notar o tempo passar. Conversamos sobre tudo e, quando terminamos, dividimos uma das espreguiçadeiras da piscina. Adam abriu uma nova garrafa de vinho para tomarmos juntos, aninhei-me em seu abraço e ficamos em silêncio por um longo tempo, apreciando o calor dos nossos corpos, deslumbrados com aquela vista.

— Eu nunca te contei sobre os meus pais — ele falou, surpreendendo-me.

Nesses anos todos, Adam nunca havia comentado nada sobre o acidente. Eu sabia do ocorrido por Joana e não esbocei reação, permanecendo estática.

— Eu sei que você sabe de tudo e nunca comentou nada por respeitar o meu sofrimento. Nunca deixei de me culpar pela morte deles. Meus pais ainda tinham uma vida inteira pela frente e confiavam muito em mim.

— Mas foi um acidente, Adam.

Ele balançou a cabeça em negativa.

— Eu estava cansado, não deveria ter aceitado dirigir... Houve um momento em minha vida em que desejei não mais viver. Não dava para suportar. Você pode não acreditar, mas você me salvou e não tenho como te expressar toda essa gratidão. Queria que você soubesse disso.

Aproximei meu rosto e dei nele um beijo sentindo o gosto salgado das minhas lágrimas invadindo nossas bocas.

— Nesses anos todos nunca te escondi nada, mesmo se achasse que iria te magoar.

Adam ficou em silêncio. Senti seu coração acelerar.

— Você tem vontade de partir?

Ele se ajeitou na espreguiçadeira de forma a poder me olhar nos olhos. Lembrei-me da penumbra das noites à beira-mar em Springs.

— Lembra da conversa que tivemos assim que retornamos de Alexandria da primeira vez? — ele perguntou.

— Sim, me recordo dela. Estávamos em seu escritório em Manhattan.

— Você estava confusa depois que soube da "experiência temporal", se lembra? Achava que estávamos de alguma forma trapaceando a natureza.

— Sim. Por que você se lembrou disso agora?

— Foi nessa mesma conversa que eu te disse que eu não tinha nenhuma pretensão de viver para sempre.

— Acho que nenhum de nós tem.

— Eu sei, mas... — Ele fechou os olhos, deixou cair algumas lágrimas e depois os abriu de novo. — O meu tempo aqui terminou, Amanda.

Senti um aperto no peito que irradiou para as costas e roubou o ar dos meus pulmões.

— Você não quer mais ficar comigo? Cansou de mim? — perguntei, ainda atordoada.

Ele sorriu.

— Eu te amo como sempre te amei, se possível até mais — respondeu Adam, levando minha mão ao seu peito e me fazendo sentir seu coração batendo forte. — Antes de te conhecer, eu não sabia o que era a felicidade. Você deu sentido à minha vida. Eu jamais me cansaria de você.

— Então por que não podemos viver juntos um pouco mais? Aqui nós não envelhecemos, não temos doenças e temos um mundo para explorar. Por que desistir de tudo e ir embora?

Ele me olhou dentro dos olhos:

— Quando se tem todo o tempo do universo, ele se torna seu inimigo.

Aquelas palavras marcaram minha pele como brasa. Eu ainda me lembraria delas inúmeras vezes. Eu amava Adam de uma forma indescritível e, por causa desse amor, precisava aceitar que ele partisse. Seria egoísta da minha parte desejar que ele estendesse seu tempo em mais uma vida e tornasse seus dias penosos.

Minha mãe costumava dizer que um ser humano normal passa por três situações de extremo sofrimento em sua vida. Demorei muito para compreender que o sofrimento extremo não se limitava a esse número, é claro, mas deixava de ser extremo após ele. Aprendi naquela noite que toda dor que eu experimentasse depois daquele momento não seria igual nem próxima daquilo que eu sentia.

———

Nos dias que se seguiram esforcei-me muito além de minhas forças, para não deixar Adam se sentir culpado por sua decisão de partir.

Adam ofereceu um jantar íntimo aos amigos, para o qual preparou os pratos que aprendera com Bernard. Ninguém tentou dissuadi-lo; pelo contrário, apoiaram sua decisão e aproveitaram ao máximo aqueles últimos momentos ao lado dele.

A conversa continuou na clareira, em frente ao fogo de chão. Thomas aproveitou a ocasião para abrir o baú de histórias engraçadas que sabia do amigo. Eu também não deixei por menos e quando Joana resolveu soltar suas pérolas chegamos a rir tanto que até doía a barriga.

Aos poucos, os convidados se despediram, emocionados. Joana pediu para dormir aquela noite na casa para poder preparar o café da manhã do dia seguinte. Ela estava muito abalada. Não compreendia os motivos de Adam para tomar aquela decisão. Ele não quis chateá-la e concordou.

Tão logo amanheceu, acordamos e nos sentamos os três juntos. Conversamos sobre vários assuntos, como se não soubéssemos que era o último momento que teríamos ao lado dele. Logo depois, Adam se despediu pela última vez. Não quis que eu o acompanhasse até o local de partida, então me deu um abraço demorado e um último beijo apaixonado e sussurrou em meu ouvido:

— Até breve.

CAPÍTULO 62

VINTE E CINCO ANOS APÓS A DESTRUIÇÃO DOS SERVIDORES
[POUCO MAIS DE DOZE MESES NO MUNDO REAL]

Adam foi o primeiro do nosso grupo a partir. Nunca entendi suas palavras de despedida, pois ainda que ele acreditasse em vida após a morte e que nos reencontraríamos em algum momento, por que diria "até breve"? Desde que nos conhecemos, ele usava frases misteriosas que eu não compreendia, e aquela parecia apenas ser mais uma. Minha vida estava fadada a uma série de intempéries, mas a brevidade nunca foi uma delas.

Alguns meses depois da partida dele, recebi a visita em casa de meu pai e de Joana. Eu já conseguia imaginar o motivo... Meu pai enrolou a noite toda até criar coragem, então olhou-me com os olhos mareados.

— Você sabe por que nós viemos, não sabe?

Eu desatei a chorar. Joana me acompanhou.

— Vocês não podem ficar um pouco mais? — pedi.

— Nós já vivemos demais, Amanda — comentou Joana. — Mas fomos muito felizes aqui ao seu lado. Você fez nossas vidas especiais.

Levantei-me e dei um abraço em ambos. Quando me separei, segurei a mão de meu pai.

— Eu nunca tive a oportunidade de te pedir perdão pelo tempo que eu me afastei de você.

— Não há o que perdoar, filha. Eu nunca te culpei por nada.

Depois dele, voltei-me para Joana:

— Você foi a mãe que eu encontrei neste mundo...

— E você a filha que a vida me devolveu.

Apesar de aceitar as partidas, era doloroso ver as pessoas que tanto amamos se ausentarem uma a uma. Gregory optou por partir também nessa época, Thomas e Harold foram bons amigos e me ajudaram a suportar esse momento tão difícil.

Depois de algum tempo, as partidas se tornaram cada vez mais frequentes e já não impactavam tanto como quando elas se iniciaram. Algum tempo após a partida de Joana e de meu pai, resolvi fazer uma longa viagem e visitar os mesmos locais onde estive com Adam, como prometi a ele que faria. Deixei a casa em Amanda sem data para retornar e comecei minha viagem pela Europa. Em cada rua que eu caminhava sentia a presença dele ao meu lado; o mesmo acontecia em parques, museus e restaurantes. Lembrava-me de suas palavras, de seu sorriso.

Da Europa segui para a América. Iniciei minha viagem em Pendleton. Ele não me disse nada, mas havia criado a minha cidade natal. Passei uma tarde sentada na arquibancada do mesmo estádio onde aconteciam os rodeios. Quase podia ver o rosto de Adam sorrindo por me pegar em mais uma de suas surpresas. Desci até a Califórnia e atravessei até a outra costa; visitei a América Central e a América do Sul; escalei as pedras de Machu Picchu, no Peru, e visitei as praias brasileiras. Na África, conheci a África do Sul, o deserto do Saara e o Egito. Segui, então, para a China e estendi a viagem até o Japão, finalizando com a Austrália e a Nova Zelândia.

Passei mais de um ano viajando o mundo. Fui para novos lugares e revisitei velhos conhecidos. Estava cansada, queria voltar para a casa em Amanda, mas antes disso senti uma enorme vontade de revisitar o local onde tudo começou: Alexandria.

Dessa vez, desci no centro da cidade e pude ver a biblioteca sob uma nova perspectiva. Senti um aperto no peito ao me lembrar das descobertas que fiz com Adam naquele lugar. Caminhei devagar até a imponente entrada. Segui solitária por algumas de suas galerias e percebi que o local estava praticamente deserto. Fechei os olhos por um instante, sentindo o cheiro dos livros. Pesquisei no menu em minha mente onde estava o exemplar de *O nome da rosa*, o qual Adam usara para me demonstrar a "experiência temporal" em nossa primeira vez naquele lugar. Fui até a estante e vi que ele ainda se encontrava ali. Estendi minha mão e o retirei devagar da prateleira, como se segurasse um tesouro.

Levei o livro comigo até uma das mesas abaixo dos pontos que recebiam luz natural e me sentei. Passei a folheá-lo devagar. Adam havia cumprido sua promessa de terminá-lo de ler e marcou o nome de Guilherme em todas as páginas, como que prevendo que eu iria consultá-lo de novo algum dia. Quase pude vê-lo à minha frente, gesticulando ao me mostrar a "experiência temporal". Fechei os olhos e apertei o livro contra o meu peito, desejando com todas as minhas forças poder conversar com ele mais uma vez.

— Adam gostava muito desse livro — disse uma voz masculina, assustando-me. Quando abri os olhos, vi uma sombra caminhando com dificuldade no escuro de uma das galerias, arrastando os sapatos no chão.

— Quem é você? — perguntei.

O vulto se aproximou até que a luz revelou seu rosto. Era um senhor de idade avançada. Não me lembrava de ter visto alguém tão idoso assim no RealOne.

— Adam era muito meu amigo — respondeu ele, aproximando-se ainda mais. — Você é Amanda, não é?

— Como você sabe meu nome?

— Ele te descreveu muitas vezes para mim.

Eu me levantei e empurrei uma cadeira para que o velho se sentasse ao meu lado.

— Por favor — sinalizei a cadeira com a mão. — De onde você conhecia Adam? — perguntei assim que ele se sentou.

— Assim que Adam criou este mundo, ele me trouxe para tomar conta de Alexandria. Ajudei a trazer todos esses livros para cá — disse ele, apontando para uma das galerias atrás de si. — Meu nome é Miguel — apresentou-se, estendendo sua mão. Lembrei-me de Adam falar dele algumas vezes, mas nunca imaginei como ele seria.

— Adam vinha muito aqui?

Miguel fechou os olhos e assentiu.

— Sim, muitas vezes, principalmente durante o período em que ele ficou sozinho neste mundo. Você ainda não havia ingressado. Às vezes, passávamos horas conversando. Ele gostava muito desse livro — disse, apontando para o livro que eu tinha em mãos.

— Ele falava muito de mim?

— Muito, muito mesmo — respondeu Miguel, com uma risada sonora.

— Do que mais ele falava?

— Adam era um apaixonado pelo mundo que ele criou. Ele gostava muito de ler e buscava sempre algum título que pudesse acrescentar algo ao RealOne. Passava horas pesquisando e se sentava neste mesmo lugar em que você está. Curioso, com tantos outros lugares, não é mesmo?

Olhei ao redor, imaginando o que me levara a me sentar no mesmo lugar que ele. Em seguida, senti uma curiosidade peculiar, como se quisesse me conectar com Adam por meio de suas leituras.

— O que mais ele gostava de ler?

— Um pouco de tudo — respondeu ele, com a mão no queixo. — Algum tempo antes de partir, ele voltou a vir para cá com maior frequência. Andava calado... Quase não conversava mais comigo. Achei que ele estivesse com algum problema. Nesse tempo ele passou a ler livros técnicos que não lia antes. Temas de física... Achei estranho.

— Adam lendo sobre física?

— Para dizer a verdade, eu também não entendi o que ele procurava. Às vezes ele me surpreendia...

Eu assenti com os olhos mareados.

— Eu sinto muita falta dele...

— Acho que todos sentimos... — completou Miguel acenando com a cabeça. Após uma pausa, o homem se despediu:

— Foi bom te conhecer pessoalmente, Amanda. Eu preciso ir agora.

— Posso levar *O nome da rosa* comigo, Miguel? Prometo que eu trago de volta...

Miguel deu uma risada.

— Claro, Amanda. Fique tranquila. Não se preocupe em devolvê-lo. Tenho certeza de que Adam ficaria encantado em vê-lo em suas mãos. Considere um presente!

— Obrigada! — agradeci apertando o livro contra o peito, como se pudesse sentir Adam próximo a mim.

Ainda fiquei algum tempo apreciando o lugar e imaginando Adam ali, naquela mesma mesa...

CAPÍTULO 63

TRINTA ANOS APÓS A DESTRUIÇÃO DOS SERVIDORES
[QUINZE MESES NO MUNDO REAL]

A CADA ANO QUE PASSAVA, eu via as cidades se esvaziarem mais e mais. Aos poucos, o encanto daquele mundo virtual se transformava em um monte de pessoas solitárias caminhando pelas ruas a esmo. Eu ainda resistia e não sabia por quê.

Eu, Harold e Thomas nos empenhamos ao máximo para encontrar respostas. Nenhum de nós acreditava que não havia propósito naquele projeto nem que estávamos condenados a abandoná-lo um a um até que não restasse mais ninguém. Thomas acreditava que o RealOne era um tipo de banco de dados das memórias da humanidade, que seria descoberto muitos e muitos anos depois por alguma civilização do futuro, como se encontrassem ruínas de antigos povos escondidas debaixo de cidades. Eu me recusava a aceitar que nossas vidas não passavam de um amontoado de *bites*.

Nos últimos dias eu vinha pensando ainda mais em Adam. Uma de suas últimas frases assombrava as minhas noites: *"Quando se tem todo o tempo do universo ele se torna seu inimigo"*. Na última delas, resolvi que iria partir. Acordei decidida. Passei toda a manhã caminhando pela cidade de Amanda, como se me despedisse daquele mundo. Ao final, visitei a "praça dos ausentes" e fixei no robusto carvalho uma placa ao lado da placa de Adam:

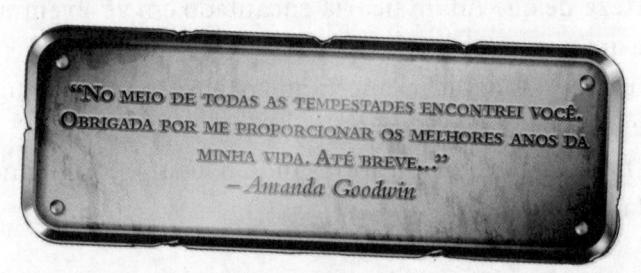

> *"No meio de todas as tempestades encontrei você. Obrigada por me proporcionar os melhores anos da minha vida. Até breve..."*
> *– Amanda Goodwin*

Quando retornei para casa, atravessei a porta de vidro e caminhei em direção à praia. Andei até o final dela lembrando quantas vezes fizera o mesmo trajeto ao lado de Adam. Logo após, peguei a trilha até a clareira que tinha o fogo de chão e me sentei em uma das cadeiras. Fechei os olhos por um instante, deixando o cheiro de mar invadir minhas narinas. Eu estava pronta. Conversaria com Thomas e Harold para me despedir deles.

Eu me levantei da cadeira e caminhei até a casa. A porta de vidro estava aberta, mas podia jurar tê-la fechado. Logo na entrada, no piso da sala, estava escrito com letras grandes: "VOCÊ NÃO PODE PARTIR!". Meu coração disparou dentro do peito. Na hora me lembrei do vulto misterioso que perseguia a mim e a Adam antes da inauguração do RealOne. Só podia ser a mesma pessoa, mas quem? Percorri os cômodos da casa à procura de alguém. Eu estava só. A cidade de Amanda havia se transformado em um lugar quase deserto.

Saí da casa e fui ao encontro de Thomas para contar o que havia acontecido, quando fui surpreendida mais uma vez. Eu conhecia Thomas havia tanto tempo que muitas vezes não precisávamos dizer nada. Quando o vi, seu olhar o entregou. Ele havia desistido. Meu olhar também refletiu minha tristeza e nós nos abraçamos em silêncio. Preferi não comentar nada sobre a mensagem. Ele estava de partida e isso só iria deixá-lo preocupado.

As partidas eram cada vez mais breves. Thomas despediu-se de Harold em sua casa. Eu preferi seguir meu amigo até a entrada do Centro de Partida. Sentamo-nos em um banco em frente ao local. Ele olhou para mim emocionado.

— Foi muito bom te conhecer, Sra. Goodwin — disse sorrindo, com os olhos úmidos.

— O prazer foi meu, Thomas.

Ele, então, lançou-me um olhar diferente, como nunca havia feito antes.

— Tem um segredo que guardei por toda a minha vida e nunca tive coragem de te contar, acho que esse é o momento. — Algumas lágrimas desceram pela sua face. Ele continuou: — É sobre Adam...

Desde nossas primeiras conversas, logo que eu o conheci percebi que ele guardava um sentimento especial pelo amigo.

— Acho que nós dois dividimos muito mais do que uma grande amizade, não é verdade? — eu disse sorrindo, também entre lágrimas. Thomas se surpreendeu pelo fato de eu sempre saber sobre seu amor não correspondido. Deu-me um abraço forte e disse próximo ao meu ouvido:

— Você foi a melhor coisa que me aconteceu. — Então, ele se levantou, atravessou a porta, deu uma última olhada para trás e se foi.

Cheguei a imaginar algumas vezes que ele e Harold haviam resistido à ideia de partir somente por minha causa. Tinham receio de me deixar sozinha. E eu mesma não sabia o que ainda fazia naquele mundo sombrio e me sentia cada vez pior sabendo que alguém desejava que eu ficasse. Quem? Por quê?

———

Muito tempo se passou desde a partida de Thomas. Harold também resistiu o quanto pôde, tanto que, de sua família, somente ele permaneceu. Em uma certa manhã ele me procurou.

— Acho que não há mais sentido em ficar, Amanda — disse ele quando nos sentamos para conversar. — Todos já se foram. Sobramos apenas eu e você.

— Eu já me perguntei muitas vezes por que ainda estou aqui. No dia em que decidi que partiria, alguém me deixou uma mensagem pedindo que eu ficasse — contei, fitando o chão. Eu havia narrado essa história a Harold no mesmo dia em que Thomas partiu.

— Eu não consigo entender quem pode ter feito isso, mas já faz algum tempo e seja lá quem escreveu aquela frase já não está mais aqui... Eu não quero que você fique só. Vamos partir juntos, eu e você.

Senti um aperto no peito que me tirou o fôlego ao imaginar ficar sozinha naquele mundo. Era o meu pior pesadelo. Se, um dia, alguém desejou que eu permanecesse, deveria saber que já não fazia mais sentido. O que eu poderia fazer ali sem mais ninguém? Concordei com Harold.

— Vamos partir amanhã — falei.

— Vamos partir agora! — Harold propôs.

Ele temia que eu mudasse de ideia e, para ser sincera, eu também. Olhei ao meu redor com muito mais medo do que com saudosismo e concordei. Caminhamos juntos até um Centro de Partida. Atravessamos um longo corredor com telas de imagens do novo mundo em suas laterais. Era todo o nosso legado, de anos e anos. Pensei em Thomas e suas crenças sobre nos transformarmos em um sítio arqueológico digital. Apesar de não me acostumar com essa ideia, era tudo que nos restava. Enquanto caminhávamos até o Centro de Partida, uma lembrança me veio à mente. Deixei escapar um sorriso. Harold estranhou:

— O que foi?

— Me lembrei da minha reação quando soube da primeira partida, daquela japonesa, se lembra?

— Você ficou indignada! — Harold sorriu de volta.

— E agora aqui estou eu, na mesma situação...

Harold passou seu braço em torno do meu ombro.

— Você já pensou como seria chato se não extraíssemos nada dessa vida?

———

As salas de partida eram ambientes acolhedores, com iluminação leve que alternava tons diferentes de cores projetadas em suas paredes. Algumas poltronas, confortáveis, ficavam dispostas uma ao lado da outra, em uma fileira. Um painel ao lado delas identificava o usuário. Assim que me aproximei, meu nome apareceu na tela e eu me sentei. Coloquei em minha cabeça um meio-arco parecido com aquele que usávamos para ingressar no RealOne. Harold tomou o lugar ao meu lado e me estendeu a mão para que eu a segurasse, virou o rosto em minha direção e sorriu.

— Foi um prazer te conhecer, Sra. Amanda Goodwin.

— O prazer foi meu, Harold.

Fechei os olhos. O mesmo túnel da entrada surgiu em minha mente. Eu retornei por ele, caminhando no sentido do buraco escuro e sombrio. Deixei de sentir o toque da mão de Harold, olhei para a luz atrás de meu corpo, voltei a olhar para a escuridão e dei o primeiro passo.

Um clarão me cegou da mesma maneira como quando eu ingressava no RealOne. Fiquei confusa. Eu estava morta? Existiria o pós-morte de que tantos falavam? Minha visão retornou aos poucos e eu estava exatamente no mesmo lugar, deitada na poltrona da sala do Centro de Partida. Meu coração acelerou de pânico. Olhei para o lado e constatei que Harold havia partido. Ao me dar conta disso, fiquei de pé em um pulo. O ar parecia não entrar em meus pulmões, eu estava sufocando de medo. A tela da minha poltrona acusava uma mensagem de erro. *Menos mal*, pensei. Aproximei-me da poltrona onde antes estava Harold para tentar usar o mesmo equipamento. Assim que reconheceu meus dados, a tela congelou em outra mensagem:

ÚLTIMO USUÁRIO: PARTIDA NÃO AUTORIZADA.

CAPÍTULO 64

MUITO TEMPO DEPOIS DA DESTRUIÇÃO DOS SERVIDORES

AGORA MUITAS DAS COISAS que eu te descrevi até este momento passarão a fazer sentido...

Quando percebi que eu havia sido condenada a vagar sozinha por esse mundo, minha primeira reação foi correr e gritar pelas ruas sem parar, fugindo do meu próprio destino. O medo somente aumentava e não havia nada que pudesse amenizar aquele sentimento. Acho que, se eu estivesse no mundo real, teria infartado. Não seria possível meu corpo suportar tamanha opressão.

Viver naquele mundo se tornou um martírio sem igual. Lugares que antes me fascinavam agora me rendiam pesadelos. Os avatares ocuparam todos os postos de trabalho essenciais. Andavam pelas ruas atendendo nas lojas e restaurantes como em um dia comum, distribuindo sorrisos e simpatia. Eu deveria sentir fome, mas meu grau de preocupação era tanto que, de alguma forma, acabei por inibi-la. A noite era pior, pois era quando eu sentia mais medo. Eu me mudei da casa em Amanda para uma em Manhattan. Quase não havia mais casas naquela região, somente prédios, mas a ideia de morar sozinha em um apartamento de um edifício deserto me dava calafrios. Estar em uma casa me permitiria ouvir os sons da cidade, que sobrevivia à custa dos *avatares*, o que era melhor do que me sentir só e deixar a minha imaginação voar.

Essas não são lembranças que eu gosto de recordar, mas, passado o pânico inicial, eu precisava encontrar alguma maneira de sair dali. Mas como? Eu não era uma expert no programa, como era o Thomas,

mas ainda assim, essa parecia ser minha única alternativa. De dia, eu trabalhava em busca de uma saída e de noite recolhia-me em minha casa. Não sei quanto tempo dediquei àquela tarefa. Se o tempo pouco importava antes, por que importaria agora? Os dias passavam sem que eu me desse conta. Meu único cuidado era me recolher à noite porque detestava ficar sozinha no escuro. Um trauma que carreguei desde os meus tempos de prisão.

Meses se passaram sem que eu registrasse qualquer progresso — imagino que tenham sido meses, mas fato é que perdi por completo a noção do tempo. Diante da loucura que me envolvia, encontrei refúgio na escrita deste livro. Você não pode imaginar o quanto estas linhas me ajudaram a suportar a agonia da solidão. Se ainda não enlouqueci, devo tudo a este manuscrito, embora não saiba se alguém virá a conhecer minha história algum dia. Em alguns momentos, pego-me sonhando com a possibilidade de Thomas estar correto e, quem sabe, minha narrativa vir a ser objeto de estudo em uma sala de aula do futuro, discutindo sobre uma civilização extinta do passado. Emocionante, não é mesmo? O único problema é que sei que estou chegando ao fim e... o que eu farei depois?

A solidão fez com que me aproximasse dos *avatares* como se eles fossem humanos. Depois de conviver algum tempo com eles, percebi que existiam maneiras de burlar seu sistema de inteligência artificial de forma que pudessem me ajudar a encontrar soluções para temas sensíveis. Apelidei essa descoberta de "linguagem hipotética". Em um desses dias, já quase no final das minhas forças, procurei Anthony, um *avatar* garçom de um café próximo a minha casa — você acredita que todos eles foram programados para ter um nome e uma história de vida para contar?!

— Olá, Anthony. Traz o de sempre, por favor.

Ele sorriu e saiu para providenciar o meu pedido. Quando retornou, pedi que se sentasse comigo.

— Sente-se comigo, Anthony. Eu sou sua única cliente hoje...

O *avatar* sentou-se à minha frente.

— Gostaria de conversar hipoteticamente, podemos?

— Sim, claro, Sra. Goodwin.

— Hipoteticamente, uma pessoa está confinada em um mundo virtual, sozinha. Não há maneira dela sair dali. Ela percebe que a loucura está tomando conta de seus pensamentos. Ela tem medo de sofrer e que esse sofrimento se prolongue por uma eternidade. O que ela poderia fazer para acabar com isso tudo?

Eu não vou me estender no desenrolar dessa conversa que tive com Anthony. Acho que você consegue imaginar o resultado dela. Ao final, após expor ao meu amigo *avatar* todos os meus traumas — "hipoteticamente falando" —, resolvi seguir a sugestão que arranquei dele com muita dificuldade.

Bom... Eu preciso encerrar aqui esta minha narrativa. Não me orgulho do que tentarei fazer, por isso despeço-me sem saber o que acontecerá comigo. Eu não estou mais suportando. Acredito que não exista um único ser humano que suportasse o que eu estou passando, então peço que não me julgue.

Eu só espero que esta minha longa história não tenha sido em vão...

CAPÍTULO 65

MUITO TEMPO DEPOIS DA DESTRUIÇÃO DOS SERVIDORES

D EMOREI MUITOS MESES para criar coragem de voltar a escrever este livro. O que aconteceu? Eu fico constrangida de contar, mas acho que você precisa saber de tudo...

Fui até a casa da cidade de Amanda, sentei-me na areia da praia, de frente para o mar, e passei horas buscando coragem. Por fim, eu me levantei e caminhei em direção ao oceano. Achei que a melhor maneira era nadar sem parar até me cansar. Quando quisesse voltar, não conseguiria. Foi o que fiz. Nadei sem parar, desejando fugir daquele lugar. A praia foi ficando cada vez mais distante. Não desisti e segui em frente até minhas forças acabarem. Meu corpo afundou em exaustão e ouvi o barulho da água como na primeira vez que mergulhara no mar daquele mundo, mas agora eu só queria morrer. Eu não tinha mais forças para lutar, e quando meu corpo pediu por oxigênio meu pulmão se encheu de água e me debati até a escuridão surgir. Foi um momento de paz, mas o clarão veio logo em seguida e, quando minha vista se adaptou, eu estava deitada de novo na poltrona da sala do Centro de Partida. Chorei até não ter mais lágrimas, perguntando-me se aquele lugar seria o purgatório.

Você pode estar questionando o motivo de eu ter aceitado aquela solução proposta por Anthony sabendo que, com exceção dos Centros de Partida, a morte não era uma possibilidade naquele mundo.

A verdade é que a história do cientista Alexander que Adam me contou repetidas vezes não me saía da cabeça. De algum modo, eu acreditei que, se já tinha ocorrido uma vez, poderia, sim, acontecer de novo...

Depois desse dia, eu já não tinha mais disposição para estudar uma forma de sair dali. Tudo o que eu fazia parecia inútil. Eu estava condenada a um sofrimento sem tempo até que um dia meu corpo físico sucumbisse. Quanto tempo isso iria levar? Eu não fazia a menor ideia.

Um dia, viajei até Londres somente para me distrair, girando sem parar na London Eye, uma das dez maiores rodas gigantes já construídas. Observar a vista da cidade sem fazer nada relaxava-me e me fazia me sentir segura.

Aquela cabine fechada, aparentemente intransponível, fez-me lembrar de uma história que meu pai me contava quando eu era adolescente. Falava de um rapaz muito esperto e ambicioso que, certa vez, cruzou o caminho do Diabo na figura de um homem sofisticado. O Satanás ofereceu a ele tudo o que quisesse em troca de sua alma. O rapaz era ardiloso e não cedeu aos encantos do Capiroto. Mas o Senhor das Sombras enxergava longe e percebeu que podia seduzir o homem pela sua vaidade. Sendo assim, ofereceu ao rapaz tudo o que ele quisesse, mas disse que, no fim dos seus dias, ele seria submetido a um desafio, para o qual somente existiria uma resposta. Se ele acertasse, estaria livre, mas se errasse perderia sua alma. O Diabo acertou em cheio, e o rapaz, achando-se mais esperto do que ele, aceitou a disputa.

O jovem viveu entre orgias e fortunas, fez o que teve vontade e, no final de seus dias, o Diabo veio cobrar o acordo.

"Eu vim para te levar embora", disse Lúcifer.

O rapaz lembrou-se de que teria direito a um desafio, para o qual havia uma única solução. Caso acertasse, estaria livre.

O Diabo riu sem dó. Como ele imaginava que poderia vencer o Anjo das Trevas? Em um instante, o rapaz se viu dentro de um cubo fechado por paredes de todos os lados. De fora, Lúcifer o desafiou, dizendo que ele tinha apenas uma hora para sair.

O jovem sabia que havia uma única solução possível. Procurou portas escondidas nas paredes, fragilidades na estrutura e pensou consigo que o Diabo não faria sua vida tão fácil assim, então deveria existir outra resposta. Uma hora depois, Lúcifer abriu o cubo e o rapaz não estava dentro dele. Ele tinha percebido que o Diabo o havia prendido em todas as dimensões, exceto uma, no tempo. Ele voltou ao passado e salvou sua alma.

Era exatamente como eu me sentia, presa dentro de um cubo, mas sem ter feito nenhum acordo com o Diabo. Lembrar-me dessa história me remeteu a uma frase de Adam que havia sido dita no primeiro dia em que testamos a "experiência temporal". Ele me contou que o tempo era apenas um conceito criado pelo homem e que no RealOne existiam infinitos tempos. Eu estava presa naquele mundo, sem dúvida, mas quando infinitos tempos convivem em um mesmo espaço não poderia o futuro encontrar o passado? E como o rapaz que enganou o Diabo, talvez essa fosse a chave da qual eu precisava para sair dali.

Fui tomada por um frenesi. Quem entregou para Adam um quadro de mensagens quando ele estava preso naquele quarto de hotel? Adam havia me contado muitas vezes essa história. E quem era o tal vulto misterioso que me perseguia no mundo virtual e que pichou aquela mensagem em Santorini? Quem escreveu uma mensagem no piso da minha sala quando quase não havia mais ninguém no mundo? E por que meu equipamento de partida apresentou defeito e eu fiquei presa no RealOne por ser a última usuária conectada? E ainda tinha uma pergunta que martelava no meu subconsciente: por que Adam me disse "Até breve" quando partiu? Existia somente uma explicação: eu havia descoberto alguma maneira de voltar ao passado e era a responsável por todos aqueles eventos. Havia alguma versão minha vagando no tempo pelo mundo virtual. Por essa razão eu consegui captar sensações tão fortes em algumas ocasiões. Ocorria alguma conexão mental entre nós por sermos a mesma pessoa. Talvez eu estivesse em algum paradoxo temporal, mas, se eu já havia voltado no tempo uma vez, precisava voltar de novo.

CAPÍTULO 66

Eu nunca me considerei uma mulher de sorte. Tudo o que consegui foi por meio de muito esforço, mas, se existia alguém que sabia as teorias relacionadas a uma viagem no tempo, esse alguém se chamava Amanda Goodwin, e se isso não era sorte, eu não sei mais o que era.

Pensei em Thomas, no dia em que ele insistiu em me levar até Harold, para que eu trabalhasse com ele e ali começasse minha longa jornada através da metafísica e da física, já que trabalhar tantos anos ao lado do professor me qualificou como ninguém. Quase consigo ouvir Thomas dizendo: "Está vendo?! Eu te disse!!".

Coloquei a cabeça para funcionar: como eu consegui viajar até o passado?

Talvez você não tenha o conhecimento para entender sobre o que eu estou falando, então vou tentar facilitar as coisas. Existe uma máxima quando desejamos ilustrar a viagem no tempo para um leigo: pedimos para a pessoa imaginar alguém correndo em volta de uma mesa. Então esse indivíduo passa a correr cada vez mais rápido a ponto de chegar a uma velocidade tão absurdamente elevada que alcançará a si próprio, alterando a relação temporal.

O conceito de viajar para o futuro eu já conhecia bem e sabia que estava relacionado ao aumento da velocidade. Se para viajar para o futuro eu precisava acelerar, para buscar o passado precisava fazer o oposto. É o que chamamos de "descronização", um nome complicado para explicar a desaceleração temporal. Eu precisava transformar um segundo do meu tempo atual em uma hora. Fazendo isso, o tempo passaria rápido por mim e me jogaria para trás, para o passado.

O conhecimento das teorias relacionadas à viagem no tempo apresenta um desafio, pois todas elas preveem a construção de artefatos impossíveis de se construir com base em nosso conhecimento atual, ainda mais estando em um mundo virtual. Com certeza, minha amiga Amanda do passado trilhou outros caminhos.

Voltei a lembrar do rapaz dentro do cubo. Deveria existir uma solução mais simples. Se eu voltei ao passado, encontrei alguma brecha no sistema, como a tal única solução que o Diabo deixou para o desafio do cubo. Tinha que ser algo que eu poderia usar a qualquer momento, e não por meio de experimentos malucos. Eu me forçava a lembrar a todo o momento de que estava em um programa e precisava agir com essa ideia fixa na cabeça.

Pense no tempo, eu repetia baixinho a mim mesma. Adam me disse que, alguns dias após a festa de inauguração, ele suspendeu o travamento que limitava a "experiência temporal" por meio de seu menu digital. Mas é claro! Essa era resposta. Viajar no tempo dentro do RealOne deveria ser tão simples como usar esse menu em nossa mente, ou seja, bastaria habilitar esse comando. Deveria existir alguma possibilidade de configuração dentro dele para a qual nunca ninguém se atentou.

Passei algumas semanas imersa naquele menu. Levantei suas rotinas de programação. Não era tão simples como eu imaginava, mas encontrei o tal comando que Adam utilizou para habilitar a "experiência temporal". Ele funcionava como se fosse a tecla de avançar de um reprodutor de vídeo, permitindo aumentar a velocidade. Eu teria que usar o mesmo comando, mas configurá-lo para fazer o oposto: retroceder. Dei graças a Deus de ainda ter o mesmo *status* de perfil que Adam me deu lá nos primórdios da nossa aventura. Isso me habilitava a alterar as configurações como entendesse necessário. Foi o que fiz. Ao invés de acelerar, programei o mesmo comando para retroceder e... *voilà*!!

Era como eu imaginava. Era possível retornar no tempo como se adiantássemos ou retrocedêssemos um filme; pelo menos era nisso que eu acreditava. Se tudo funcionasse direito, viajar no tempo dentro daquele universo agora seria tão simples como escolher uma roupa! Quem diria!! E só de pensar nos anos que perdi ao lado de Harold e Thomas buscando fragilidades em outros pontos do sistema...

Eu estava há tanto tempo sozinha naquele inferno que minha primeira vontade foi escapar no mesmo instante e voltar ao passado para reencontrar Adam. No entanto, antes de ceder à tentação, lembrei-me de algo crucial: embora eu conhecesse toda a teoria das viagens no tempo, ninguém além da minha amiga Amanda do passado havia experimentado essa hipótese. E se, sem querer, eu voltasse no tempo e a encontrasse? Essa memória não existia em minha vida atual, o que significava que todo o futuro seria reescrito, algo que eu não pretendia fazer. Cautela era essencial.

Após alguns dias, reuni coragem para testar minha nova descoberta. Eu tinha que escolher o momento perfeito. Analisando todas as possibilidades, a oportunidade ideal se mostrou a ocasião da partida de Adam. Sempre me perguntei por que ele me disse "Até breve", mas a única explicação plausível era que Adam de alguma forma sabia que eu voltaria naquele exato momento. Descobrir como ele sabia seria minha missão ao regressar.

Quando a possibilidade de encontrar Adam no momento de sua partida tornou-se real, a primeira ideia que me ocorreu foi trazê-lo até o meu presente. No entanto não conseguia imaginar como essa decisão poderia afetar a linha temporal. Seria importante consultá-lo para saber o que ele pensava a respeito.

———

Bom, amanhã será o dia em que tentarei voltar no tempo para encontrar Adam. Não posso prever se terei sucesso ou não e você já sabe que este livro pode acabar a qualquer instante, e o que isso significa...

Eu só espero ter a mesma sorte que tive ao encontrar Harold...

Até breve. Pelo menos, é o que espero!

CAPÍTULO 67

É POSSÍVEL!!! Eu consegui viajar no tempo!!!
Mas nem tudo saiu como eu havia planejado... E poderia ser diferente?!

A lógica indicava que eu regressaria para o mesmo lugar onde me encontrava, mas em outro momento. Fui até o Centro de Partida, entrei na sala onde sabia que Adam estaria, respirei fundo e acessei o menu de tempo. Depois, programei meu retorno para pouco depois de nossa despedida final. Fechei os olhos e acionei o comando.

Apareci no mesmo túnel iluminado das outras vezes, caminhei em sentido contrário ao buraco escuro até o clarão me cegar. Antes de recobrar a visão, ouvi a voz de Adam chamar o meu nome.

— Amanda? — Adam arregalou os olhos.

Ele caminhou em minha direção e me deu um abraço. Ele não imaginava o quanto eu desejei viver aquele momento somente mais uma vez. Foi quando ele me beijou, fazendo com que minha cabeça girasse como um carrossel.

— Você veio de um outro tempo, não foi? — ele perguntou.

Assenti. Será que ele estava me aguardando, como eu imaginava?

— Como você sabe?

— Eu vim fazer o mesmo. Vim tentar viajar até o passado — ele se antecipou.

Aquela revelação me pegou de surpresa.

— Do que você está falando?

— É uma longa história... Se lembra de uma viagem que eu fiz sem você? Eu disse que precisava estudar alguns projetos e ficar um dia em Nova York?

Acenei positivamente sem entender onde ele queria chegar.

— Eu não queria te envolver nisso, mas eu fui até *Exodus*, ou o que havia sobrado daquele lugar.

— O tal lugar que os rebeldes construíram? Para quê?

— Christopher era o líder dos rebeldes. Eu já te falei algumas vezes sobre ele. Quando eu contei a ele que sua filha estava viva, concordamos que ele me daria acesso a todos os experimentos que eles haviam realizado para que eu pudesse descobrir como tinham conseguido trazer Zeynep de volta. Foi, então, que ele fez a maior revelação de todas: eles não estavam pesquisando uma maneira de tentar regressar. Christopher e muitas daquelas pessoas já tinham perdido muito... O que eles vislumbraram, de fato, era uma maneira de voltar ao passado. Eles já sabiam que isso era possível dentro do RealOne. Por isso eles não se importavam com os resultados fracassados que culminaram na morte de muitos deles. Eles sabiam que bastava acertar uma única vez para mudar toda a história e salvar a todos.

— Então aquelas experiências que eles faziam era uma tentativa de voltar no tempo?

— Sim. E também era a única maneira de Christopher conseguir salvar a sua filha, que ele acreditava ter perdido a vida no mundo real. Por acidente, acabaram descobrindo uma maneira de regressar.

— O que não compreendo é por que eles passaram anos pesquisando uma forma de viajar no tempo colocando suas vidas em risco quando existia uma maneira muito mais simples e segura, logo ali, na frente de todos eles... Depois que descobri que viajar no tempo era possível, não tive muita dificuldade em encontrar um meio de fazer isso.

— Christopher e Brandon tiveram que trilhar um caminho bem mais complexo para alcançar os mesmos resultados... Somente duas pessoas poderiam viajar no tempo da mesma forma que você fez: eu e você.

— Por quê?

— Por causa da autorização do nosso perfil. Somos os únicos a ter acesso total ao programa. Para dizer a verdade, eu nunca pensei nessa possibilidade, por isso achei que a resposta estava nas pesquisas feitas em *Exodus*.

— E por que você quis viajar no tempo?

— Quanto tempo você acha que meu corpo ainda resistirá dentro de uma instalação militar depois de deflagrada uma guerra nuclear?

— Mas você sempre me deixou acreditar que estaria a salvo naquela prisão...

— Eu nunca quis te preocupar. O que adiantaria ficar pensando nisso o tempo todo?

Eu concordei, mas no fundo eu preferia ter me preparado para não sofrer tanto como eu sofri. Não falei nada; não valia a pena deixar que ele soubesse disso naquele momento. Adam prosseguiu:

— Christopher estava certo em uma coisa, se conseguíssemos voltar ao passado poderíamos mudar todo o nosso futuro e nos salvar a todos. Era a nossa única esperança. Eu estudei muito os experimentos que encontrei em *Exodus* e acredito que identifiquei onde eles erraram. Eu precisava tentar...

— E foi por isso que você me disse até breve?

— Eu achei que teria sucesso e nos encontraríamos de novo...

— E por que não deixou que os outros soubessem dessas experiências para ajudar a encontrar uma solução?

— Muitos usuários já tinham perdido as suas vidas por causa delas. Eu sabia que meu tempo estava se esgotando e se eu morresse não seria uma perda tão grande. Mas eu não deixaria que outros se arriscassem.

Pelo menos agora eu tinha certeza de que Adam não desejou me deixar. Senti um enorme alívio ao perceber isso. Ele acreditava que teria sucesso com aquela experiência, embora eu soubesse que ela falharia, afinal, ele nunca mais retornou depois de sua partida. Mas agora eu tinha a chave que poderia mudar tudo.

— Um dos motivos de eu ter escolhido este momento como minha primeira viagem ao passado foi imaginar que eu poderia levá-lo comigo até o futuro. Você acha que isso poderá ter algum impacto sobre a linha temporal?

O rosto de Adam se iluminou com a possibilidade.

— Eu adoraria seguir com você... Mas eu não tenho essa resposta. Ainda existem muitos sobreviventes no futuro?

Eu dei um suspiro.

— Faz muito tempo que estou só, Adam... — eu disse, sentindo meus olhos encherem-se de lágrimas.

— Só?! — Adam perguntou com uma cara de espanto.

— É uma longa história...

— Como assim!! Eu vou voltar com você! De maneira alguma vou permitir que você fique sozinha.

— E se a linha temporal for alterada?

— Como se alteraria, Amanda? O único contato que teremos será um com o outro... Juntos podemos buscar uma maneira de salvar a todos.

Aquelas palavras me encheram de esperança. Meu tormento parecia encontrar seu fim.

Ensinei a Adam como modificar o seu menu para habilitar a viagem no tempo. Ele ficou indignado com a simplicidade e, como precaução, deixou-me saber de todos os códigos que me liberariam para alterar o *status* do perfil de outros usuários de forma a permitir que qualquer um pudesse viajar no tempo da mesma maneira. Programamos para que retornássemos ao momento em que eu estava antes. Segurei a mão dele e acionei o comando, fazendo com que o túnel iluminado surgisse em minha mente...

Quando a minha visão retornou, notei que Adam não estava ao meu lado. Pensei que ele poderia ter tido algum problema. Aguardei por um tempo até ter certeza de que ele não viria mais. Na hora compreendi que não era nenhum defeito no sistema. Adam não existia mais naquele tempo, seu corpo físico sucumbira antes. Eu deveria ter imaginado que isso aconteceria. O corpo de Adam estava em uma prisão militar, como ele mesmo dissera...

Foi como encarar uma segunda perda dele. Pensei em voltar de novo para o dia de sua partida, mas eu não conseguia imaginar quais seriam as consequências de um novo encontro entre nós e de que adiantaria se eu não podia trazê-lo comigo. Não valia a pena arriscar, especialmente agora que eu tinha um propósito maior.

Apesar de eu estar cansada de enfrentar tantos revezes, fui surpreendida por minha própria reação: pela primeira vez em minha vida não me permiti sofrer. Algo havia se transformado dentro de mim. Eu não era mais a mesma Amanda de antes. Sentia-me mais forte e não deixaria que nada mais me atingisse. Era hora de aceitar e seguir em frente, sozinha... como tantas vezes estive.

CAPÍTULO 68

A CONSCIÊNCIA QUE AGORA EU TINHA de que podia viajar no tempo me encheu de confiança. No entanto sabia que precisava agir com extrema cautela para não afetar os fatos temporais. Recordei-me do filme *Efeito Borboleta*, em que cada mudança no passado resultava em consequências desastrosas no futuro.

Decidi procurar Harold, pois ele havia sido o penúltimo a partir e isso não parecia representar um risco significativo de alterações drásticas no futuro. Dessa forma, determinei que voltaria à noite anterior à minha tentativa de partir:

— Amanda?

Harold me recebeu surpreso. Eu decidi procurá-lo em sua casa.

— Olá, Harold. Desculpe pelo horário, mas eu preciso falar com você.

— Claro, entre. Eu também preciso falar com você, então foi ótimo ter vindo.

A sala do apartamento estava bagunçada. Harold havia transformado a mesa de jantar em um escritório. Seu computador estava aberto sobre ela, assim como vários papéis e livros. Olhei ao meu redor e percebi que o apartamento estava silencioso. Harold notou o meu estranhamento e apontou para o sofá convidando-me para sentar.

— Todos se foram — disse ele. — Eu fui o único a ficar.

— Por que você também não foi? — perguntei. — Fez isso por minha causa, não é? Você nunca quis me deixar aqui sozinha.

— Não consigo imaginar alguém sozinho neste mundo. É de enlouquecer qualquer um. Por isso eu queria conversar com você. Não temos mais nada a fazer aqui. Quero que você parta comigo amanhã.

— Eu sabia que você me faria essa proposta. É por isso que estou aqui — repliquei. Harold me olhou com estranhamento. — Eu vim do futuro, Harold.

— Você está brincando, não está? — questionou ele, a testa franzida e os olhos arregalados.

Balancei a cabeça em negativa. Ficamos em silêncio por um momento.

— Amanhã nós partiremos juntos. Pelo menos, eu tentarei partir, mas não conseguirei, pois meu equipamento apresentará um defeito e o programa do RealOne conta com um dispositivo de segurança que permite que todos os usuários saiam dele, exceto o último usuário, que deve permanecer e, nesse caso, fui eu.

— Você ficou sozinha? — ele perguntou, com uma expressão de espanto.

— Por muito tempo...

— E como você viajou no tempo? — questionou Harold, incrédulo, ao imaginar a situação em que me encontrei.

— Eu descobri muitas coisas. Descobri que o programa tinha um menu em que era possível habilitar a mudança de tempo. Nunca pensamos nisso. Procuramos em tantos lugares e estava ali, bem na nossa cara.

— Incrível! — exclamou Harold, ainda abalado pelas revelações. — E por que você voltou?

— Porque você não pode partir. Eu preciso de sua ajuda. Precisamos encontrar uma maneira de salvar a todos.

— E como você pretende fazer isso?

— Eu andei pensando... Você se lembra do e-mail que recebeu com as informações sobre o RealOne e a "experiência temporal"?

— Sim, claro. Nunca descobri de onde ele veio.

— Acho que fui eu quem te enviou!

Harold arregalou os olhos assustado. Depois de uma pausa ficou eufórico.

— Claro! Como não pensamos nisso antes! Estava na nossa cara!

— Imaginei que poderíamos voltar no tempo e substituir aquele e-mail por outro contendo todos os projetos que evitariam uma catástrofe nuclear. Acho que ninguém melhor do que você mesmo para enviar uma mensagem à sua versão no passado e convencê-la a divulgar esses projetos para as pessoas certas.

Harold ficou pensativo. Parecia imaginar como convenceria a si próprio.

— Precisamos, também, recrutar Thomas para nos ajudar — ele disse.

Assenti. Thomas seria importante para nos ajudar a pensar. Além disso, ninguém conhecia melhor todo aquele sistema.

— E a Amanda que está nesse tempo? O que vamos fazer com ela? — perguntou Harold.

— A Amanda precisa ficar sozinha. Isso fará com que ela descubra a viagem no tempo, então precisa passar por isso.

— Como? Eu não posso simplesmente desaparecer.

— Você deixará um recado a ela dizendo que partiu e não quis se despedir, que não teve coragem e não queria deixá-la triste.

— Nossa, Amanda, que cruel! Não consigo imaginar como ela reagirá.

— Você percebeu que está falando de mim? — perguntei, rindo. — Não consegue imaginar como *eu* reagirei, você quer dizer.

— É uma situação meio estranha mesmo.

— Eu sei, mas o que eu posso te garantir é que não fará diferença. Assim que souber que você partiu, não demorará nada para eu querer partir também e... — interrompi minha própria fala. Um contratempo me veio à mente.

— O que foi? — perguntou Harold.

— Se você não partir, o sistema deixará que a Amanda parta por não ser a última usuária conectada, e, se isso acontecer, será o nosso fim.

Harold balançou a cabeça.

— E se falarmos com a outra Amanda e expusermos a ela a realidade? — indagou ele.

— Eu não gosto dessa ideia. É mexer demais com os elementos temporais e pode não dar certo. Talvez a única maneira seja sabotar o equipamento de partida. Assim, faríamos com que o equipamento acusasse a mesma mensagem de que o último usuário não pode deixar o RealOne. Será que isso é possível?

— Eu não acho que seja difícil. Mas tem certeza de que é isso o que você quer? Não acha que será muito traumático?

— Acho que se tratando de trauma, já sou profissional.

———

Ainda naquela noite, modifiquei o *status* do perfil de Harold e ensinei-lhe como reconfigurar o programa para permitir que ele habilitasse o ajuste de tempo em seu menu. Em seguida, fomos juntos até o Centro de Partida. Harold encontrou uma maneira de bloquear a partida do usuário em vez de sabotar os equipamentos. Corríamos o risco de a Amanda que ficou tentar partir por outro local e não daria para bloquear todos os equipamentos existentes. Ao bloquear somente o usuário, por onde quer que ela tentasse partir não conseguiria.

Quando finalizamos todos os ajustes, ele deixou uma mensagem para a outra Amanda, explicando que havia partido, desculpando-se por não a ter procurado antes para conversar, com receio de ela o convencer a ficar. Dizia, ainda, que desejava que ela fizesse o mesmo e se desculpava por não ter tido coragem de estar ao seu lado. Era cruel, sem dúvida. Ainda mais cruel do que foi descobrir que eu não poderia deixar o programa por ser a última usuária.

Pouco antes de disparar o comando para regressarmos, uma inquietação tomou conta de mim. E se acontecesse com Harold o mesmo que acontecera com Adam? Não sabia qual seria a minha reação se ao retornar ele não estivesse ao meu lado. Não comentei nada com ele para não preocupá-lo. E ainda tinha mais... Havia o receio de nos depararmos com mudanças no futuro que pudessem comprometer o nosso plano. Eu fechei os olhos e desejei como nunca que tudo desse certo, então apertei o botão...

Quando saímos do túnel senti um alivio imediato: Harold estava ao meu lado e a única mudança que notei era a lembrança que eu agora tinha do dia em que descobri que Harold me abandonou ali sozinha. Nosso plano havia funcionado. Realmente era possível alterar o passado.

Decidimos recrutar Thomas. Ele havia sido um dos últimos a partir e as chances de interferirmos na ordem dos acontecimentos eram mínimas. Fui com Harold até o Centro de Partida e programamos nosso retorno para a data da partida dele. Imaginei como ele ficaria surpreso. Quando saímos do túnel, já pude ouvir a sua voz.

— Amanda? Harold? O que vocês estão fazendo aqui? — perguntou ele, confuso.

— Viemos te buscar, Thomas — falei. — É uma longa história.

A reação dele foi parecida com a de Harold quando contei minhas descobertas, mas ele se mostrou muito mais empolgado com as novas possibilidades.

Nosso time estava completo!

CAPÍTULO 69

Tudo estava resolvido. O projeto antimíssil estava finalizado e sabíamos que precisávamos encaminhar um e-mail para Harold com esses projetos no lugar do e-mail anterior que eu tinha enviado a ele, mas o professor se opôs. Ele se conhecia o suficiente para desconfiar de que seu clone do passado teria medo de divulgar aqueles projetos. Por causa disso, achamos melhor disseminarmos o projeto de defesa antimíssil na mídia de forma anônima, além de divulgar também as previsões do Nostradamus. Presumimos que a humanidade, ao tomar conhecimento desses fatos, faria a diferença para evitar uma catástrofe nuclear. A Harold caberia o importante papel de validar as previsões do Nostradamus pulverizadas nos meios de comunicação; uma atribuição bem menos complexa do que a anterior.

Nos dias que se seguiram, Harold se isolou para redigir o tal e-mail que convenceria o seu clone do passado a cooperar.

Estávamos prontos. Já sabíamos como e quando deveríamos agir. O e-mail, por fim, estava finalizado e faltava somente enviá-lo, assim como os arquivos com o projeto para a mídia.

Naquela manhã, Harold estava estranho. Parecia que algo o incomodava e quando tentei abordá-lo ele respirou fundo e criou coragem para se abrir.

— Existe uma questão que eu sei que todos nós pensamos, mas está na hora de falarmos sobre ela. Assim que essas descobertas forem reveladas ao mundo real, este nosso mundo, como o conhecemos, deixará de existir.

Esses anos todos que convivemos desaparecerão e você nunca terá conhecido Adam... Na verdade, nenhum de nós terá conhecido o outro.

Eu já não deixava mais o sofrimento tomar conta de mim, mas ouvir as palavras de Harold encheram meus olhos de lágrimas. Eu evitava pensar no assunto. Era uma situação que eu não estava preparada para enfrentar. Thomas percebeu e juntou sua cadeira à minha, passando seu braço pelo meu ombro, depois me deu um beijo no rosto. Eram tantas memórias que não dava para acreditar que elas pudessem desaparecer de um instante ao outro.

— E será que não há nada que possamos fazer? — perguntou Thomas. Harold franziu a testa.

— Não consigo imaginar algo que possa nos ajudar — respondeu.

— E se os planos falharem, Harold? Não teremos mais como nos isolar de novo no RealOne e tentar outra estratégia.

— Acredito que nós nem nos lembraremos de que passamos por isso tudo... Há somente uma chance — ele respondeu.

CAPÍTULO 70

Segurei este livro em minhas mãos. Era o momento de me despedir dele. Lembrei-me do quanto estas palavras me ajudaram durante os dias de desespero, quando acreditava que terminaria meus dias em um mundo sem mais ninguém.

— Quase toda a sua vida está aí, não está? — perguntou Thomas.

Eu assenti, apertando o livro contra meu peito.

— E se você deixasse esse livro no início de tudo?

Estranhei a proposta de Thomas.

— Claro, Amanda! — continuou Harold, que nos ouvia. — Você pode retornar a um tempo anterior ao isolamento, talvez até ao primeiro dia do RealOne, e deixar esse livro para ser encontrado por alguém!

— E quem acreditaria nessa história?

Harold deu de ombros.

— O que temos a perder?

Não precisei pensar muito para aceitar a sugestão de Thomas e Harold e resolvi deixar este livro no passado. Ainda dei uma última olhada em suas páginas sabendo que, se tudo desse certo, a história que ele contava em breve não mais existiria. Um calafrio correu o meu corpo só de imaginar que eu nada saberia sobre Adam, Thomas e Harold e que nossas vidas seguiriam rumos distintos. Uma lágrima desceu pelo meu rosto e caiu na primeira página. Thomas me surpreendeu me estendendo uma caneta. Quando olhei para seu rosto vi que ele também chorava.

— Escreva alguma coisa para ele...

Pedi a Harold e Thomas para ir sozinha até Alexandria para deixar o livro. Que lugar seria melhor do que aquele? Programei o tempo para o momento exato da conclusão de sua construção. Após o clarão, vi-me sobre o mesmo mosaico da minha primeira vez ali com Adam. Todas as estantes da biblioteca estavam vazias. Caminhei por uma das galerias, ouvindo o eco de meus passos, até que me deparei com o mesmo local de leitura que Adam escolhera tempos atrás. Sentei-me na mesma cadeira e apoiei o livro na mesa. O lugar estava silencioso. Olhei ao meu redor, buscando guardar aquele momento com todas as minhas forças de forma a nunca mais esquecê-lo, mas sabia que era inútil. Eu chegava ao final daquela história, retornando ao seu início. Fechei os olhos e deixei minha mente ser invadida por infinitos momentos que eu havia vivido com Adam, como se me despedisse deles, então deixei o livro em cima da mesa, levantei-me e parti.

―――

Sabíamos que aquela seria a nossa última noite juntos. Thomas sugeriu que fôssemos até a praia da cidade de Amanda. Estávamos sentados havia algum tempo na areia. Uma lua magra externava um fiapo de luz que refletia tímido sobre as ondas, deixando-as como borrões brancos, que eram percebidos somente quando quase tocavam nossos pés. Já se iam muitos segredos e recordações, que arrancaram choros e gargalhadas, até que o som de uma rolha sacada com força seguiu-se de uma garrafa de vinho passada de mão em mão e compartilhada no gargalo. Quando me alcançou, entornei-a em um último gole, deixando o casco vazio atrás de mim, junto aos outros. Abracei, então, minhas pernas encolhidas e virei-me para o lado, desafiando a tontura. Buscava olhares na penumbra para dividir aquela angústia que dormia e acordava comigo sem que ninguém desconfiasse.

— Existe algo que eu nunca revelei a ninguém... — eu disse.
— Você pode contar o que quiser, Amanda. Este é o momento — Thomas respondeu.

Minha respiração ficou ofegante enquanto uma lembrança dolorosa era resgatada de minha mente. Fechei os olhos e respirei fundo, buscando coragem para prosseguir.

— Eu preciso falar sobre o dia em que eu morri.

Notei a reação de surpresa deles, mesmo sem conseguir enxergá-los direito.

— O que você quer dizer com isso? — perguntou Thomas.

— Quando eu fiquei sozinha neste mundo, imaginei que seria para sempre. Eu não consegui suportar a ideia. Não havia maneira de fugir daquela realidade, então achei que a única solução seria tirar a minha própria vida.

Um silêncio de palavras se fez, deixando o barulho das ondas dominar o ambiente. Eu sabia que cada um deles estava se imaginando na mesma situação naquele exato instante.

— Decidi, então, nadar até não conseguir mais retornar... Eu escolhi este mesmo mar, esta mesma praia, e me sentei nesta mesma areia até criar coragem e... fui. Quando minhas forças acabaram, eu sabia que não conseguiria mais retornar, então deixei meu corpo flutuar na água até tudo desaparecer. Eu sei que eu morri naquele dia.

— Mas estamos todos aqui, agora... — comentou Harold.

— Mas aquela Amanda não existe mais...

Na manhã do dia seguinte retornamos para algum tempo depois da criação do RealOne, um pouco antes do dia em que eu havia enviado o e-mail para Harold. O bloqueio ainda não havia ocorrido, então poderíamos usar a internet comum para disparar os arquivos. O professor estava com o e-mail aberto e pronto para ser enviado à sua versão do passado. Bastava pressionar a tecla ENTER.

— Tem certeza? — perguntei a ele.

Harold assentiu.

Cada um colocou o indicador sobre a tecla e juntos a pressionamos. Depois disso, disparamos outros e-mails para centenas de canais de imprensa com os arquivos do projeto de defesa antimísseis e com as previsões do Nostradamus que Harold precisaria validar mais tarde. Respirei fundo. Eu havia vivido uma vida plena ao lado de Adam e de meus amigos e não queria por nada que essas memórias fossem roubadas de mim.

— Como saberemos que nosso futuro foi alterado? Vamos sumir daqui, é isso? — perguntei.

— Não sei — respondeu Thomas, cruzando os dedos.

EPÍLOGO

O DESPERTADOR TOCOU. Amanda precisava se trocar rápido, pois tinha uma entrevista e por nada podia se atrasar. Deixou ligada a televisão da sala do seu estúdio enquanto preparava o café da manhã. Não se falava de outra coisa senão das previsões do supercomputador Nostradamus e dos projetos que estouraram na imprensa mundo afora sobre os armamentos que evitariam uma guerra nuclear. Milhões de pessoas em diversos países saíram às ruas exigindo que as tais centrais antimísseis fossem construídas.

A jornalista se arrumou sem demora. Colocou uma calça *off-white*, uma camisa combinando, calçou sapatos de salto alto e desceu até a rua para pegar um táxi até o Lower Manhattan. Até aquele momento, ela não entendia o motivo de Adam Goodwin tê-la escolhido para acompanhá-lo no lançamento de seu novo mundo virtual.

Um antigo relógio de parede contrastava com o ambiente moderno, o pêndulo se movendo inesperadamente de trás para frente, ao invés de se mover para os lados, emitindo um tic-tac hipnótico. De onde estava, Amanda contemplava alguns poucos edifícios ainda mais altos. Aproximou-se da janela de vidro, que ia do chão ao teto, e observou, distraída, a cidade de cima, com seu movimento frenético.

Uma voz de tom grave, mas suave, surgiu atrás de seus ombros.

— Posso passar horas assim, somente olhando...

Ela se virou e deparou-se com ele. Era ainda mais bonito do que nas fotos que ela tinha visto e mais alto do que imaginava. Seu rosto tinha o formato quadrado, e a luz vinda da janela refletia em seus olhos, deixando-os de um tom âmbar-claro. Ele deu um largo sorriso e estendeu uma de suas mãos em cumprimento.

— Adam Goodwin.

— Amanda Buckland.

Adam sinalizou para que ela o acompanhasse por um longo corredor, no qual, ao final, uma porta dava para uma sala de reunião e para seu escritório, separado por uma parede de vidro. Seguiram para lá.

Ele apontou para a poltrona e sentou-se no sofá. Assim que Amanda se sentou, passou os olhos pelo ambiente. Havia alguns porta-retratos sobre o tampo de uma mesa de estilo vitoriano, ao lado de objetos de decoração, e, atrás dela, uma estante com livros, de cima a baixo. Seus olhos foram atraídos para ela como por encanto.

— Gosta de livros? — perguntou ele ao notar que Amanda mantinha um olhar fixo para ela.

A mulher virou-se para Adam e assentiu, ainda atordoada. Ele, então, levantou-se e sinalizou para que ela fizesse o mesmo, depois apontou para a estante para que Amanda pudesse apreciá-la de perto. Ela se aproximou e passou uma das mãos nas lombadas de alguns livros, extasiada, sem compreender a razão, até que se deparou com um livro enigmático — *Nós fazemos o nosso destino* —, cuja autoria era assinada com as iniciais A. G.

Amanda recordou-se das mesmas palavras proferidas por sua mãe momentos antes de partir, e não pôde deixar de pensar na enorme coincidência que aquilo representava.

— O título desse livro... Essa frase significa muito para mim.

— Por favor — disse ele, apontando para o exemplar para que Amanda o retirasse da estante. Ela segurou o livro em suas mãos. Nunca havia experimentado uma sensação igual. — Tenho um exemplar aqui e outro em minha casa. É meu livro favorito.

Amanda abriu a capa. Uma frase estampava a primeira página:

"Quando infinitos tempos convivem em um mesmo espaço, poderá o futuro encontrar o passado?" — Amanda Goodwin.

Logo abaixo dessa frase, uma anotação escrita à mão, com uma das letras borrada por algo que caiu sobre o livro.

"Eu viveria cada segundo com você de novo, mesmo que isso representasse a eternidade. Não se esqueça de mim. Sempre sua... Amanda".

— Amanda Goodwin? — a mulher perguntou. — Ela é sua parente?

Adam lançou sobre ela um olhar penetrante, como se enxergasse dentro de seu ser, deixando-a paralisada.

— Ela vai ser minha esposa um dia — ele disse, esboçando um sorriso. Depois se aproximou de Amanda como a confidenciar: — Mas não conte nada a ninguém. Ela ainda não sabe.

AGRADECIMENTOS

À minha esposa, Adriana, a quem dediquei este livro, pelo amor e pelo apoio inabaláveis.

Para o meu irmão Paulo, cujo olhar apurado e comentários certeiros sempre iluminam meus textos — talvez seja o momento de você traçar suas próprias linhas.

À minha querida mãe, Maria Ignez, que com incrível resiliência aventurou-se por páginas tão distantes de seu cotidiano.

Aos meus filhos, Victor e Giulia, agradeço o apoio constante e a compreensão pelos momentos em que estive imerso nesta obra.

À Nathalia Alves, aspirante a doutora e amante fervorosa de livros. Antevejo um futuro em que compartilharemos as honras de sermos colegas, tanto na Medicina quanto na Literatura.

Um agradecimento especial à Adriana Cristina Chaves, cujas sugestões enriqueceram este trabalho, aliadas à sua vasta experiência e sabedoria.

E a Lucas Furlan, que, com paciência singular e propriedade, revisou e refinou este livro em cada leitura.

grupo novo século

Compartilhando propósitos e conectando pessoas
Visite nosso site e fique por dentro dos nossos lançamentos:
www.novoseculo.com.br

ns

- facebook/novoseculoeditora
- @novoseculoeditora
- @NovoSeculo
- novo século editora

gruponovoseculo.com.br

1ª edição
Fonte: Crimson